주화미 대본집

1

히어로는
아닙니다만

일러두기

· 이 책은 주화미 작가의 드라마 집필 형식을 존중하여 최대한 원본에 따라 편집하였습니다.
· 드라마 대사는 입말임을 감안하여, 한글맞춤법과 다른 부분이라 해도 표현을 살렸습니다.
· 띄어쓰기와 말줄임표는 다양하게 표현되어 있습니다. 이는 대사 시 호흡을 통해 감정을 표현하고자 한 작가의 의도를 반영한 것입니다.
· 쉼표, 느낌표, 마침표 등과 같은 구두점과 문장 부호도 작가의 의도를 따랐습니다.
· 이 책은 작가의 최종 대본으로, 따라서 방송되지 않은 부분이 포함되어 있거나 방영된 내용과 다를 수 있습니다.

용어 정리

S# - 장면(Scene). 동일한 시간, 장소 내에서 일어나는 행동과 대사가 한 씬을 구성한다.
D - 낮(Day). 장면이 이루어지는 시간대.
N - 밤(Night). 장면이 이루어지는 시간대.
D/N - 낮(Day)/밤(Night). 장면이 이루어지는 낮과 밤을 아우른다.
E - 효과음(Effect). 등장인물이 보이지 않고 화면 밖에서 발생하는 음향이나 대사를 의미한다.
Insert - 특정 장면 삽입. 인물의 표정이나 동작, 이야기 흐름 상 필요한 장면을 강조하거나 의도적으로 보여줄 때 사용된다.
Flashback - 회상 장면. 현재 사건의 인과나 인물의 성격을 설명하기 위해 사용된다.
Flashback Insert - 회상이나 과거 장면의 삽입을 의미한다.
Na - 내레이션(Narration). 등장인물 사이에 오가는 대사가 아닌 독백이나 시청자를 향한 설명을 의미한다.
Cut-back - 둘 이상의 다른 장면을 대조시켜 보여주는 화면 기교. 같은 시간이나 장소에서 일어나는 두 사건 혹은 시점을 대조하거나, 전화 통화하는 두 사람을 번갈아 보여줄 때 사용된다.

주화미 대본집

히어로는
아닙니다만

1

주화미 대본집

히어로는
아닙니다만 1

1판 1쇄 펴냄 2024년 12월 20일

지은이 주화미
크리에이터 글라인&강은경
펴낸이 하진석
펴낸 곳 아르누보
주소 서울시 마포구 독막로3길 51
전화 02-518-3919
ISBN 979-11-91212-51-8 04810 (세트)
       979-11-91212-52-5 04810

차 례

작가의 말

실은 저에게도 초능력이 있습니다.

귀주처럼 저도 과거로 돌아갔습니다. 글을 고치는 일은 그 글을 썼던 과거의 나를 마주하는 시간이었으니까요. 다행히 워낙 후회가 많은 인간이라 과거를 곱씹는 일이라면 꽤 능숙합니다. 과거의 나를 부정하고 깎아내는 과정도 필요했는데 또 다행히 자책에도 제법 소질이 있습니다. 과거의 나보다는 한 톨만큼이라도 나아지고 싶다는 주제넘은 욕심까지 있어서 과거의 나를 모질게 다그치고 미워하기도 했습니다. 달리 방법이 없었습니다. 여러 시간 속의 내가 겹치고 쌓여서 힘을 모아 쓰는 것만이 부족함을 채워 넣을 유일한 방편이고 나름의 묘책이었는데, 방송이 나가고 몇몇 분들이 눈치를 채서서 뜨끔했습니다. "작가가 타임슬립을 했다!" 말씀해 주셨던 것처럼 감히 미래의 반응을 엿보지는 못했지만, 돌아가서 고치고 돌아가서 또 고친 것만은 정확하게 보셨습니다. 후회와 자책과 주제넘은 욕심을 초능력이라 포장해 주신 덕분에 과거의 나를 조금은 용서할 수 있었습니다.

따지고 보면 초능력은 누구에게나 있습니다.
누구나 한때는 날아다녔습니다.

6

꿈에서 본 장면을 현실에서 경험하고,

눈을 맞춰 서로의 마음을 읽고,

눈만 감으면 행복했던 때가 눈앞에 선합니다.

많은 시간을 과거에서 살아가기도 합니다.

너도나도 있는 자잘한 초능력인데다 복씨네는 그마저도 잃어버렸습니다.

초능력 없는 초능력물이라니!

죽어라 고치고 또 고치기를 되풀이했던 것에 비해 결과물이 또 그렇게 웅장하진 못했네요. 잃어버린 초능력을 되찾아 인류의 멸망을 막고 지구의 평화를 지켜내는 시원시원한 스펙터클도 선사하지 못했습니다. 결말에 이르러 구하는 건 고작 한 사람입니다.

그렇지만 한 사람을 구하는 것은 그 이상의 의미를 가집니다. 곁에 있는 한 사람을 구하는 것으로 결국 모두를 구해냅니다. 히어로는 아니지만 히어로가 됩니다. 아무도 모르게.

그리고, 아무도 모르는 히어로를 용케 알아본 초능력자들이 있습니다.

〈히어로는 아닙니다만〉을 들여다보고 손잡아 주신 분들에게 감사드립니다. 무채색 허공을 더듬던 손이 마침내 알록달록한 누군가에게 닿은 기분이었습니다. 정말이지 어떻게든 감사의 마음을 전하고 싶었습니다. 빙수라도 한 그릇씩 대접할 방법이 없을까 진지하게 고민했습니다. 여름은 다 지나갔고 조금 늦었지만 이렇게나마 인사를 드립니다.

조금은 자잘한 이야기가 닿지 못할까 우려에 평양냉면에 고추장을 풀 순 없다고 오히려 더욱 집요하게 자잘해지자며 섬세한 디테일로 깊이를 더해주신 조현탁 감독님께 감사드리고, 천우희, 장기용 배우님을 비롯한 모든 배우 및 스텝분들, 그리고 정재형 음악감독님 감사합니다. 슈트와 망토가 되어주신 분들 없이 홀로 앙상한 알몸을 드러내는 대본집이 무척 부끄럽지만, 대본집을 통해 그분들의 수고와 훌륭함이 더욱 빛나리라 생각합니다.

드라마를 가르쳐 주신 강은경 작가님과 신뢰할 수 있는 첫 독자였던 정은아 작가를 비롯한 글라인 식구들 감사합니다. 후회와 자책과 주제넘은 욕심은 필연적으로 고립을 초래하는데 덕분에 외롭지 않았습니다.

과거를 헤매느라 현재에 소홀한 사이 수시로 문턱을 들락날락하며 먹던 젤리를 입에 쑤셔 넣어주거나 양말 한 짝을 벗어놓고 가거나 아무리 쫓아내도 문밖에서 기웃기웃 괴상하고 정신 사나운 춤을 추면서 언제든 돌아올 수 있는 단단한 현재가 되어준 가족들도 고맙습니다.

진짜 초능력은 곁에 있는 사람입니다.

귀주는 자신의 행복한 시간으로 다른 사람들과 함께 행복하기를 꿈꿨습니다.

그 꿈이 조금은 이루어졌을까요?

부디 행복하시길.

작가 주화미

기획 의도

남다른 능력을 지녔지만 아무도 구하지 못했던 남자가
마침내 운명의 그녀를 구해내는 판타지 로맨스!

우울증, 불면증, 비만, 스마트폰 중독,
어느 집에나 한두 명씩은 앓고 있을 흔한 현대인의 질병이다.
그런데 이 흔한 질병 탓에 그만 흔치 않은 능력을 잃어버린 가족
이 있다.

행복한 과거로 타임슬립했던 아빠는 우울증에 걸려 행복도 능력
도 잃어버렸고,
예지몽을 꾸던 할머니는 불면증에 걸려 통 잠을 못 주무시고,
하늘을 훨훨 날던 고모는 비만으로 몸이 무거워져 땅으로 추락
하고 말았다.
그리고, 능력 때문에 엄마를 잃은 딸은 가족의 빈자리를 스마트
폰으로 메웠다.
남과 다른 흔치 않은 능력은 축복이 아니라 저주일까?
어쩌면 현대인의 질병 중 가장 고질적인 불치병은 '가족'인지도.

가세가 기울어가는 초능력가족 앞에 어느 날 운명처럼 나타난 여자.

그녀와 가족이 되면서 잃어버린 건강과 능력이 돌아오기 시작하는 것만 같다.

현대인을 병들게 하는 것도 가족이지만 병 주고 약 주는 것도 대개는, 가족이니까.

누군가를 구하고 싶었지만 아무도 구하지 못한 남자,
특별한 능력을 되찾고 사랑하는 사람을 구해낼 수 있을 것인가!

인물 관계도

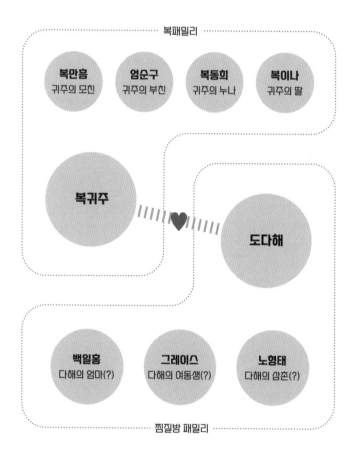

복패밀리

복만흠
귀주의 모친

엄순구
귀주의 부친

복동희
귀주의 누나

복이나
귀주의 딸

복귀주

도다해

백일홍
다해의 엄마(?)

그레이스
다해의 여동생(?)

노형태
다해의 삼촌(?)

찜질방 패밀리

등장인물 소개

복귀주
30대 중반 남 / 장기용

'행복했던 순간으로 돌아갈 수만 있다면…!'
누구나 한 번쯤 떠올렸을 꿈이 귀주에게는 간단한 일이다.
눈을 감고 행복했던 기억을 떠올린다.
눈을 뜨면 그 시간에 가 있다.

그가 받은 축복이자 저주는 '과거로의 회귀'.
단, 행복했던 시간으로만 타임슬립이 가능하다.

행복했던 순간을 몇 번이고 생생하게 되풀이하는 건 꽤 달콤한
일이었다. 그러나 마음 한구석엔 늘 해소되지 않는 갈증과 답답함
이 있었다. 과거로 돌아갈 순 있어도 과거를 바꿀 수는 없었기 때문
이다. 아무것도 만질 수 없고, 아무에게도 닿을 수 없었다. 과거에
존재하는 사람들은 그를 볼 수도, 그의 목소리를 들을 수도 없다.
　행복했던 과거로 돌아가 조금만 고개를 돌리면 타인의 불행이 보
이곤 했다.
　평범한 인간에게 없는 특별한 능력을 선물 받은 이유가 있을 텐

데, 혼자서 개인적인 행복을 곱씹는 것 말고 타인을 위해 의미 있게 능력을 쓰고 싶었다.

그리고 그 일이 일어났다.

그날은 딸이 태어난 날이었다. 생애 그 어떤 시간보다 특별하고 행복했던 시간.

그런데 같은 날 근처 고등학교에 불이 났고, 미처 빠져나오지 못한 어린 학생들이 목숨을 잃었다. 부모가 됐다는 행복에 빠져있는 동안 다른 부모들은 소중한 자식을 잃은 것이다. 아내의 진통 소식에 병원으로 달려간 귀주 대신 근무를 바꿔줬던 선배가 현장에서 목숨을 잃고 말았다.

귀주는 수없이 그날로 돌아갔다. 딸이 태어난 행복의 순간으로 타임슬립해 화재 현장으로 미친 듯이 달려갔다. 아무것도 할 수 없다는 걸 알면서도 포기가 안 됐다. 눈앞에서 죽어가는 아이들을 보며 좌절 속에 머무르나 현재를 돌아볼 겨를이 없었다.

딸의 만 6세 생일, 그날도 현재의 아내와 딸을 남겨둔 채 과거를 헤매다 돌아온 귀주, 눈앞에 펼쳐진 광경을 도저히 믿을 수 없었다. 무참히 찌그러진 운전석에서 차갑게 식어가는 아내와 피투성이가 된 인형을 안고 우는 딸….

이제는 과거의 어떤 기억도 행복하지 않다. 생애 가장 행복했던 시간, 딸이 태어나던 날로도 다시는 돌아갈 수 없게 됐다. 아무도 구하지 못했고, 아무도 지키지 못했다. 행복도 능력도 잃었다.

그런데 그 여자를 만난 거다.

"제 생명의 은인하고 닮으셨어요."

도다해
30세 여 / 천우희

　봄에 태어났다. 봄에는 도다리가 제철이라며 도다리로 이름 짓겠다는 부친을 동사무소 직원이 가까스로 뜯어말려 글자 하나 바꿔 하고 싶은 거 다 하고 살라고 '다해'가 되었다. 모친은 다해가 아주 어릴 때 다른 남자와 새 삶을 찾아 떠났고 봄철에 도다리 쑥국을 즐겼던 부친은 도다리가 미처 살이 오르기 전 어느 겨울밤에 술에 떡이 돼 길에서 잠들었다 다시는 깨어나지 못했다.

　그렇게 열일곱에 혼자가 되었는데도 불행은 다해를 놓아주지 않았다. 가족을 잃은 것도 모자라 다니던 학교에 화재가 나 하루아침에 친구들과 선생님을 잃었다. 살아남았다는 죄책감에 괴로웠다. 잘난 것도 가진 것도 없는 주제에 괜히 살아남아 외롭기만 했다.

　그럼에도 버티고 살아온 건 사고 현장에서 목숨을 구해준 사람 때문이었다. 불길에 갇혀있던 다해를 꺼내준 생명의 은인은 얼굴도 이름도 모르는 남자였다. 그가 목숨을 걸고 지켜낸 삶을 멋대로 팽개칠 수 없었다. 그래서 살기로 했다. 혼자인 삶이 버거워도 살았다. 가족이 그리워 서두른 결혼에 두 번이나 실패했어도, 그래도 살았다. 삶과 가족에 대한 희망을 버리지 않았다. 철저히 혼자였기에 누구보다 함께이고 싶은 거다… 라고,

　여기까지 '썰' 풀면 다 넘어왔다.
　상대방의 마음을 흔들 결정적 순간에 꺼내드는 필살기.
　"제 생명의 은인하고 닮으셨어요."

어느 날 불쑥 나타난 수상한 그녀.

도다해야말로 무너져가는 복씨 집안을 일으킬 구원자라고 믿는 복만흠, 귀주와의 재혼을 성급하게 밀어붙이고, 담장 높은 복씨 집안에 발을 들이게 되는 다해.

그런데 복귀주 이 남자 좀 이상하다.

아니, 복씨 집안사람들 싹 다 이상하다.

오랜 세월 부를 축적할 수 있었던 그들의 비밀,
복씨 집안 대대로 흐르는 축복(혹은 저주)의 정체가 서서히 드러나기 시작한다.

그것은 바로… 초능력?!

근데 안타깝게도 현대인의 질병에 빠져 능력을 잃었다고?!

"복씨 집안 유전병은 초능력이 아니라 망상증이겠지!!!"

복만흠
60대 여 / 고두심

귀주의 모친. 복씨 가문의 실세.
능력은 예지몽. 근데 통 잠을 못 주무신다.

불면증이 생기기 전에는 꿈에 로또 번호도 보이고 주식 그래프도 보였다. 아들 귀주는 사적인 욕심보다 대의를 위해 능력을 써야 한다 고집을 피우지만 철없는 소리. 영웅 흉내 내다 전쟁터에서 찢겨 죽은 조상이 숱하다. 무능한 인간들에게 실컷 이용만 당하고 그들과 다르다는 이유로 돌에 맞아 죽고 불에 타 죽고 복씨 혈통이 씨가 마를 지경에 이르렀고 간신히 살아남은 소수만이 세상에 능력을 감추고 숨죽여 살고 있다.

아들 귀주도 그저 소소한 행복 속에 살길 바랐다.

귀주의 결혼을 처음부터 반대했다.
꿈에 그 결혼의 미래가 전혀 보이지 않았다.
기어코 덜컥 아이부터 가져버리는 바람에 하는 수 없이 집에 들였는데, 그 아이가 태어난 시간이 귀주는 물론이고 복씨 집안의 운명을 수렁으로 끌어들이고 말았다.
더구나 그 아이에게서 아무런 능력도 나타나지 않는다. 손녀가 어떤 초능력을 물려받았을지 꿈에게 물었지만 아무런 답이 없었다. 교통사고가 났던 손녀의 6살 생일에도, 간밤 꿈에 보인 건 들쭉날쭉 뒤숭숭한 주가 그래프뿐이었고 며느리가 그렇게 세상을 떠버릴 줄은 꿈에도 몰랐다. 불면증이 생긴 건 그즈음부터다. 간혹 꿈을 꾸어도 암흑만 보인다. 꿈에 본 시커먼 암흑이 아들의 미래이자 복씨 가문의 미래인 것만 같다.

복이나
13세 여 / 박소이

귀주의 딸.
복씨 집안 대대로 유전되는 초능력이 중학생이 되도록 나타날 기미가 없어 할머니를 애태운다.
"초능력이요? 어쩌면 초능력이 하나 있긴 있는 것도 같은데… 투명인간이요. 학교에서 아무도 나랑 말을 안 해요."
할머니 속이야 타거나 말거나 조상님이 물려준 선물엔 관심 없고 과학의 신문물 스마트폰에 중독됐다. 덕분에 얻은 현대인의 질병, 고도근시. 눈이 단춧구멍 만해 보이는 뱅글뱅글 두꺼운 안경을 걸치고 종일 핸드폰만 들여다본다.

엄순구
61세 남 / 오만석

　귀주의 부친.
　천애 고아 출신으로 어려서 데릴사위로 들어와 스물에 복씨 집안 외동딸 복만흠과 결혼식을 올렸다. 복씨 집안의 비밀을 지키느라 외부와 거의 단절된 채 요리 빨래 청소를 도맡아 하며 꿈꾸느라 바쁜 아내의 그림자로 묵묵히 살아왔지만 스스로의 운명에 만족했다. 타인을 돌보며 행복을 느끼는 타입.
　의지할 부모도 없이 아무것도 모른 채 복씨 집안에 시집 온 다해에게 동질감을 느끼며 따뜻한 시아버지가 되어주려 노력한다.

복동희
42세 여 / 수현

　귀주의 누나.
　비만 때문에 하늘을 날지 못하는 비행 능력의 소유자.

　모델로 활동했던 20대의 복동희는 참 가벼웠다. 너무 가벼워서 런웨이를 걸을 때 꼭 나는 것 같다고들 했다. 그때는 세상 남자들이 다 발아래 있었다. 실제로도 그랬다.
　은퇴 후 몸이 무거워져 날 수 없게 되자 남자들 마음이 그렇게 자꾸 훨훨 날아가려 들어서 붙잡아 두느라 집안의 재산을 퍼다 나르고 있다. 와인바 차려주고 카페 차려주고 병원 차려주고, 남자가 바뀔 때마다 동희의 직업도 바뀌었다. 소믈리에, 바리스타, 상담실 코디.

잃어버린 본연의 자아를 되찾기 위해 365일 다이어트 중인데, 귀주의 헬스장에 퍼질러 앉아 과자 봉지나 부스럭거리니 그나마 없는 회원들 다 떨어져 나갈 지경.

사실 동희는 모태비만이었다. 날 때부터 우량아였고 먹성도 좋았다. 딸이 능력을 잃을 것이 두려웠던 복만흠이 혹독하게 다이어트를 시켰던 것.

덕분에 최정상 모델이라는 목표는 달성했지만 지긋지긋한 통제는 아직 끝나지 않았다. 어서 결혼해 복씨 집안의 능력을 이어받을 후손을 낳으란다. 그렇게만 해주면 500억 건물을 내주겠단다.

더 이상은 답답해서 못 살겠다! 비밀과 저주로 겹겹이 둘러친 복씨 집안 울타리 따위 가볍게 훌쩍 날아올라, 아주아주 먼 곳으로 자유롭게 훨훨 날아가고야 말겠다!

그 전에 우선 500억부터 받아 챙기고.

그런데 500억을 노린 경쟁자가 나타난 거다!

귀주의 재혼 상대 도다해.

의심과 불안으로 뭉친 모친의 마음을 무슨 수로 허물었는지, 반송장이었던 귀주의 심장을 어떻게 다시 뛰게 만들었는지, 수상하다.

도다해, 도대체 정체가 뭐야?!

백일홍
58세 여 / 김금순

다해의 엄마(?)

오갈 데 없는 다해를 거둬주고 가족이 되어주었다. 찜질방에서 때를 밀고 맥반석 계란을 팔면서 소박하게 사는 것 같지만 알고 보면 평생 콩밥과 두부를 번갈아 먹은 수상한 아줌마. 가족처럼 끈끈하게 굴다가도 이자 정산할 때 되면 칼같이 남이다.

그레이스
28세(?) 여 / 류아벨

다해의 여동생(?)

영어는 못하지만 몸매는 꽤 이국적이다. 그레이스 켈리처럼 우아한 배역을 맡고 싶은데 백일홍이 자꾸 몸 쓰는 일만 시켜서 불만이다. 내가 도다해 그년보다 못한 게 뭔데? 다해한테 언니, 언니 하지만 실은 다해보다 나이도 많다. 본명도 숨겼고 나이도 속였다. 어린척 한 게 들통나자 천연덕스럽게 그냥 '언니'라고 부르고 싶었단다.

노형태
40세 남 / 최광록

다해의 삼촌(?)

강력 범죄 인상착의를 하고 있으나 의외로 섬세한 감수성의 소유자.

1부

히어로는
아닙니다만

S#1—해변, 갯바위 D

발길 뜸한 비수기 바닷가,
드문드문 해변을 거니는 사람들 보이고,
토끼인형을 안은 어린 소녀가 엄마 아빠와 까르르 웃으며 나풀거린다.
단란한 세 가족의 행복한 한때가 보이다가 점점 멀어지고,
사람들과 동떨어진 갯바위,
거센 바람 맞으며 바다를 향해 위태롭게 선 다섯 가족.

복만흡   복동희, 날아봐.

동희 하늘을 올려다보고 흡!
무거운 몸에 힘을 주지만 땅에서 떨어지지 않는 발.

복만흡   복귀주, 과거로 가봐.
귀주   (무기력하게 고개 젓고는 위스키병 입에 가져가는데)
엄순구   (위스키 뺏고) 눈감아 어서. (분위기 맞춰주라는 눈치)

귀주 눈감고 흡…
대충 힘주는 시늉 하다가 눈을 뜬다.
됐죠? 엄순구 손에서 위스키 가져와 병째 마시고

복만흡   복이나, 니 차례야.

두꺼운 뺑뺑이 고도근시 안경 쓴 이나,
대꾸 없이 핸드폰만 들여다본다.
게임 중인지 얼굴 바짝 들이대고 손가락만 바쁘게 깔짝깔짝

복만흠   이나 너는 중학생이나 됐는데!

       언제쯤 뭐라도 좀 보여줄래?

엄순구   (애한테 너무 그러지 마요) 할머니가 잠을 못 자서 좀 예민해.

이나   (무덤덤한 얼굴로 핸드폰만 파고들고)

복동희   엄마는?

복만흠   미래가 안 보인다. 한 치 앞도.

       잃어버린 걸 되찾지 못하면 복씨 집안은 여기서 끝이야.

       (비장) 차라리 다 같이 바다에 뛰어들자…!!!

갯바위를 철썩 할퀴는 파도.
위기의 복씨 패밀리를 훑고 지나가는 스산한 바닷바람 휑-

귀주   (복만흠의 엄포에도 구부정하게 멍하니 먼 곳만 응시하고)

엄순구   (눈치) 나도…? (나는 복씨 혈통도 아닌 일반인인데…)

복동희   (진지함이라곤 없는) 회 한 점이라도 먹고 뛰지?

       여기가 감성돔이 잘 잡힌다는데.

이나   (핸드폰 게임 소리 거슬리게 뿅뿅뿅!)

복만흠   (한심한 모습들에 욱해서) 도대체가 앞날이 캄캄해!

복동희   미래를 보시는 분이 앞날이 캄캄하면 엄마부터 뛰어들어
       야겠네.

복만흠   가족 걱정에 잠 한숨 못 자는데 죽어선들 맘 편히 눈이나
       감겠니? 이렇게 가면 조상님들은 또 무슨 낯으로 뵐지!

복동희   (픽) 뭐야 안 뛰어든단 거네? 누군가는 앞장서서 가족을 이
       끌어줘야지. (엄순구 힐끔)

엄순구   무능력한 애비라고 앞세우는 거냐?
       평생을 복씨 집안에 헌신했는데…

복만흠   (울화통 터진다! 누가 진짜로 뛰어들겠나!)

아니, 죽을 각오로 살아볼 생각을 해야지 죽을 걱정만 하
고 있으니!
죽기 살기로 돌아가 보자고! 우리가 우리다웠던 때로!
눈만 감았다 뜨면 행복했던 과거로 돌아갈 수 있었잖아!
돌아가자고 제발…!!! (귀주를 홱! 돌아보는데)

귀주가 없다. 마시다 만 위스키병만 덩그러니 바닥에 뒹군다.

복만흠　　?! (어디 간 거야?)
엄순구　　(두리번) 과거로 갔나…?

그때 멀리서 "사람이 빠졌어요!!!"

이나　　…? (내내 핸드폰만 들여다보다가 처음으로 눈을 든다.)
복패밀리　　(덜컥! 설마???!!!)

S#2—바다 D

출렁이는 파도에 휩쓸려 귀주 머리만 겨우 보였다가 가라앉았다가…
그러다 이내 체념하듯 눈을 감는다.

귀주E　　행복했던 과거…?

눈감고 떠올려보는 애절한 기억.
파도가 귀주를 덮쳐 집어삼키고, 순식간에 물 밑으로 사라지는…!

S#3—해변 (14년 전, 회상) D

20대 귀주와 세연, 파도에 발 담그고 가볍게 물방울 튕기며 웃는다.
물결에 반사된 햇빛에 반짝거리는 행복했던 두 사람.

S#4—해변 (현재) D

몰려드는 사람들, 다급히 119에 신고하며 웅성웅성,
의식 없이 늘어진 귀주를 힘겹게 뭍으로 끌어내는 여자, 다해다.
다해, 다급히 가슴 압박하고 인공호흡을 하면,
서서히 의식이 돌아오는 귀주,
입술에 살짝 닿았다 떨어지는 누군가의 입술,
가까이 느껴지는 숨결…
가늘게 눈을 뜨면 흐릿하게 보이는 여자의 얼굴… 세연…?

귀주   세연아…!
다해   …?
귀주   (와락!!! 다해를 힘껏 끌어안는다)
다해   ……!!! (놀라지만 차마 뿌리치진 못하고 잠시 가만히 안긴 채)
            아… 저기… 괜찮아요…?

"귀주야!!!!!!" 사람들 헤치며 달려드는 복만흠, 엄순구, 복동희.
흐렸던 귀주 시야 선명해지며 다해 얼굴이 또렷하게 보인다.
세연이 아니었구나…!
다해를 안았던 손을 힘없이 툭 놓는다.
구급차 사이렌 소리 아득하게 들려오고,

"귀주야!!!", "괜찮으냐???"
울고불고 매달리는 가족들 얼굴 흐려지고…

S#5—응급실 안/밖 N

귀주 모포를 대충 걸치고 침대에 걸터앉았고

복만흠 (참담) 어떻게 물에 뛰어들 생각까지…!
귀주 안 뛰어들었어요. 빠진 거지.
복만흠 (그 말을 믿으라고?)
복동희 그래, 이나한테도 그렇게 말해뒀다.
  아빠가 술 처먹고 갑자기 스노클링이 하고 싶었던 거라고.
귀주 (이나… 응급실 문 쪽을 보면)

Insert〉 응급실 밖
복도에 이나 혼자 앉아 있다.
얼굴 핸드폰에 바짝 들이대고, 세상을 차단한 채 잔뜩 웅크린…

귀주 …
엄순구 (흘러내린 모포를 덮어주며) 괜찮으니까 됐어. 다음부터 조심
  하자, 응?
복만흠 (이 녀석을 어쩌면 좋나, 억장이 무너지는데… 문득 떠오르는)

Flashback Insert〉 4씬
다해를 와락 끌어안았던 귀주.
복만흠도 달려오며 그 모습을 봤었다.

현재〉

복만흠 못내 아쉬운 얼굴.

복만흠 경황이 없어서 연락처도 못 받고… (생명의 은인을 그냥 보내
다니…!)

S#6—스파, 직원 라커룸 D

거울 앞에서 단정하게 유니폼 매무새 다듬는 다해,
다른 여직원들도 유니폼 갈아입으며 수다 떤다.

여직원1 오늘 복여사님 오신대.

여직원2 아 그 불면증? 마사지 받다 잠들게 해주면 팁이 백만 원이
라며?

여직원1 꿈 깨. 그 백만 원 절대! 아무도! 못 받아.

여직원3 오일은 언제 개봉했냐, 요즘 날씨가 혹한데 상한 거 아니
냐, 멀쩡한 거 확인시켜 주면 이런 날씨에 멀쩡하면 오히려
이상한 거다, 방부제든 뭐든 화학성분이 들었단 거다, 천연
오일은 순 거짓말이다! (단숨에 다다다 쏟아내고는 아후 숨 고
르고) 잠들 틈이 있겠어?

여직원2 아니 병원 가서 수면제를 먹지?

여직원3 편견 덩어리 옛날 사람이야. 내성 생긴다, 의존하다 부작용
온다, 자연요법이 최고다!

여직원2 진상. 난 안 들어갈래.

여직원들 나도 안 해! 나도 싫어!

매니저 (라커룸으로 들어서는) 다 싫으면 누가 들어가니?

여직원들	(움찔! 입 다물고)
매니저	뒤에서 고객 흉보는 니들은 진상 아니고? 오늘 VIP실은 여기 있는 사람들 중에서 들어가.
여직원들	(우물쭈물)
다해	제가 들어가도 될까요?
매니저	(돌아보면) 신입? 다해씨 야무진 거야 알지만⋯ 매번 궂은 일은 다 떠맡고⋯
다해	그래야 저도 배우죠.

S#7―스파, VIP실 D

초췌한 복만흠, 가운 차림으로 등을 보이고 앉아있고

다해	(복만흠 뒤에서) 처음 뵙겠습니다. 도다해라고 합니다.
	(찻잔 내려놓는) 차부터 한잔하시겠어요?
복만흠	(등 돌리고, 눈길도 주지 않은 채) 밍밍한 허브티라면 됐어요.
다해	지리산 약초로 제가 만든 차예요. 산에 다니는 걸 좋아해서.
복만흠	(지리산? 약초? 찻잔을 흘끗)
다해	잠을 잘 못 주무신다고 들었어요. 불면증에 좋은 약초들로 우렸는데⋯
복만흠	(의심스럽게 냄새 맡아보고) 향은 괜찮네.
	(하지만 입에 대진 않고)
다해	최근에 어디 바람 쐬고 오셨어요?
복만흠	?! (어떻게 알았지? 드디어 다해를 돌아보는데)
다해	(이번엔 다해가 등 돌리고 돌아서는) 피부가 거칠고 발긋해서요. 손상된 피부를 진정시키는 오일로 준비해 오겠습니다.

29

(나가면)

복만흠　(뭘 좀 아는 사람인가? 반신반의 다해가 준 차를 마셔 본다. 호록…)

엎드린 복만흠의 등을 정성스레 마사지하는 다해,
손바닥으로 리드미컬하게 천천히 미끄러지며 깊은 원형을 그린다.

복만흠　손아귀 힘이 세네.

다해　　부드럽게 할까요?

복만흠　이대로 괜찮아요.

다해　　좋은 오일이나 제품도 많지만, 사람 손만 한 도구는 없는
　　　　것 같아요.

복만흠　(슬슬 노곤노곤 풀어지는) 그렇지…

다해　　저는 손으로 기운을 불어넣는다고 생각해요.
　　　　여기 다 지치고 기운이 바닥나서 오시는 분들이니까요,
　　　　그래서 시간 날 때마다 산으로 바다로 일부러 찾아다녀요.
　　　　(지그시 지압하는) 좋은 기운 받아서 제 손으로 이렇게 전해
　　　　드리려고.

복만흠　그러게… 안 그래도 머리끝까지 수렁에 잠긴 기분이었는
　　　　데… 지금껏 받았던 마사지랑은 좀 달라… 손끝에서 특별
　　　　한 기운이 느껴져… 우리 가족한텐 없는 거…

다해　　그게 뭔데요?

복만흠　건강…

다해　　건강이요?

복만흠　그래… 건강… 우리 가족한테 무엇보다 필요한 거…! (스르
　　　　르 감기는 눈)

시간 경과〉

눈을 뜨는 복만흠, 담요를 덮고 누워있다.

복만흠 벌써 끝났나…?

매니저 (다해는 이미 자리를 비웠고 대신 들여다보는)

여사님, 깨셨어요?

복만흠 내가 잤다고? 그럴 리가…

(시계 보면 시간이 훅 지나있다!) 세상에!! 내가 몇 시간이나

잔 거야??

S#8—스파 로비 D

옷을 갈아입고 나온 복만흠, 두툼한 지갑에서 현금 백만 원 꺼낸다.

매니저 감사합니다. (돈으로 손이 나가는데)

복만흠 (돈 거두고) 오늘 들어왔던 선생, 이름이 뭐였더라?

다해 (안쪽에서 나오는) 도다해라고 합니다.

복만흠 아 그래 도다해씨… (드디어 다해 얼굴 보더니 멈칫!) 잠깐

만… 혹시…?

Flashback Insert〉 4씬

귀주가 와락 끌어안았던 사람… 도다해다!

복만흠 맞죠…? 며칠 전에 바다에서…!

다해 ? 바다에 다녀오긴 했는데…

복만흠 세상에! 맞네, 맞아! (다해 손을 덥석 부여잡고) 어떻게 여기

서 만나! 안 그래도 내가 꼭 찾고 싶었는데!

31

다해	(무슨 말씀이신지?)
복만흠	아니 왜, 우리 아들이 바닷물에 뛰…! (주위 시선에 입이 턱 막히고)
매니저	아드님이 바닷물에요…??
여직원들	(뭔 상황이야? 호기심 어린 시선 쏠리고)
다해	아드님 신발이 파도에 휩쓸려서 제가 도와드렸죠.
복만흠	아… 그랬죠… 너무 아끼는 신발이라…
	(백만 원 내미는) 받아요!
	아니야, 아니야, 이걸로 모자라지! (지갑에서 지폐 뭉땅 꺼내 주려는데)
여직원들	(얼마짜리 신발을 건져줬길래? 숙덕숙덕)
다해	(부드럽지만 단호하게 거절하는) 이러지 마세요. 푹 주무시지도 못했는데. 아무래도 내 방 내 침대가 아니면 편치 않으시죠…
복만흠	(그 말에 잠깐 생각하더니) 그럼 집으로 한번 와줄래요? (백만 원을 매니저 앞 데스크에 올려놓으며) 출장도 가능하죠?
매니저	(얼굴에는 미소, 손으로는 백만 원 얼른 슥 집어넣으며) 네 물론이죠. (다해에게 다녀오라는 눈짓)
다해	그럼 다음엔 댁에서 뵙겠습니다. (꾸벅)
복만흠	(볼수록 사람 참 괜찮다. 다해 유심히 보는 눈빛에서)

S#9—복씨 저택 밖 D

마사지 용품이 담긴 가방을 들고 복씨댁 대문 앞에 서 있는 다해.
높게 솟은 담장과 묵직한 대문이 주는 위압감에 조금은 긴장한 기색.

다해   (초인종 누르고) 여사님 안녕하십니까,

          일루전스파 도다해입니다.

철컹 열리는 대문

S#10—복씨 저택 거실 D

다해, 조심스럽게 복씨 저택으로 발을 들이면
정적이 깔린 아무도 없는 거실.

다해   계십니까…?

아무런 대답이 없자 좀 더 안쪽으로 들어가 본다.
조금 열려 있는 어느 방문.

다해   여사님? 안에 계세요? (살짝 방안을 들여다보고는 멈칫)

방안에는 값나가 보이는 미술품과 오브제가 가득하고,
안쪽 구석에 묵직한 금고가 놓였다. 으리으리한 광경에 조금 놀라는데

복만흠   (불쑥) 왔어요?
다해   (흠칫, 꾸벅) 안녕하세요.
복만흠   (우아하게) 이리로.

S#11—복씨 저택 귀주 방 D

동굴처럼 어둑한 방, 부스스 몸을 일으키는 귀주.
뻗친 머리에 며칠째 면도도 안 한 꺼칠한 얼굴.
침대에서 내려와 발을 딛는데 발치에 뭔가 부딪혀 챙그랑!
바닥에 뒹구는 빈 술병들…
비틀비틀 문으로 가면, 문에 웬 종이가 붙어 있다.
"절대로 내려오지 말 것!"

복만흠E   절대로 내려오지 말 것!

귀주   (뭐라는 거야? 전혀 개의치 않고 종이 팔랑~ 날리게 방문을 열고)

S#12—복씨 저택 테라스 D

볕이 잘 드는 곳에 자리를 펴고 누워 릴렉스하는 복만흠.
다해가 머리맡에 앉아 어깨와 목을 부드럽게 풀어준다.

복만흠   (은근한 호구조사) 도다해씨 부모님은 근심이 없겠다. 따님
이 야무져서.

다해   두 분 다 안 계세요.

복만흠   저런… 내가 괜한 소리를. 다른 가족은?

다해   혼자예요. 결혼도 했었는데 잘 안 됐어요.

복만흠   결혼을 벌써?

다해   한 번도 아니고 두 번이나 했는데요.

복만흠   어쩌다…?

다해   (사연이 있는 듯 깊어지는 눈빛)

S#13—호텔 룸 (Flashback Insert) N

(첫 번째 남편과 신혼여행을 왔던 호텔)
문을 열고 룸으로 들어오는 다해, 눈앞의 광경에 하얗게 굳어버린다.
신혼부부를 위해 꾸며놓은 침대 위 장미 꽃잎들이 엉망으로 헝클어
졌고 이제 막 결혼한 새신랑이 다른 여자와 한 몸으로 엉켜있다.

다해E　　첫 번째 남편은 틈만 나면 다른 사람을 찾았어요.

S#14—신혼집 거실 (Flashback Insert) N

(두 번째 남편과의 신혼집)
나뒹구는 술병들, 유리병이 박살나 흩어지고, 다해 머리에 흐르는
피… 술에 취해 마구잡이 주먹을 휘두르는 남자

다해E　　두 번째 남편은 술만 마시면 다른 사람이 됐구요.

S#15—복씨 저택 테라스 (현재) D

복만흠이 자리에서 몸을 일으키고 다해를 새삼 본다.
그늘 없이 건강한 사람인 줄만 알았는데…

다해　　　제가 성급했던 거죠. 가족이 너무 갖고 싶어서…
복만흠　　가족이 갖고 싶다…?
다해　　　근데 글쎄 점쟁이가 결혼을 또 하래요. 세 번째에 진짜

인연을 만난다고.

복만흠   점을 봤어요?

다해   친구 따라갔다가요. 그 친구는 애가 안 생겨서 병원 다니고 고생했는데, 점쟁이 말대로 했더니 바로 임신이 됐어요. 신기하죠?

(은근히 솔깃하게 만들어놓고) 근데 전 그런 거 안 믿어요.

복만흠   (묘한 눈빛이 스치고) 미래를 내다보는 통찰력이 누군가에겐 있기도 하죠.

(슬쩍 운을 떼는) 실은 내 아들 귀주한테도 비슷한 상처가 있어요.

다해   (보면)

복만흠   사고로 아내를 잃었거든…

다해   (그랬구나…)

복만흠   오래전 일이에요. 이십 대 초반 철없고 아무것도 모를 때 저질러버린 결혼이라 결혼생활도 순탄치 못했고. 그런데도 여즉 가슴에서 지우질 못하는 건 그만큼 사랑에 진심인 남자란 거지. 그 녀석 걱정에 내가 잠을 잘 수가 없어… (우리 아들을 한번 만나보라는 뉘앙스인데)

다해   (철벽 치는) 지난번에 드셨던 차가 효과가 좀 있는 것 같던데. 드릴까요?

복만흠   (응? 뭐지? 이 철벽은?)

S#16—복씨 저택 주방 D

엉망인 몰골로 와인을 따는 귀주.
지독한 숙취에 코르크 따는 게 쉽지 않다.

주방으로 들어오는 다해

다해　실례합니다. (귀주를 알아보고) 아… 저…

귀주　(잠깐 건성으로 흘끗, 코르크와 씨름하느라 정신없고)

다해　(다가가는) 도와드릴까요?

귀주　(다해에게 눈길도 주지 않고) 자동 오프너가 있었는데…

와인병 내려놓고 수납장 뒤지는 귀주.
싱크대 모서리에 대충 올려둔 와인병이 위태로워 보인다.

다해　그렇게 두면 위험한데.

귀주　(그러거나 말거나 무기력한 태도로 수납장만 뒤적뒤적)

다해　제가 해드릴게요. (조금 더 다가가 귀주의 시선을 끌려고 하지만)

귀주　아… 됐어요… (만사 귀찮아서 그냥 가버리려 하자)

다해　(모서리에 위태롭게 걸쳐있던 와인병 슬쩍 톡!)

와장창!!! 바닥에 떨어져 박살나는 와인병!

귀주　(그런데도 전혀 놀라는 기색도 없이 천천히 돌아보고)

다해　봐요, 위험하다니까…

귀주　(그세야 다해 제대로 본다. 누구지? 어디서 봤는데? 술기운에 긴 가민가)

다해　(얼른 행주 가져와 깨진 병조각 치우고)

귀주　(조금은 미안한 마음에 엉거주춤 다가오며) 그냥 둬요… 내가…

다해　오지 마세요! 다쳐요! 취하신 것 같은데…

소란에 주방으로 와보는 복만흠

복만흠	어머나!! 이게 무슨 일이야??
	귀주 니가 그랬어?? 너 괜찮니??
귀주	(머쓱, 가버리려는데)
다해	어어!! 움직이지 마세요!!
	(귀주 발 가까이에 떨어진 병조각 치우고) 이제 됐습니다.
복만흠	세상에 고마워라… 두 번씩이나 우리 귀주를…!
	(귀주 찌릿, 그 몰골로 내려오지 말라니까!) 인사는 했니?
귀주	(뉘신지?)
복만흠	너 구해준 분이잖아. 도다해씨. 이름도 예쁘지?
	여긴 내 아들 복귀주. (귀주 뻗친 머리 손으로 황급히 빗으며)
	하하…
다해	괜찮으신 거 보니까 마음이 놓이네요.
귀주	아… 목숨값 받으러 오셨나 본데 뭐 사례는 어머니가 해주
	실 겁니다. (무심한 얼굴로 돌아서서 가버리고)
복만흠	넌 생명의 은인한테 그게 무슨! (귀주 쫓아가며) 복귀주! 애!
	귀주야!

혼자 남게 되자 얼굴을 싹 바꾸는 다해, 숨겼던 표정이 드러난다.
뭔가 예상만큼 쉽게 풀리지는 않는 듯.
텀블러에 담아온 차를 찻잔에 따르고 주머니에서 뭔가를 꺼낸다.
찻잔에 슬쩍 털어 넣는 수면제…!
그때, 뒤에서 휙- 지나가는 검은 그림자.
뒷덜미가 서늘한 다해, 하지만 뒤돌아보면 아무도 없다.
착각이었나…?

S#17—복씨 저택 거실 D

엄순구 나 왔어요. 내가 좀 늦었죠?

외출했던 엄순구가 양손에 묵직한 장바구니를 들고 돌아온다.
복만흠 혼자 소파에 앉아 차를 마시고 있다.

엄순구 우리 귀주 구해준 사람요?
복만흠 갔어요.
엄순구 밥 먹고 가라고 안 했어요? 한우에 송이에 잔뜩 장을 봐
          왔는데…
복만흠 뒤에 예약 손님이 있다고 칼같이 가버렸어요.
          (방문을 열어둔 금고방 힐끗) 운을 살짝 띄웠는데도
          꿈쩍도 않고…

Flashback Insert〉
복만흠, 금고방 방문을 일부러 조금 열어둔다.
다해 보라고 일부러 열어뒀던 것.

복만흠 어쩜 점점 더 마음에 드네? (다해가 준 따뜻한 차 호록…)
엄순구 (마음에 든다고?)

S#18—찜질방 밖 D

찜질방으로 걸어 들어가는 다해

복만흠E 귀주처럼 가족을 잃은 아픔을 겪은 사람이에요.

S#19—찜질방 목욕탕 D

다해 (문에서 고개 들여다보며) 엄마, 나 밥.

레이스 속옷 차림인 세신사, 백일홍.
손님 등에 오일 마사지 해주는 중인데 다해가 복만흠에게 해줬던 마사지와 똑같은 손놀림이다. 노곤노곤한 손님, 아이고 시원해…

백일홍 손님 줄 섰어. 라면 끓여 먹어.

S#20—찜질방 식당 주방 D

가스레인지에 라면 물 올리는 다해.
자체 개발한 기다란 집게로 최대한 멀찍이 떨어져서 불을 켜는데,
탁탁탁 소리만 나고 불이 켜지지 않는다.
길이 조절도 가능한 집게, 길이 줄여서 다시 해봐도 소용없고,
점점 다가가, 자세 낮추고 들여다보는데 순간
화악! 솟아오르는 불꽃!
소스라쳐 집게 놓치고 뒤로 물러나는 다해.
불에 대한 트라우마에 얼어붙는다.

복만흠E 하지만 과거에서 헤어나지 못하는 귀주하곤 달라요.

결국 생라면 부셔 먹는 다해,
한쪽에 쭈그리고 와드득와드득 생라면 씹는 모습 위로

복만흠E   인스턴트가 아니라 집밥 같은 사람이랄까?
사람 잘못 만나서 아픔을 겪었는데도 여전히 가족을 원하
는 것 같더라고.

S#21—찜질방 D

찜질복 입은 사람들 찜질하러 문 열고 들어갔다가 우물쭈물 다시 나
온다. 안에 있는 누군가를 보고 겁을 먹고 슬금슬금 피하는 분위기
인데, 다해, 아무렇지도 않게 그 문을 열고 들어간다.
어둑한 찜질방 안, 우락부락 험상궂은 노형태 어둠의 포스를 풍기며
도사리고 앉았다.

다해   나와.

툭 뱉은 한 마디에, 노형태 말없이 한쪽으로 슥 자리를 내준다.
덕분에 아무도 없는 쾌적한 공간에 대자로 드러눕는 다해.
뜨끈뜨끈 등을 지진다. 아 좋다…

엄순구E   의지할 가족도 없이 혼자라 맘에 든 거 아니고요?

S#22—복씨 저택 거실 D

엄순구 우리 집에 들어왔다가 무슨 일이 생겨도 문제 일으키지 않
도록. 나처럼 말이에요…

뼈 있는 말을 뱉었는데 아무런 대답이 없다.
왜 반응이 없지? 돌아보면,
복만흠 어느새 소파에 기댄 채 잠이 들어있다.
힘없이 떨군 손에 들린 빈 찻잔.

S#23—찜질방 일각 N

모여앉아 구운 계란 까먹으며 수다 떠는 중년 여자들

여자1 (백일홍에게 마사지 받던 손님) 그 집 마나님이 결혼정보회사
에다 뭐라고 조건을 걸었는지 말했지? 결혼하면 강남 역세
권 500억짜리 건물 한 채!!
여자2 아유 알지! 요즘 재혼 시장에서 가장 핫한 매물 아냐!
여자들 ("세상에!", "내가 20년만 젊었으면!" 리액션 쏟아지고)
여자3 남잔 뭐하는 사람인데?
여자1 500억 건물에다 헬스장 차려놓고 빈둥빈둥한대. 우울증
이래나 봐. 시어머니 자리도 보통 까다로운 게 아니고. 얼
마 전에 새로 들은 얘긴데…

다해, 슬그머니 여자들 쪽으로 다가가 베개 정리하고

여자1	죽은 며느리를 끝까지 그 집 사람으로 인정을 안 했대요. 집
	안 대대로 내려오는 반지가 있는데 끝내 안 물려줬나 봐.
다해	(베개 정리하며 조용히 듣는 데서)

S#24—복만흠의 꿈 D

짙은 안개가 뒤덮여 어딘지 분간할 수 없는 어둑한 실내 공간.
반지를 낀 누군가의 손이 흐릿하게 보인다.
안개에 가려 반지를 낀 사람이 누군지 알아볼 수가 없는데…
겨우 언뜻 드러나는 얼굴… 다해다!

S#25—복씨 저택 거실 N

허억! 소스라쳐 잠에서 깨는 복만흠!
낮에 잠들었던 그대로 밤까지 소파에서 자고 있었다.

엄순구	웬일로 이렇게 깊은 잠을 잤어요? 깨워도 못 일어나서 걱
	정했네.
복만흠	(믿기시 않는 멍한 눈빛) 꿈을 꿨어요…!
엄순구	꿈이요?
복만흠	뿌예서… 시원하게 다 보이진 않았는데…
엄순구	그래도 이게 얼마 만에 꾸는 꿈이에요? 주는 대로 감사히
	받아야지! (바짝 다가앉는) 뭐가 보였어요?
복만흠	그 사람이요! 도다해… 도다해가 우리 집안 반지를 끼고 있
	었어요!

엄순구   설마…

복만흠   틀림없어요. 우리가 잃어버린 능력을 되찾아줄 구원자야…!

S#26—복씨 저택 귀주 방 N

토요일에 동그라미가 쳐진 달력

복만흠E   (앞씬 연결) 토요일에 정식으로 집에 초대해야겠어요.

귀주   (물끄러미 달력 바라보는)

S#27—복씨 저택 2층 복도 N

닫힌 방문 앞에서 서성거리는 귀주,

방문 너머의 기적을 살피며, 문고리 잡았다 났다, 노크할까 말까,

귀주   (한참을 서성이다가 문틈에 대고) 이나야… 토요일에 말인데…
         혹시 뭐… 갖고 싶거나 필요한 거… (기껏 용기를 냈는데)

복도 저편에 서 있는 이나와 눈이 마주친다.

이상한 눈으로 쳐다보는 이나. 내 방문 앞에서 혼자 뭐하는 거지?

귀주   (당황) 아… 그… 저기…

이나   (핸드폰 보면서 걸어오고)

귀주   (괜히 엉뚱한 말이 튀어나오는) 아빠 그때… 뛰어든 거 아니다…?

이나   (무심히) 네… (핸드폰 보면서 귀주를 지나쳐 방으로 들어가고)

이나 방문 닫히면, 닫힌 방문 앞에 귀주 혼자 우두커니…

S#28—복스짐 D

벤치프레스 기구를 침대 삼아 드러누운 귀주,
나무늘보처럼 무기력하게 늘어져 있다.

그레이스E 저기요?
귀주　　　(고개만 겨우 들고 보면)

몸매를 드러내는 운동복 차림으로 서 있는 그레이스

귀주　　　(운동하게 비켜달라고?) 아… 예…

끄응차 세상 힘겹게 늘어진 몸 추슬러 일어나는 귀주,
몇 발자국 못가 이번엔 싯업벤치에 벌렁 드러눕는다.

그레이스　(뭐지?) 여기 복스짐 관장님 아니에요? 트레이너 뽑는대서
　　　　　왔는데? (이력서 내밀면)
귀주　　　(겨우 윗몸 일으켜 이력서 대충 보고 휙 놀려주는) 내일부터 출
　　　　　근하세요.
그레이스　이렇게 쉽게?
귀주　　　(만사 귀찮아 무기력하게 드러눕는다)
그레이스　예쁜 건 알아가지고! (피식 웃으며 돌아서는데)
복동희　　(과자봉지 부스럭거리며 앞을 막아서는) 트레이너를 얼굴만
　　　　　보고 뽑을 수는 없죠. (이력서) 잠깐 봐도 될까요?

그레이스	누구신데요?
복동희	이 건물 건물주.
그레이스	!
복동희	…예정자.
그레이스	?
복동희	(이력서 가져가 쭉 훑어보다가 눈 커지고) 홈트영상 구독자… 30만??
그레이스	그쪽에선 쫌 유명해요 내가.
복동희	(떨떠름 이력서 돌려주면서) 구독자 돈으로 사기도 한다던데?
그레이스	(뭔가 켕기는 눈빛 짧게 스치고) 어? 언니야도 유명한 사람이네?
복동희	(알아봐 주는 게 좋으면서 괜히 부담스러운 척) 아닌데…
그레이스	맞는데? 분명히 봤는데?
복동희	어우 아니에요… (주변 의식하는데)
그레이스	먹방 채널 하죠! 맞죠!
복동희	… (과자 와작와작)
그레이스	과자 씹는 소리가 귀에 착착 감기는데… (가면서) 그럼 내일 올게요!

동희, 과자봉지 끌어안고 귀주 옆 싯업벤치에 앉는다.

복동희	웬일로 출근을 다 했다? 집에 있는 게 헬스장 경영에 좋을 텐데.
귀주	웬일로 운동을 다 왔어? 여기가 과자 맛집인 줄 아는 건가?
복동희	이게 내 인생 최후의 과자야. 살 뺄 거야.
귀주	(비관적이고 단조로운 어조로 다다다) 빼지 마. 안 빠져. 빠져도 요요와. 빠질 땐 근육이 빠지고 찔 땐 지방이 쪄서 라인만 망가지고 갈수록 살이 더 잘 찌는 체질이 되지. 다 소용없어.

복동희   (과자봉지 꾸깃) 살 빼서 결혼할 거야! 결혼하면 이 건물은
       내 거고! 그럼 월세 한 푼 안 내는 헬스장은 바로 철수야!

귀주   (그러든지 말든지… 돈봉투 툭 내미는)

복동희   ? 월세?

귀주   (고개 젓고) 선물 좀 대신 사줘.

S#29—성형외과 상담실 D

늘씬한 20대 복동희가 쫙 붙는 미니드레스 입고 활짝 웃고 있다.
화면 빠지면 성형외과 광고 입간판에 붙은 홍보모델 사진이고,
사진 밑에 굵은 글씨로 찍힌 '슈퍼모델 복동희'

복동희E   지방흡입이요?

입간판 사진과 동일 인물이라고 보기 힘든 펑퍼짐하게 퍼진 동희가
데스크에 앉았고, 동희보다 슬림한 고객이 지방흡입 상담을 받는 중
이다.

상담녀   네, 근데 잘못될까 봐 무서워서요…

복동희   한 번에 2,500cc 정도로 적정량만 흡입하면 안전합니다.

상담녀   그런데 왜 안 받으세요? 부작용 때문 아니에요?

복동희   저요…? (애써 영업미소 유지하며) 저도 물론 받아봤죠.

상담녀   (터질 듯한 동희의 단추를 흘긋) 혹시 요요가 있나요?

복동희   일반적인 다이어트는 지방세포의 크기를 줄이는 건데, 지
       방흡입을 하게 되면 지방세포 수가 영구적으로 줄어들어
       서 쉽게 요요가 오진 않습니다.

(하는 순간, 터질 듯 간당간당 매달려 있던 단추가 툭!!!)

상담녀　　…

S#30—성형외과 로비 D

상담실을 박차고 달아나듯 가버리는 상담녀.
동희 다급히 따라 나오지만 붙잡지 못하고.
저만치 성형외과 원장 조지한이 굳은 얼굴로 이쪽을 보고 있다.
동희, 터진 옷 여미며 헤… 웃음으로 무마를 시도하는데

조지한　　(냉랭한 얼굴로) 요즘 힘들어 보인다. 좀 쉴래?

복동희　　나 괜찮아! 병원 자리 잡기 전까지 내가 쉴 틈이 어딨어?

조지한　　그러니까, 병원이 자리를 못 잡고 있거든. 상담실에만 들어
　　　　　가면 신뢰도가 확 떨어지니까…

복동희　　…!

조지한　　(진료실 들어가면서 접수데스크에) 당분간 모든 상담은 내가
　　　　　직접 할게요.

복동희　　…

S#31—베이커리 D

쟁반 두어 개에 산더미처럼 쌓아 올린 빵무더기.
손이 큰 손님을 맞아 빵 포장하느라 분주한 점원.
복동희 신용카드 내밀고, 포장 중인 빵을 우걱우걱 입에 밀어 넣는다.

점원   (카드 돌려주며) 한도초과라고 나오는데요.

동희, 미어지게 빵 물고 핸드백을 여는데 귀주가 준 봉투가 툭 나온다. 어쩔 수 없지. 봉투에서 지폐 꺼내 내민다.

복동희   (핸드폰 진동 울리고, 전화 받는) 엄마 나 지금 상담 중이라 바쁜데…
             (표정 싹 변하고) 뭐? 누굴 초대해? 구원자??

S#32―복씨 저택 정원 D

화려한 꽃장식, 고급스러운 케이터링 음식들이 차려졌다.
세팅 마무리한 케이터링 직원들 대문 열어두고 나가고

복만흠   (불안 초조) 베지테리언이면 어쩌나? 비건으로 준비할걸.
엄순구   이 정도면 넘치게 준비했어요.
복만흠   너무 과해서 부담스러워하면요? 이런 게 익숙하지 않으면 기죽인다고 오해할 수도 있는데… 미세먼지는 어때요?
엄순구   3분 전에 확인했잖아요. 하늘 무너질 걱정은 안 해요?
복만흠   (곱게 흘기다가, 하늘 올려다보며) 그러고 보니… 비가 쏟아지면 어쩌지?
엄순구   (하늘은 구름 한 점 없이 쨍하기만 하다. 절레절레…)

구부정한 귀주 털레털레 슬리퍼 끌고 나오면서

귀주   이게 다 뭐예요.

복만흠   생일파티잖아. 옷 좀 갖춰 입고 나오라니까. 그래도 아빠라
              는 게.

귀주   언제부터 이렇게 챙겼다고.

복만흠   그동안은 니 눈치 보느라 매년 조용히 지나갔지.
              올해부터는 새롭게 분위기를 좀 바꿔보자.

대문 쪽에서 안으로 들어서는 복동희

복동희   나 왔어요! 문이 열려 있네? 구원자는? 아직 안 왔어요?

귀주   구원자?

복만흠   (신경 쓰지 말라는 듯) 손님도 한 분 초대했어. 칙칙한 분위
              기를 띄워줄 구원자랄까?

귀주   ? (께름칙한데) 선물 부탁한 건?

복동희   (별로 개의치 않고) 배송 오는 중일 거야.
              아니, 엄만 누군지 알고 함부로! 우리 구원자님 뒷조사는
              철저히 해봤고?

복만흠   내가 알아서 할 테니까 넌 입 다물고 있어.

귀주   ?? (쎄하다) 송장번호 불러봐.

복동희   (대충 얼버무리는) 해외 배송이라 오래 걸리나 봐.
              (지금 그게 문제니?) 귀주는 모르는구나? 엄마가 무슨 짓을
              꾸몄는지?

복만흠   (어금니 꾹) 입 다물라니까.

귀주   (뭐지?) 조카 선물 살 돈 삥땅 쳐서 뭐 맛있는 거 사먹은 거지?
              그거 말고 또 내가 알아야 할 게 있는 거고? (복만흠 쳐다보면)

복만흠   (딴청) 이나 애는 왜 안 내려와?

엄순구   (2층에 대고 손나팔) 이나야! 복이나!

대문 쪽에서 작은 꽃바구니를 들고 안으로 들어서는 다해

다해　　안녕하세요?

귀주　　…!

복만흠　(두 팔 벌려 맞이하는) 어서 와요!

엄순구　(꽃바구니 받아 주는) 그냥 오셔도 되는데.

　　　　　예쁘네요. 고맙습니다.

복동희　(악수 청하는) 나도 고마워요.

　　　　　내 동생 바다에서 건져주신 분이죠?

　　　　　(악수하며 위아래 훑는) 월척을 낚으셨네? 정말 귀주랑 결혼

　　　　　할 거예요?

귀주　　결혼??

다해　　? 예…?

복만흠　(복동희 저 입을 그냥 확!)

엄순구　(어색하게 허허) 일단 앉아서… 앉아서 얘기합시다!

짧은 시간 경과〉

복만흠의 간절함, 복동희의 경계심, 엄순구의 호기심 어린 눈빛들,
그리고 우울한 귀주의 눈빛까지 한몸에 받으며 어색하게 앉은 다해

복만흠　(바싹 다가앉는) 아픔을 가진 사람끼리 서로 의지해보면 어

　　　　　떨까 하고…

다해　　그러니까 이 자리가 선보는 자린가요…?

귀주　　그럼 우리 가족 소개부터 하셔야지. 오늘 내 딸 생일이에요.

다해　　딸이요…?

귀주　　(비관적이고 단조로운 어조로 다다다) 그래요. 나한테 딸이 있

　　　　　어요. 안 그래도 남의 아이 이해하기 힘든데 하필이면 열

세 살 사춘기죠. 아무리 이해하려고 애써봤자 아줌마가 뭘
아냐면서 삐뚤어질 거고, 삐뚠 거 바로잡겠다고 훈육하면
학대하는 계모 소리 들을 겁니다.

다해 제가요…?

복만흠 귀주야!

엄순구 우리 이나 그런 애 아니에요. (2층에 대고) 이나야! 좀 내려
와 봐!

귀주 봤죠? 문 걸어 잠그고 대답도 없는 거.

복동희 (피식, 그럼 그렇지, 귀주가 결혼은 무슨! 안심하고 인사 건네는)
난 귀주 누나예요, 복동희.

귀주 (또 건조하게 다다다) 말리는 시누이가 밉다는데 이 분은 피
말리는 시누이가 돼줄 겁니다. 만나는 남자들 주머니로 집
안 돈을 퍼다 나르고 있죠.

복동희 (애써 우아하게) 어머 얘는? 내가 언제!

귀주 와인바 차려주고, 카페 차려주고, 최근엔 병원까지 차려주고.
뭐 덕분에 자기 개발은 좀 했지? 소믈리에 자격증도 있고
바리스타 자격증도 있고 지금은 뭐더라? 코디? 근데 왜 출
근 안 했어? 짤렸나?

복동희 (으르렁!) 안 닥칠래?!

귀주 봤죠? 다이어트 땐 근처에도 안 가는 게 안전합니다.

복만흠 (부글부글) 나 좀 보자! (귀주 끌고 안으로)

엄순구 (한숨…) 이나한테 좀 가봐야겠다. (안으로)

복동희 (핑 도는) 아… 어지러워…

다해 괜찮으세요?

복동희 다이어트 중이라 그래요. 그러니까 떨어져요. 귀주한테 들
었죠? 물어요.

다해 (이해한다는 듯 미소) 남매가 다 그렇죠…

복동희	첫인상부터 우스워졌는데… 우리 가족이 원래 이렇진 않
	아요. 한군데씩 고장 나서 이 지경이 된 거지.
다해	(동희의 안색이 좋지 않다) 뭐 좀 드시겠어요? 너무 무리하면…
복동희	(고개 젓고) 살을 빼야 예전으로 돌아가요…
	(다해 보며) 나도 그 나이 땐 날아다녔거든… 다시 날 수만
	있다면…!
다해	…? 아아, 승무원이셨어요?
복동희	(야릇한 표정으로 피식) 미안한데, 물이나 좀 가져다줄래요?

S#33—복씨 저택 이나 방 D

똑똑똑 노크하고 들여다보는 엄순구

엄순구	이나는 파티가 싫구나?
이나	(핸드폰만 보고) …
엄순구	그래도 생일인데… 가족들이랑 케이크 초는 불어야지.
이나	(핸드폰만 보는) …
엄순구	그럼 편한 대로 하렴. (문 닫으려는데)
이나	(눈은 핸드폰에 둔 채) 미역국은요?
엄순구	(보면)
이나	할아버지 미역국 먹고 싶어요.
엄순구	(다정한 미소) 당연히 준비했지. 그럼 잠깐 내려올래?

S#34—복씨 저택 주방 D

냄비에 고기 육수가 끓고, 그 옆에 찬물에 불려놓은 미역도 보이고,
거대하고 화려한 케이크에 촛불을 붙이는 엄순구.

다해	(주방으로 들어오다가, 거대한 케이크 보고)
엄순구	뭐 필요한 거라도?
다해	물 좀 가지러, 제가 하겠습니다. (컵에 물 따르고)
엄순구	(그 사이에 촛불 다 켜고는) 이것 좀 같이 가지고 나갈래요?

S#35—복씨 저택 거실 D

안방 문 쾅! 여닫는 소리 나고,
귀주, 옷자락을 붙잡은 복만흠의 손길을 거칠게 뿌리친다.

귀주	어떻게 오늘 다른 사람을 집에 불러들여요! 어떻게 오늘!!
복만흠	이제 그만 지워주고 싶었어! 니가 너무 오래 지우질 못하니까! 다른 사람으로 덮어서라도 좀 지우라고!!
귀주	오늘은 이나 생일이기도 해요! 손주 생각은 안 해요?
복만흠	넌 니 자식 생일 앞두고 죽으려고 했잖아!
귀주	죽으려고 한 거 아니에요.
복만흠	죽으려고 한 게 아닌데 바다에 뛰어들어?? 죽은 사람만 생각하느라 니 옆에 산 사람들 제대로 봐주지 도 않고! 죽은 사람 따라가려고 기어코 부모 자식 다 버리 려고 했잖아 너!!!

바퀴 달린 서빙 카트에 케이크를 싣고 주방 쪽에서 나오던 다해, 엄순구, 소란에 걸음을 멈추고 보면

귀주   (돌아서서 나가버리려는데)

복만흠   (다해 보지 못하고) 이번엔 내 말대로 해! 너하고 결혼만 안 했어도 세연이는 살았을 거야.

귀주   (그 말에 우뚝…)

복만흠   내가 말렸잖아. 그 결혼은 미래가 보이지 않는다고. 니 미래는 니가 만든답시고 멋대로 덜컥 아이부터 가졌지! 결과가 어땠니? 처음부터 잘못 꿰어진 단추였다고!!

엄순구   여보!! (2층 계단 쪽을 가리키는)

복만흠   (계단을 보면)

계단에 서 있는 이나…! 표정 없이 굳어있다.

귀주   …!

복만흠   ! 이나야…

말없이 툭툭툭 계단을 내려오는 이나.
모두가 숨죽이고 바라보는 가운데, 생일 케이크 촛불을 후-! 불어서 끈다.

다해   …!

일동   …!

이나 2층으로, 귀주는 돌아서서 밖으로

S#36—복씨 저택 이나 방 D

창가에 멍하니 기대선 이나.
투두둑… 소나기가 쏟아지기 시작한다.
창밖으로 우산도 없이 집을 나서는 귀주가 보인다.
유리창을 타고 눈물처럼 흐르는 빗물.
내가 태어난 게 불행의 시작이었다…?
나도 안다…

S#37—복씨 저택 밖 D

금방이라도 무너질 듯 빗줄기 속을 걸어가는 귀주.

S#38—복씨 저택 정원 D

화려하게 차린 파티 테이블도 소나기를 뒤집어쓰고 엉망이 되고…

복동희   (빗물을 뒤집어쓴 음식들 슬프게 보며) 차라리 잘됐다. 내 것
　　　　　이 못 될 바에야 망가져 버려…!

엄순구 달려 나와 혼자서 어떻게든 수습해보려고 우왕좌왕,
뚜껑 덮인 음식들이라도 허둥지둥 안으로 옮기는데,
밖으로 나오던 복만흠이 현기증에 균형을 잃고 비틀…!
쓰러지며 엄순구와 부딪혀 음식들 바닥에 쏟아지고…

엄순구	여보!!!
복동희	엄마!!!
다해	(물컵 가지고 나오다 놀라서) 괜찮으세요??
복만흠	(주저앉아서) 그냥 잠깐 어지러워서…
엄순구	잠을 못 자서 그래요. 병원으로 가요!
복동희	차 빼 올게요! (허둥지둥 뛰어나가고)
엄순구	(복만흠을 들쳐 업는데 힘에 부치고) 아이고…!!
다해	도와드릴게요! (따라나서려는데)
엄순구	(다급히) 아아, 냄비!! (다해에게) 미역국 끓이려고 육수를 올려놨거든요! 불 좀 꺼줄래요??
다해	아… 네! (안으로 뛰어 들어가고)

S#39—복씨 저택 주방 D

다해, 다급하게 달려 들어오다가 그 자리에 우뚝 멈춘다.
뚜껑이 들썩일 정도로 부글부글 맹렬한 기세로 끓어오르는 냄비!
비슷한 주방용 집게라도 찾아서 불을 꺼보려고 하지만 물이 넘쳐
치익!! 솟구치는 붉은 불꽃에 어쩔 줄 모르는데…
그때, 손을 뻗어 대신 불을 꺼주는 사람… 이나다.

다해	…!
이나	(다해와 눈이 마주치자마자 휙 시선을 피해버리고)
다해	고마워. 나는… (뭐라고 소개해야 할지?)
이나	이번엔 또 뭘 타려고요?
다해	어…?

Flashback Insert〉 16씬

다해가 찻잔에 수면제를 털어 넣을 때, 뒤에서 휙 지나가던 기척

현재〉

다해, 그게 이 녀석이었구나…!

다해　　차에 탄 거 말이야? 감초 엑기스야. 살짝 단맛을 내려고.

　　　　(태연한 척, 이나의 눈을 읽으려 하지만)

이나　　(핸드폰 보는 척 눈을 피하고)

다해　　다음부턴 그 자리에서 물어봐. 몰래 훔쳐보지 말고.

이나　　다음에도 오게요?

다해　　어…?

이나　　안녕히 가세요.

다해　　뭐…?

이나　　어른들 안 계신 집에 낯선 사람 들이지 말래서요.

　　　　(시크하게 뱉고 돌아서는데, 배에서 꼬르륵…!)

다해　　(응?)

이나　　(획 2층으로 뛰어 올라가고)

다해　　(이나의 뒷모습에 시선 주면)

이나가 마음에 걸리는 다해.

창밖, 생일상은 빗물을 뒤집어쓰고 망가져 버렸고, 생일 케이크는 녹아내린 촛농으로 얼룩졌고, 육수 냄비 옆에는 불려놓은 미역 보이고…

S#40—납골당 D

물방울이 뚝뚝 떨어지는 옷자락…
비에 젖은 귀주가 세연의 유골함 앞에 우두커니 서 있다.

장인   자네…?

저만치 서 있는 장인장모

귀주   (황망히 꾸벅…)
장인   폐인 꼴로 나타나지 말라니까! 인사 다 했으면 얼른 자리
           비워주게!
장모   그러지 마요…
장인   (저쪽으로 가버리고)
장모   저 사람도 속상해서 그래. 우리 세연이가 이런 자네 보면
           맘 아플까 봐.
귀주   …
장모   이나는 잘 있나?
귀주   같이 못 와서 죄송합니다…
장모   (너그럽게 웃어 보이는) 우리 딸도 그렇게 내성적이었어.

S#41—터널 밖 (7년 전) D

도로 위에 죽 그어진 스키드마크 따라가 보면,
박살난 유리조각과 조각난 파편들…
바닥에 톡톡 떨어지는 핏방울…

구겨진 자동차 운전석에서 길게 나와 늘어진 세연의 팔…

그 팔을 타고 붉은 피가 흘러 톡톡 떨어지고 있다.

뒷좌석에는 피 묻은 토끼인형을 꼭 끌어안고 우는 어린 이나(6세)

이마에 난 상처에서 피가 흐른다. (현재 이나 이마에 엷은 흉터 남았고,

앞머리에 가려 평소엔 잘 보이지 않는다.)

그런데, 조수석에 앉아있는 귀주는 긁힌 상처도 없이 멀쩡하다.

그저 눈앞의 상황이 믿기지 않아 충격으로 몸을 떨고 있을 뿐…

S#42—납골당 (현재) D

장모   어떻게 자네만 털끝도 안 다치고 멀쩡했을까…

귀주   …

장모   세연이가 이상한 얘길 한 적 있어, 자네한테 특별한 능력
이 있다고… (힘없이 웃으며) 정말로 무슨 능력이라도 있는
건가…?

귀주E   (죄책감에 먹먹한 얼굴 위로 속마음) 특별한 저주라면 모를
까요…

장모   벌써 7년이네… 살아남은 건 죄가 아니야. (따뜻하게) 그러
니까 살아.

귀주   …

S#43—복씨 저택 주방 N

보글보글 끓는 미역국, 다해 숟가락 끄트머리를 잡고 멀찍이 간을
본다.

이나	아직 안 갔어요?
다해	(돌아보고) 미역국 다 됐는데 먹을래? 밥솥에 밥 있던데.
이나	뭐가 들었을 줄 알고… (핸드폰 보며 눈길도 안 주는데, 배에서 꼬르륵! 시크한 태도와 그렇지 못한 뱃속 사정…)
다해	(웃고, 억지로 앉히는) 앉아.

밥과 미역국, 김치만 놓인 조촐한 생일상

이나	(얼결에 앉긴 했지만, 핸드폰만 쳐다보는) …
다해	내가 기미상궁 할게. (미역국 후룩후룩 맛있게 먹어 보이는)
이나	(맛있게 먹는 모습에 식욕이 동해 슬쩍 먹어본다. 따뜻하다…)
다해	니 아빠, 죽으려던 거 아니었어.
이나	(멈칫)
다해	내가 그날 거기 있었거든. 내가 봤어.
이나	(위로해 주려고 하는 말이겠지… 그래도 그 마음이 조금은 고맙다.)
다해	다른 이유가 있어서 물에 들어갔는데 왜 그랬냐면…
이나	(말 끊고) 도망가요.
다해	어?
이나	이 집에 더 얽히지 말고 도망가라구요.
다해	그게 무슨…
이나	우리 가족, 이상한 거 못 느꼈어요?
다해	글쎄… 왜… 무슨 비밀이라도 있나?
이나	미역국이 그럭저럭 먹을 만해서 말해주는 건데… 우리 가족은요…
다해	(보면)
이나	초능력가족이에요.
다해	초능력…?

이나	그런데, 병을 얻어서 그만 능력을 잃어버렸어요.
다해	병…?
이나	현대인의 질병이요.
다해	… (보다가) 너 내가 맘에 안 들지?
이나	할머니가 왜 그렇게 잠에 집착하게요?
다해	불면증이라 힘드시니까…
이나	잠을 자야 꿈을 꾸니까요. 꿈에 미래를 보거든요.
다해	예지몽을 꾸는데 하필 불면증에 걸렸다…?
이나	고모는 비만 때문에 몸이 무거워져서 날지 못하게 됐고요.
다해	그럼 니가 걸린 현대인의 질병은 스마트폰 중독이야? 능력은? 혹시… 투시능력? (괜히 손으로 몸을 가리며) 그래서 아까부터 날 똑바로 못 봐?
이나	난 능력 없어요. 그래서 할머니가 더 초조해하는 거고. 우리 집에 들어오면 애부터 낳아야 할 거예요.
다해	애부터? (재밌네, 어디 한번 계속해봐) 그럼 니네 아빠는?
이나	눈감고 행복했던 기억을 떠올리면 그때로 돌아갈 수 있었어요.
다해	지금은 왜 못 돌아가?
이나	현재 더 이상 어떤 과거도 행복하게 안 느껴지니까. 우울증이잖아요.
다해	아아…! (말은 되네! 재밌는 녀석이네?)

S#44—복씨 저택 거실 N

집에 돌아온 귀주, 손에는 토끼인형이 들려있다.
주방에서 나는 달그락 소리에 가보면

S#45—복씨 저택 주방 N

식사를 마친 식탁을 치우는 다해가 보인다.

다해   (기척을 느끼고 돌아보는) 왔어요?

귀주   여기서 뭐하는 겁니까?

다해   미역국 끓였어요. 생일인데 애 혼자 밥도 못 먹고…

귀주   밥을 먹었다고? 이나가?

다해   (귀주 손에 토끼인형 보고) 설마 그게 중학생 생일선물이에
요? 과거로 돌아가는 능력을 잃었다더니…
오히려 과거에만 있는 사람 같네.

귀주   ! 그런 소릴 누가…!

다해   따님이요.

귀주   (그 말 없는 애가?) 이나가…? 그런 얘기까지…??

다해   상상력이 풍부한 아이 같더라고요.
귀주씨 시계가 다시 움직였으면 좋겠네요.
이나를 위해서라도.

귀주   (이 여자 의도가 뭐지? 쳐다보다가) 나 우울증 환자예요.
결혼해서 가족이 된다는 건 누군가를 지키겠다는 약속인데,
난 누굴 지킬 수 있는 사람이 못 돼요.

다해   … (보다가) 나 봤는데. 지키는 거.

귀주   …?

S#46—해변 (Flashback/1씬, 4씬 연결) D

해변에서 뛰어놀던 단란한 세 식구.

물장난하던 소녀가 토끼인형을 바다에 빠뜨리고 만다.

순식간에 파도에 휩쓸려 떠내려 가버리는 토끼인형!

인형을 잡으러 바다로 들어가려는 소녀를 얼른 안고 자리를 피하는
부모.

소녀, 아빠 품에서 엉엉 울며 "바니바니! 바니바니!" 부르며 멀어진다.

사실은 멀리서 그 모습을 바라보고 있었던 귀주,

인형이 떠내려간 바다로 걸어 들어간다.

다해가 물 밖으로 끌어내는 귀주 손에 토끼인형이 꼭 쥐어져 있다.

"귀주야!!!" 가족들이 울고불고 달려오면 뒤로 물러나는 다해,

구급차 달려와서 구급대원들이 귀주 상태 살피는 등 정신없는 와중,

모여든 인파에서 벗어나서 보면,

모래사장에 물에 젖은 토끼인형이 놓여있다.

소녀   바니바니! (달려와 와락 인형을 끌어안는) 엄마아빠 이거 봐!
           바니바니야! 슈퍼히어로가 구해줬나 봐!

S#47—복씨 저택 주방 (현재) N

다해   오래전에 나도 누가 구해줬어요.

귀주   (보면)

다해   이렇게 죽는구나 싶었는데 기적처럼 겨우 살았거든요.
           근데 살아남은 게 꼭 죄지은 기분인 거예요.
           다른 사람이 살았어야 했는데 쓸데없이 나 같은 게.
           가진 것도 없이 괜히 살아남아서 외롭기만 하고.

귀주	(나와 같은 마음이었다…?)
다해	그래도 목숨 걸고 구해준 사람 생각하면 살아야겠더라고요. 살아봤자 뭐 없어도 그 사람 떠올리면서, 가능하면 행복하게.
귀주	…
다해	귀주씨, 그 사람 닮았어요.
귀주	(내가…?)
다해	귀주씨도 그런 사람이죠? 누군가를 구하고, 살게 하는 사람.
귀주	… (그 말이 가슴 깊은 곳을 아프게 건드리고) 나는 아무도 못 구해요… 사람 잘못 봤어요. 그쪽이 날 구했다고, 나도 그쪽을 구해줄 거란 기대는 접는 게 좋을 겁니다.
다해	… (앞치마 벗고) 설거지 정도는 기대해도 되겠죠? (가며)
귀주	(다해 뒷모습 바라보는 시선에서)

S#48—찜질방 다해 방 N

찜질방 안쪽에 딸린 비좁은 방.
시장에서 파는 싸구려 약초들과 한방 티백 따위가 한쪽에 보인다.
한 사람이 겨우 누울 정도의 공간에 몸을 누이는 다해.
귀주와의 일을 되새기며 잠시 생각에 잠겨 있는데…

| 백일홍 | (문 열고 들여다보는) 우리 주연배우 고생했다. 식혜 한잔해라. |

S#49—찜질방 불가마 N

다해에게 식혜를 건네는 백일홍.

옆에서 땀을 빼던 여자가 뒤집어쓴 수건을 슥 벗는데… 그레이스다.

그레이스 엄마, 내 식혜는?

백일홍 넌 관리해야지.

그레이스 드러워서 나도 주연배우 데뷔하든지 해야지.

언제까지 나만 에로야? 나도 멜로 해! 볼래?

(발연기) 당신, 내 생명의 은인을 닮았어요! 당신이 날 구했
어요!

다해/일홍 …

그레이스 (반응이 싸하자) 멘트가 구리다! 누가 이딴 멘트에 넘어가는데!

백일홍 여자만 공주님 꿈꾸는 게 아니야. 남자도 용을 무찌르고
공주님을 구하는 왕자님이 되고 싶거든. 앞에 두 놈도 그렇
게 넘어갔잖아.

S#50—호텔 룸 (Flashback Insert/13씬 연결) N

문을 열고 룸으로 들어오는 다해, 눈앞의 광경에 하얗게 굳어버린다.
신혼부부를 위해 꾸며놓은 침대 위 장미 꽃잎들이 엉망으로 헝클어
졌고 이제 막 결혼한 새신랑이 다른 여자와 한 몸으로 엉켜있다.
침대에 뒤엉켜있던 그 여자는… 그레이스였다.

S#51—신혼집 거실 (Flashback Insert/14씬 연결) N

나뒹구는 술병들, 술에 취해 마구잡이 주먹을 휘두르는 남자,
약 올리듯 이리저리 요령껏 피하는 다해

전남편2   이리 와 이년아! 니 목숨은 이제 내 거야! (덤벼들고)

다해   왜 니 건데? (살짝 피해 다리 걸면)

전남편2   (걸려 넘어지고, 씩씩거리며) 내가 니 생명의 은인을 닮았다며!

다해   (뒹구는 유리병 집고) 아 그거? 빚진 적은 없지만 갚으라면
       갚지 뭐. (유리병 내리칠 듯 확! 치켜들면)

전남편2   (헉!)

다해   (유리병 자기 머리에 퍽!!! 머리에서 주르르 흐르는 피)

S#52—법원 (Flashback) D

다해 머리에서 피 흐르는 사진이 증거로 제출되고

전남편2   술에 취해서 하나도 기억이…

S#53—찜질방 불가마 (현재) N

다해   (께름칙한) 그런데 그 복씨 패밀리, 뭔가 더 있어.

백일홍   뭐가?

다해   삼촌 뭐 더 알아낸 거 없어? (불가마 한쪽 구석을 보면)

구석에 수건을 뒤집어쓰고 있는 노형태

노형태   (새롭게 알아낸 건 없다는 듯 어깨 으쓱)

다해   복귀주 딸한테 들었는데, 복씨 집안에 비밀이 있다고… (뜸
       들이고)

세 사람	(그게 뭔데???)
다해	(낮게) 초능력가족이래.
세 사람	……?!
다해	가만 생각해 보니까 아주 말이 안 되진 않아.

S#54—복씨 저택 거실 N

한밤중 어둑한 거실, 복만흠 잠 못 이루고 유령처럼 서성인다.

다해E	헬스장 말고는 변변한 돈벌이도 없이 무슨 수로 부자가 됐 는지 의문이었는데, 복여사님이 예지몽을 꾼대. 그럼 꿈에 복권 번호도 보이고 주가그래프도 보일 거 아냐…!

누가 볼까 주위 살피며 어둠 속에서 핸드폰을 들여다보는 복만흠,
핸드폰 불빛 비치는 벌겋게 핏발 선 눈… 경악으로 커다래진다.
주식 어플, 온통 주르륵 파란색으로 곤두박질치고 있다.

복만흠	하아… (소파에 웅크리고 잠을 청하는) 자자… 자야 해… 제 발… 자자… (억지로 자려고 할수록 괴롭기만 한 불면의 밤)

S#55—찜질방 불가마 (현재) N

백일홍	만만한 호구인 줄 알았는데 초능력가족이었어?
그레이스	우리 완전 잘못 걸렸다! 사기친 거 걸리면 눈으로 레이저

쏘는 거 아냐? 우리가 먼저 신고하자!

노형태   (진지하게) 어디에? 국정원? 아니면 마블?

사뭇 진지하다가 풉! 푸하하하하! 다 같이 빵 터진다.

다해   더 웃긴 게 뭔지 알아? 현대인의 질병에 걸려서 능력을 잃
었대!

다 같이   하하하하!

백일홍   웃기고들 있네! 현대인의 질병은 무슨 다 배부른 소리지.
물에 퉁퉁 불어가면서 죙일 때 밀어봐라. 머리만 대면 자
지. 살 붙을 틈도 없고.

그레이스   맞다. 좋은 거 처먹어서 쪄놓고 시대를 탓하기는.

백일홍   그나저나 그 시누이가 좀 거슬리네. 자식 중에 먼저 결혼
하는 쪽에 건물을 물려준다 했다며?

그레이스   그 집안 실세를 사로잡았는데 게임 끝난 거 아니야?

다해   결혼의 열쇠는 따로 있는 것 같더라고.

S#56—복씨 저택 2층 복도/이나 방 N

닫힌 방문 앞에 토끼인형 들고 서 있는 귀주, 용기내 똑똑 노크한다.

이나E   네.

조심스럽게 문 열고 들여다보는 귀주

귀주   이나야.

이나	(핸드폰만 보고) …
귀주	생일… 축하한다.
이나	(그 말에 핸드폰에서 눈 떼고 귀주 쪽을 본다. 토끼인형 보고) …!
귀주	(중학생한테 인형은 역시 별론가? 등 뒤로 감추려는데)
이나	고맙습니다. (다가와서 인형 선물 받는다)
귀주	…!

이나가 선물을 받아 준 것만으로도 귀주에겐 의미가 있다.
방문을 닫는 귀주, 마음 한 귀퉁이가 조금은 녹은 기분으로 돌아서
는데,
이나, 귀주가 가고 나면 서랍에 토끼인형을 툭 던져넣는다.
서랍에 7년 치 토끼인형이 쌓여있어 닫히지 않는 지경이다.

S#57—달리는 자동차 안/터널 (7년 전) D

뒷좌석에 앉은 6살 이나

6세 이나	아빠 또 누구 구하러 가? 그럼 나는 누가 구해줘?
귀주	(앞좌석에서 돌아보고, 이나에게 토끼인형을 선물로 안겨주는)
	아빠 대신 이 토끼가 이나 지켜줄 거야.
6세 이나	(토끼인형 안고 놀다가, 보면, 아빠가 있던 자리가 어느새 비어있
	다…!)

순식간에 사라져버린 귀주…!
운전하는 세연, 남편이 사라진 옆자리를 어두운 눈빛으로 보다가
룸미러로 뒷자리 이나와 눈이 마주친다.

그리고…

터널로 빨려 들어가는 자동차.

컴컴한 터널 저편에서 소리만 끼이이이이이익---!!!

자동차 조수석에서 눈을 뜨는 귀주.

눈앞에 보이는 것들이 얼른 현실로 받아들여지지 않는다.

도저히 믿기지 않는, 믿고 싶지 않은 일이 벌어져 있다.

구겨진 자동차 운전석에서 길게 나와 늘어진 세연의 팔.

피 묻은 토끼인형을 꼭 끌어안고 우는 어린 이나.

귀주가 과거의 시간에 다녀온 사이,

현재의 시간은 산산이 부서지고 말았는데…!

― 1부 끝 ―

2부

히어로는
아닙니다만

S#1—문방구 (과거) D

9세 초등학생 귀주가 문방구 좌판에서 뽑기를 한다. 대왕잉어를 뽑았다! 자기 얼굴보다 커다란 투명한 대왕잉어사탕을 들고 행복에 겨운 모습. 아까워서 귀퉁이만 조심스럽게 살짝 핥아본다. 달다!

S#2—복씨 저택 거실 (과거) D

어린 귀주가 대왕잉어를 소중히 아껴 먹으며 들어오다가 멈칫,
복만흠이 무섭게 노려보고 서 있다.

복만흠 복귀주!
어린 귀주 엄마 이거 봐 대왕잉어… (대왕잉어를 들어 보이는데)
복만흠 (대왕잉어 낚아채 번쩍 치켜들었다가 그대로 바닥에 내동댕이!)

와장창! 바닥에 산산조각 흩어지고 마는 노란 조각들

어린 귀주 (충격으로 눈물 가득 고이는) 아… 아아… 내 대왕잉어…!
복만흠 (회초리 가져와 어린 귀주 바지를 걷어 올리며) 엄마가 뭐랬어?
        문방구 근처에서 교통사고가 날 거라고, 당분간 그쪽엔 얼
        씬도 말랬잖아! 엄마가 정해준 길로만 다니라고!
어린 귀주 (끅끅… 서럽게 울먹이며) 내 대왕잉어…
복만흠 이 녀석이 그래도! (회초리 확 치켜들고)
어린 귀주 (눈 질끈!)

획! 휘두른 회초리가 허공에 헛스윙,

어린 귀주 온데간데없이 사라졌다…!

복만흡　　……?!

S#3—문방구 (타임슬립) D

질끈 감았던 눈을 살며시 떠보는 어린 귀주,
어? 이상하다? 왜 종아리가 안 아프지?
여긴 어디지? 어리둥절 주위를 둘러보면 세상이 온통 흑백이다.
그런데 자기 손 내려다보면 색이 있다. (타임슬립한 귀주만 컬러)

어린 귀주　(어안이 벙벙해서 두리번거리다가, 어? 저건…?) 나…?

문방구 좌판 앞에서 막 대왕잉어를 뽑은 과거의 어린 귀주가 보인다.
아까워서 귀퉁이만 조심스럽게 살짝 핥아보는 모습.
대왕잉어 산산조각나기 전의 온전한 모습으로 반짝인다.

귀주Na　　아홉 살에 처음 알았다.
어린 귀주　내 대왕잉어…! (눈물로 얼룩졌던 얼굴에 스르르 번지는 웃음)
귀주Na　　나는 행복했던 과거로 돌아갈 수 있다.

S#4—복씨 저택 거실 (과거) D

어린 귀주 눈을 뜨고 다시 돌아오면, 와락 끌어안는 복만흡.
귀주에게 처음 능력이 나타난 고대하던 순간이다.

복만흠　　(어린 귀주의 양어깨를 붙잡고 감격) 드디어…! 드디어…!!
　　　　　　(하늘의 조상님들 향해 두 손 모아) 감사합니다! 감사합니다!

S#5—문방구/문방구 밖 모퉁이 (과거) D

다른 날, 어린 귀주가 또 뽑기를 한다. 그런데 이번엔 꽝이다.
조그맣고 못생긴 노란 사탕을 한입에 털어 넣고 못내 아쉬워 터벅터벅…
모퉁이를 돌아서 아무도 보지 않는 걸 확인하고는 눈을 꾹 감는다.

S#6—문방구 (타임슬립) D

감았던 눈을 뜨면, 눈앞에 빛나는 대왕잉어 보인다.
대왕잉어를 뽑았던 영광의 순간을 흐뭇하게 곱씹는 어린 귀주.

귀주Na　　행복을 되새기는 일은 너무도 달콤했다. 하지만…

과거의 귀주(흑백)와 대왕잉어를 사이에 두고 선 어린 귀주(컬러)
대왕잉어에 손을 뻗는데, 마치 같은 극의 자석이 밀어내듯 밀려나는 손.
대왕잉어를 건드리려는 순간 얇고 희뿌연 막이 생기면서 손을 밀어낸다.
흑백 귀주는 대왕잉어를 달콤하게 할짝거리는데,
컬러 귀주는 아무리 혀를 날름거려도 그림의 떡.
혀를 대려고 하면 반투명 막이 일렁이며 가로막는다.
'역시 안 되는 건가?' 실망한 어린 귀주 입맛만 다시다가
걸음을 옮겨 문방구 앞을 벗어나 본다.

S#7—문방구 근처 거리 (타임슬립) D

두리번거리며 문방구 근처 거리를 배회하는 어린 귀주,
지나가는 흑백의 사람들 눈앞에 손을 흔들며 "아줌마!", "여기요!"
외쳐보지만, 아무도 듣지도 보지도 못한다.
그때, 저쪽에서 들리는 비명소리 "안 돼!!!"
강아지를 데리고 있던 소녀가 목줄을 놓친 잠깐 사이
강아지가 차도로 뛰어들고 무섭게 달려오는 오토바이, 끼이익!!

어린 귀주   !!! (눈을 질끈!)

S#8—문방구 밖 모퉁이 (과거) D

어린 귀주 눈을 뜨면, 다시 꽝을 뽑았던 현시점으로 돌아와 있다.

어린 귀주 (충격에 얼어있는 모습 위로)
귀주Na   나에겐 행복한 시간이었지만 다른 누군가에겐 불행한 시
          간이기도 했다.

S#9—문방구 근처 거리 (타임슬립) D

대왕잉어를 뽑았던 행복한 시간,
반대편 멀리 소녀가 강아지를 데리고 걸어가는 게 보인다.
그쪽으로 가면 사고가 난다!
타임슬립한 어린 귀주가 달려가 막아보려 시도하는데,

하지만 강아지를 안으려 해도 안을 수 없고,
목줄을 붙잡아 보려 해도 잡을 수 없다.
번번이 얇은 막이 나타나 과거의 존재를 가로막고 어린 귀주를 밀어
낸다.
오토바이 앞을 온몸으로 막아보기도 하지만,
몸이 붕 튕겨져 나와 바닥에 넘어지고 만다.

귀주Na　　과거를 바꿀 수는 없었다.

축 늘어진 강아지를 끌어안고 슬프게 우는 소녀… "해피야!"
미안함과 답답함에 같이 울먹이는 어린 귀주… "해피야…"

S#10—문방구 (타임슬립) D

시간이 흘러, 대왕잉어를 뽑고 행복해하는 과거의 자신을
조금은 슬픈 듯 덤덤하게 바라보는 어린 귀주,

귀주Na　　이제 더 이상 이 시간이 행복하게 느껴지지 않는다.

아무리 특별한 시간도 되풀이하면 무뎌지기 마련이고…
"안 돼!!!" 강아지를 덮치는 오토바이 소리 끼이익!

귀주Na　　다른 사람은 불행한데 나만 행복할 순 없다는 죄책감 때문
　　　　　　이기도 하다.

스르르 사라져버리는 어린 귀주.

귀주Na   그때의 행복이 희미해져 버리면 다시는 돌아갈 수도 없었다.

S#11—산부인과 병실 (13년 전) D

세연이 꽁꽁 싼 속싸개를 귀주에게 건넨다.
조심스럽게 안아 드는 속싸개 안에 꼬물꼬물 신생아 이나.

세연   또 하나 생겼네? 복귀주가 돌아올 행복한 시간.
귀주   돌아오겠지. 사춘기 때 방문 쾅 닫고 들어가도 올 거고,
         딴 놈이랑 논다고 나 따돌리면 그때도 올 거고…
세연   (웃고) 수도 없이 오겠네.
귀주   몇 번이고 돌아올 거야. 아무리 세월이 지나도…
         (이나 내려다보며) 니가 나한테 온 시간은 절대 잃어버리지
         않을 거야. 내 생애 최고로 행복한 시간이야! 절대로 사라
         지지 않을 시간!

품속의 이나를 내려다보며 감동으로 일렁이는 귀주 눈빛…

귀주Na   그 시간마저… 놓치고 말았다.

S#12—복씨 저택 밖 (현재) D

담배 꺼내며 터덜터덜 밖으로 나오는 귀주, 뭔가를 발견하고 멈칫한다.
문밖에 내놓은 쓰레기봉투에 구겨져 버려진 일곱 개의 토끼인형…!

귀주   …!

귀주, 토끼인형을 우울하게 내려다본다.
그런 귀주를 저만치서 몰래 훔쳐보는 시선.
인기척을 느낀 귀주가 돌아보면 휙 고개를 돌리는 수상한 사내.
시커먼 오토바이 헬멧으로 얼굴을 가렸다.
이나가 교복 차림으로 집을 나선다.
뭐지? 설마 이나를 훔쳐본 건가? 귀주가 사내 쪽을 노려보면,
배달 오토바이를 타고 사라지는 사내, 노형태다.

이나   (핸드폰만 쳐다보면서 꾸벅) 다녀오겠습니다.
귀주   (걱정되는 마음에, 자기도 모르게 버럭) 복이나!
이나   ? (돌아보면)
귀주   주위 좀 살피면서 다녀! 핸드폰만 쳐다보지 말고! 그러다
다쳐!

뭐래? 갑자기 왜 안 하던 잔소리를 하서?
쓰레기봉투에서 삐져나온 토끼인형 발견하고

이나   …! (선물 버렸다고 화났나?)

S#13—복씨 저택 이나 방 (Flashback/1부 56씬 연결) N

토끼인형으로 꽉 차서 닫히지 않는 서랍, 아무리 밀어 넣어도 밖으로
삐어져 나오는 토끼인형들… 한숨으로 바라보는 이나.

Flashback Insert〉 1부 35씬

복만흠이 했던 말들이 떠오른다.

"니 미래는 니가 만든답시고 멋대로 덜컥 아이부터 가졌지!

결과가 어땠니? 처음부터 잘못 꿰어진 단추였다고!!"

태어나지 말았어야 했는데 생일선물은 무슨!

서랍에서 토끼인형들 전부 끄집어낸다.

S#14―복씨 저택 밖 (현재) D

귀주	핸드폰 그거 전화 아니야? 전화는 전화 거는 데 써!
	아빠한텐 전화도 한번 안 하고…
이나	(선물 버려서 화났으면서 괜히 딴소리로 트집 잡긴…) 네…
	(대답만 퉁명스레 툭 하고는 보란 듯이 핸드폰 쳐다보면서 간다.)
귀주	(한숨… 버려진 토끼인형 보는 시선에서)

S#15―쇼핑몰, 화장품 매장 D

화장품 매장에 우울하게 서 있는 귀주.

도무지 용도를 알 수 없는 형형색색 화장품들.

건너편에서 입술에 립제품 발라보는 젊은 여자 뭐 바르나 힐끔힐끔

훔쳐보다가 거울로 눈이 마주친다. 뭐야 이 남자?

도망치듯 빠져나오는 귀주,

그러다 진열된 화장품들 우르르 무너뜨린다.

저만치에서 귀주의 딱한 모습 몰래 염탐하는 노형태.

블루투스 이어폰으로 조용히 통화하며 다해에게 귀주의 위치를 알린다.

S#16—쇼핑몰, 스포츠 매장 안/밖 D

귀주, 기껏 골라든 게 키즈용 운동화다.
유아틱한 핑크색 운동화 들고 사이즈를 가늠해 보는데

다해	둘째도 있었어요?
귀주	(멈칫, 본다.)
다해	초등학생? 유치원생?
귀주	(들고 있던 운동화 내려놓는다.)
다해	설마 이나 신발??
귀주	(돌아선다.)
다해	생일선물 재도전? 그런데 이러면 토끼인형하고 크게 다르지 않은데.
귀주	(간다.)
다해	(따라 나오며) 좀 도와줘요?
귀주	(우뚝 멈추고) 나하고 결혼하고 싶어요?
다해	아니요, 난 그냥 쇼핑하러…
귀주	쇼핑해요 그럼. (가는데)
다해	(마네킹이 신은 운동화 가리키며) 저거 어때요?
귀주	(힐끗) 애들이 어른 흉내 내는 거 별로.
다해	내 거 고른 건데요? 쇼핑하라면서요.
귀주	(헐)
다해	이나 선물 골라줘요?

귀주   됐어요. (돌아서는데)

다해   내가 도와줄게요. (귀주 팔 살짝 잡고)

귀주   (순간 거세게 확! 뿌리치는데, 북! 찢어지는 소리 나고)

다해   (블라우스 팔이 통째로 빠져버렸다!) …!

귀주   … (손에 든 블라우스 소맷자락 나풀)

다해   … (휑한 겨드랑이 슥 손으로 가리는)

S#17—쇼핑몰 카페 D

여자들 브런치에 커피 마시며 한쪽을 불편한 시선으로 힐끗거린다.
바짝 메마른 낯빛의 귀주, 혼자 병맥주 시켜놓고 낮술 중이다.

귀주   (시선 아랑곳없이 병맥주 다 비우고는) 여기 하나 더 주세요.

테이블 위에 무언가 툭 놓는다. 맥주인 줄 알았는데 웬 쇼핑백이다.

다해   (재킷이나 가디건 사서 걸쳐 입고) 이나 줘요.

귀주   …! (힐끗 보면, 마네킹이 신었던 운동화 들어있고)
          애들이 어른 흉내 내는 거 별로라고 했는데.

다해   애들은 원래 어른 흉내 내고 싶어해요. (자리에 앉고) 앉아
          도 되죠?

귀주   앉아요. 자리 비었어요. (일어나버리고)

다해   아니, 신발은 내가 샀으니까 시원한 거 한 잔은 사줄 수 있
          잖아요.

귀주   호의를 주고받는 일에 어려움이 좀 있어요, 우울증 환자라.
          (가려는데)

다해	이건 가져가요! 이나 주는 거니까. (쇼핑백 쥐여 준다)
귀주	(잠깐 망설이다가, 지갑에서 돈 넉넉하게 꺼내 테이블에 올려놓고 가고)
다해	(목 탄다… 뒤늦게 서빙된 귀주의 병맥주 벌컥 들이켠다)

S#18—쇼핑몰 입구 D

터덜터덜 나오는 귀주, 손에 들린 쇼핑백 힐끗 본다.
고맙다는 인사는 할 걸 그랬나? 조금은 미안한 마음으로 돌아보면

S#19—쇼핑몰 카페 D

갑자기 따르르르르르르릉!!!! 요란하게 울리는 화재경보!
맥주 마시다 놀라서 벌떡! 일어나는 다해.
사람들 무슨 일인가 두리번거리다가 화재경보 계속 이어지자 겁먹은 몇몇이 우왕좌왕 뛰기 시작하고, 그러자 다른 사람들도 우르르 대피하는데, 다해도 대피하려 하지만 트라우마에 몸이 굳어 발이 잘 안 떨어진다.
그런 다해를 누군가 세게 툭! 치고 지나가고,
바닥에 쿵! 넘어지고 마는 다해, 그대로 꼼짝도 할 수가 없다.
요란한 화재경보 소리가 머릿속을 어지럽게 휘젓고
식은땀이 흐르고 숨이 가쁘고 시야가 흐릿해진다.
아무도 도와주지 않고 그냥 지나쳐 달아나는 사람들.
사람들 모두 빠져나가고 다해 혼자 남아 바닥에 엎드려 떨고 있는데…
그때, 저쪽에서 누군가 다가온다.

처음엔 시야가 흐려 얼굴을 알아볼 수 없다가 점점 가까워지면…
귀주다.
가버린 줄 알았는데… 왜 다시 온 거지…?
귀주, 손을 뻗어 다해의 손을 잡는다. 처음엔 조심스럽게 살며시…
그러다 떨리는 다해의 손을 힘을 주어 꾹 붙잡아 준다!

다해　　……!

다해, 가빴던 호흡이 서서히 가라앉는다.
귀주, 깊은 눈빛으로 다해를 똑바로 들여다본다.
다른 누구도 아닌 서로만을 바라보는 두 사람.

S#20—복씨 저택 거실 D

초조하게 이리저리 서성거리는 복만흠, 핸드폰을 찾아 든다.

S#21—쇼핑몰 카페 D

안내방송이 흐른다.

안내E　　고객 여러분께 안내 말씀드립니다. 조금 전 울린 화재경보
　　　　는 오작동으로 확인되었습니다. 불편을 드려 진심으로 죄
　　　　송합니다.
다해　　오작동이었대요…
귀주　　(여전히 다해 손 꽉 붙잡은 채 빤히 쳐다본다. 알 수 없는 표정)

다해   …? (핸드폰 울리고, 꽉 붙잡은 귀주의 손에서 슬쩍 손을 빼 전
         화 받는) 여보세요? 아 여사님, 안 그래도 지금…

다해 돌아보면, 귀주 사라지고 없다.

다해   ……?

S#22—복씨 저택 거실 D

복만흠   (다해와 통화하는) 내가 너무 미안했지 뭐예요. 초대해 놓고
         제대로 대접도 못하고. 오늘 시간 어때요? 그럼 내일은?
         (실망) 그럼 언제든 시간 나면 연락줘요.
         기다릴게요! (전화 끊는)
엄순구   (멸치 똥 따면서) 복씨 집안 하루 겪어보고 학을 뗐나 보네.
복만흠   (다해의 조련에 속이 바싹바싹 달아오른다.)

S#23—쇼핑몰 카페 D

다해, 귀주를 찾아 두리번거린다.
이상하다. 금방 어디로 가버렸지?
귀주가 잡아주었던 손에 아직 온기가 남아있는데…

S#24—복씨 저택 2층 복도 N

집에 돌아온 이나, 방문 문고리에 걸린 쇼핑백 발견한다.
뭐지? 쇼핑백 열어보면 새 운동화가 들어있다.
누가 둔 거지? 복도 이쪽저쪽을 살피고는 방으로 들어간다.

S#25—복씨 저택 이나 방 N

새 운동화를 신고 거울 앞에 서는 이나. 입가에 슬쩍 미소.
열린 방문 틈으로 슬쩍 들여다보는 귀주,
마음에 들어 하는 모습에 귀주의 입가에도 슬며시 미소.

이나　　? (돌아보면)

귀주　　(획 돌아서 가버리고)

이나　　(운동화 사준 게 아빠였어…?!)

S#26—복스짐 건물 밖 D

복스짐 간판이 걸린 건물 전경.
마사지 가방을 들고 걸어오는 다해, 건물을 쓱 올려다본다.

복만흠　　(두 팔 벌려 맞이하는) 이제야 만나네!
　　　　　나 너무 오래 기다렸어요!

다해　　죄송합니다. 찾아주시는 고객님들이 많아져서요.

복만흠　　(섭섭) 도다해씨 남다른 기운을 나만 알아본 게 아니었구나.

다해	다 여사님 덕분이에요.
복만흠	그런데 나는 좀 안타깝네. 딴 사람들한테 그 아까운 기운 다 나눠주고… (다해 손 붙잡고) 세상에 손 거칠어진 거 봐.
다해	그런데 왜 이리로 부르셨는지… 운동하고 마사지 받으시겠어요?
복만흠	(다해 손 잡아끄는) 일단 들어가요.

S#27―복스짐 D

운동하는 남자 회원들 시선 흘끗흘끗 한 곳을 향한다.
운동복 차림의 동희, 한눈 팔던 남자와 가볍게 부딪힌다. 왜들 이래?
시선 꽂히는 쪽 보면, 그레이스가 빵빵한 힙라인 드러내며 하체운동 중.

남회원1	(찝쩍) 새로 오신 피티쌤이죠? 이름이 뭐예요?
그레이스	(짙게 배어나는 경상도 억양과 발음) 그레이스.
복동희	(품!) 그레이스?
그레이스	(돌아보면)
복동희	이름과 분위기의 괴리가 좀 있는데… 본명 아니죠? 왜 가명을 써요?
그레이스	(왜 이름 갖고 시빈데?) 언니야 이름은 뭔데요?
복동희	복동희.
그레이스	복덩이? 이름과 분위기가 찰떡이라 좋겠다! 부럽다! (돌아서고)
복동희	덩이가 아니고 동! 희… (허! 뭐 저런!)

입구에서, 다해를 데리고 안으로 들어서는 복만흠

복만흠 이 건물을 매입한 게 언제더라? 귀주가 젊은 혈기에 잠깐
        소방관 일을 했었는데 좀 안전하고 건강하게 살았음 해서
        내가 헬스장을 차려줬거든? 그새 시세가 꽤 올랐더라고.
다해   (그런 말씀을 왜 저한테?) 아 네…
복만흠 귀주가 결혼하면 결혼선물로 물려줄 거예요.
다해   (정중히) 무슨 말씀이신지 알겠는데요… 좋게 봐주신 건 감
        사하지만… 너무 급하신 건 아닌지… 저도 저지만 이나도
        있고…
복만흠 이나한테 필요한 건 엄마 손길이에요. 다 큰 척 해도 아직
        애야. 또래보다 한참 늦돼서 걱정이지. 나타나야 할 게 여
        지껏 안 나타나서 애를 태워… (한숨)
다해   (나타나야 할 것??) 초경이 아직인가 봐요?
복만흠 … (뜻 모를 표정 스치고) 나이도 있는데 얼른 아이부터 갖는
        게 어때요? 우리 집이 손이 귀한 이유가 있어요. 차차 알게
        될 테고…
다해   (차분하게) 여사님, 저는 결혼이 쉽지 않아요.
복만흠 (보면)
다해   실은 이런 제안을 처음 받는 건 아니에요.
        두 번이나 해봤으니까 세 번째는 쉬울 거라고 생각하시는
        분들이 계세요.
        하지만 세 번째라 더 조심스럽고, 용기가 안 나요.
복만흠 무슨 말이에요? 쉽게 생각하다니! 어렵게 맺어진 인연이라
        더 소중하지! 난 제대로 대접해 줄 거예요. 결혼식도 사람
        들 다 불러서 아주 성대하게!
다해   공주님 드레스는 두 번이나 입어봐서 별로 미련도 없고…
        이런저런 일 겪어보니까 중요한 건 절차가 아니더라구요.
        무엇보다… (툭 미끼 던지는) 같이 살아 봐야죠.

복만흠	! (바라는 바다! 덥석 무는) 그렇지! 살아 봐야 보이는 것들이 있지!
복동희	(크게) 엄마!!
다해	(보면)
복동희	좀 봐요! (다해에게 대충 눈인사하고, 복만흠 끌고 가고)
복만흠	(끌려가는) 중요한 얘기 중인데…

다해, 쓱 둘러보다가 운동 기구 사이로 그레이스와 눈이 마주친다.
짧게 교환하는 은밀한 눈짓.

S#28—복스짐 일각 D

발소리 죽여 다가오는 그레이스, 복만흠과 복동희 대화를 엿들으면

복동희	이 건물 나 준다며? 나 결혼한다고!
복만흠	도대체 언제? 조원장은 요즘 코빼기도 안 보이고.
복동희	개원하고 정신이 없어서 그래.
복만흠	결혼에 별 관심이 없는 거겠지.
복동희	(살짝 멈칫했다가) 엄마야말로 내 결혼에 관심 너무 없는 거 아냐? 엄마도 여자몸으로 복씨 집안 대를 이었으면서 아들아들 그러기에요? 아니 저 여자 뭘 보고? 뭘 믿고?
복만흠	니 동생 살린 사람이야.
복동희	그것도 그래. 물에 빠진 귀주를 건진 사람이 알고 보니 엄마 단골 마사지샵 직원이었다? 그게 우연일까?
그레이스	(아 저걸 그냥!)
복만흠	우연이 아니라 운명. 꿈을 꿨다니까?

그레이스   (꿈?)

복동희   그 꿈 신통력 떨어진 게 언젠데! 엄마 꿈 이뤄주는 게 누군지 보자고! 결혼, 내가 먼저 할 거야!

그레이스   (저 여자 가만 놔두면 안 되겠네?)

S#29—복스짐 D

귀주, 힘없이 터덜터덜 안으로 들어오다가 멈칫한다.
이 여자가 왜 여기 있어?

다해   이제 출근해요?

귀주   우울증 환자가 출근을 하기까지 얼마나 치열한 자기와의 싸움을 하는지 알아요? 간만에 모처럼 그 싸움에서 이겼거든요.

다해   아 네…

귀주   (돌아서 문으로 향하는)

다해   어디 가요?

귀주   퇴근합니다. 여기까지 오는데 오늘치 의지를 다 써버려서.

다해   (피식… 웃고) 고마워요!

귀주   (대체 뭐가? 돌아보면)

다해   손잡아 줘서.

귀주   뭐요?

다해   내 손, 붙잡아 줬잖아요.

귀주   내가 언제? (퉁명스럽게 뺄고 가버린다)

다해   (쑥스러워하긴)

복만흠   (다해 뒤에서) 손을… 잡았다고?

다해	(멈칫, 돌아보면)
복만흠	(화색) 어머나! 둘 사이가 어느새 그렇게 진전된 거예요?
다해	(쑥스러운 듯) 그런 건 아니구요…
복만흠	아니긴! 저 복귀주가 손을 잡았으면 다 잡은 거예요!
	귀주 마음은 확인했으니까 다음 스텝은 나한테 맡겨요!
다해	(미소로 달래는) 너무 조급해 마시고… 얼굴이 너무 안돼 보
	이세요. 못 뵌 사이에 또 잠을 잘 못 주무셨나 봐요.
복만흠	(꺼칠한 얼굴 문지르며) 그랬지…
다해	앉으세요. 차 좀 드릴게요.
	(가방에서 차가 담긴 텀블러를 꺼내면)

S#30—복씨 저택 침실 N

침대에 대자로 뻗어 쿨쿨 자는 복만흠

엄순구	신통하네… 도다해만 만나면 깊은 잠을 잔단 말이야…!
	(염원을 담아 작게 속삭이는) 부디 좋은 꿈 꿔요…!

S#31—복씨 저택 거실 N

살그머니 침실 문 닫고 빠져나오는 엄순구,
물잔을 들고 주방에서 나오던 귀주와 마주친다.

엄순구	너 손잡았다며?
귀주	?! 그 여자가 그래요?

엄순구	잘 잡았다.
귀주	잡긴 뭘 잡았다고! 그런 적 없어요! (돌아서는데)
엄순구	(쑥스러워하긴) 나도 그 사람 맘에 든다. 니 엄마 쉬게 해주는 사람이라…
귀주	(아버지까지 그 여자한테 진심이라고…?)

S#32—찜질방 식당 N

다해, 노형태, 그레이스 모여서 밥 먹는다.

그레이스	너어무 튕긴 거 아냐?
백일홍	(식탁에 제육볶음 내려놓는) 결혼은 진정성이야. 아무리 사기 결혼이라도.
그레이스	이러다 복덩인가 살덩인가 선수 친다! (제육볶음에 젓가락 가져가면)
백일홍	(제육볶음 다해 앞으로 밀고) 그쪽 브레이크 거는 건 그레이스 니 몫이고. 작업하려면 관리해야지?
그레이스	(칫!) 이제 겨우 손잡아 놓고 어느 천 년에 한이불 덮겠나?
다해	(제육볶음 다시 그레이스 앞으로 슥 밀어주고) 손만 잡은 게 아니었어.

Flashback〉 19씬
쇼핑몰에서 다해 손을 잡아주던 귀주,
처음엔 조심스럽게 손을 가져다 대더니 이내 있는 힘껏 꽈악 붙잡던,
그리고는 알 수 없는 형형한 눈빛으로 다해를 뚫어져라 쳐다보던.

다해   꼭 물에 빠진 사람이 지푸라기를 붙잡는 것 같았거든.

S#33—복씨 저택 귀주 방 D

낮인데도 암막 커튼을 내려 한밤중 같은 방,
복만흠 방으로 들어오면, 안락의자에 늘어져 자는 귀주 실루엣 보인다.

복만흠   아휴 깜깜해!
귀주   (소리에도 깨지 않는)
복만흠   (커튼 확 젖히면)
귀주   (쏟아져 들어오는 빛에 드러나는 파리한 얼굴, 죽은 듯 미동도
             없다.)

설마…?! 불길한 생각에 가슴이 덜컹! 내려앉는 복만흠,
얼른 귀주의 코밑에 손을 대본다.
다행히도 숨결이 느껴진다. 하아… 무너질 듯 한숨…

복만흠   방이 꼭 관짝 같구나.

가져다준 음식은 손도 안 댄 채 식어있고, 마시다 만 술병만 한가득.
소방관 시절 동료들과 찍은 사진과 갓난아기를 안은 세연의 사진 액
자가 먼지를 뒤집어쓴 채 보이고

복만흠   얼른 이 방에 새 주인을 들이자.
귀주   (안 떠지는 눈 잔뜩 찌푸리고 겨우 뜨면)
복만흠   죽은 사람 그림자가 길어도 너무 길었어.

더구나 다른 남자 아이까지 가졌던 여자를…

귀주　　…

복만흠　새로 시작해. 새 생명이 태어나면 너도 삶의 의지를… (되찾을 거다)

귀주　　(자르고) 나 딸 있어요. 이름은 복이나라고 하는데. 어머니 손주는 아닌 모양이지만?

복만흠　나도 이나 사랑한다. 하지만 이나는… 아직까지도 능력이 안 나타나는 거 보면 모르겠니…? (복씨 핏줄이 아닐 거라는 말을 하고 싶은)

귀주　　이나 내 딸이에요! 다시는 그딴 소리 마세요!!

복만흠　그렇게 소중한 딸이면 죽은 사람 꼬라지로 누워있지만 말고 일어나서 아빠 노릇이나 똑바로 하든가!!!
대체 술은 또 얼마나 들이부은 거야?

귀주　　(자조) 글쎄요… 얼마나 마셨더라? (마시다 만 와인병 병째 벌컥 들이키고) 이렇게나 많이 남아있었네. 생각보다 많이 안 마셨는데요?

복만흠　(부글부글!)

S#34—복씨 저택 주방 D

개수대에 음식 접시와 포크 나이프를 거칠게 던져넣는 복만흠

복만흠　왜 바로 안 치워요?

엄순구　두면 한 입이라도 먹을까 해서…

복만흠　(나이프) 귀주 방에 이런 거 들이지 마요. 식기는 무조건 나무로.

(와인냉장고 열어젖히고 와인 마구 꺼내는) 이것도 다 버려요!
집안에 알콜 한 방울 남기지 말고 싹 다!

엄순구   또 왜 그래요…

복만흠   저 녀석 또 나쁜 맘 품으면요!! 그땐 정말 돌이킬 수 없을지
도 몰라요…!!

엄순구   (불안에 떠는 복만흠을 가만히 안아주고)

복만흠   어떻게 좀 해봐요… 귀주가 그래도 당신 말은 듣잖아…!

엄순구   (다독이며 끄덕…)

S#35—찜질방 D

다해, 그레이스, 노형태, 백일홍 넷이 쪼르르 누워 뜨끈뜨끈 등을 지
진다.

백일홍   손까지 잡아놓고 소식이 없네…

그레이스   거 봐라.

다해   있어 봐. 며칠이나 지났다고.

백일홍   (다해 은근 눈치 주는) 이번엔 좀 걸린다?

다해   (마침 핸드폰에 복만흠 메시지 오고) 복여사님이야! (벌떡 일어
나 나가고)

그레이스   맨날천날 복여사님만 만나면 뭐하는데? 신랑 맘이 동해야지.

백일홍   (흠…) 다해 말대로 결혼의 열쇠는 딸내미가 쥐고 있는지
도. (노형태더러) 뒤 좀 더 밟아봐. 우리가 긁어줄 간지러운
구석이 정확히 어딘지.

노형태   (조용히 끄덕)

97

S#36—중학교 교실 D

김선생　　다들 하고 싶은 동아리 다 정했지? 동아리 가입 아직 안
　　　　　　한 사람?

맨 뒤 구석 자리 이나, 오므라든 손을 소심하게 드는데
아이들 다 같이 입 모아서 "없어요!", "다 가입했어요!"
아무도 이나가 든 손을 봐주지 않는다. 머쓱 내려가는 손.

S#37—중학교 복도 D

동아리 활동을 위해 와글와글 이동하는 학생들

학생1　　너 무슨 동아리야?
학생2　　(독서 동아리 교실로 들어가면서) 나 독서 동아리.
학생1　　나도 그거로 바꿀래. 영화 동아리 노잼이야. (학생2를 따라
　　　　　　들어가면)
이나　　　(뒤따르며 작은 목소리) 저기… 나도 독서… (코앞에서 쿵! 닫
　　　　　　히는 문)

학생1, 이나를 미처 보지 못한 채 문을 닫아버렸다.
학생들 각자 동아리를 찾아 뿔뿔이 흩어지고,
이나 우물쭈물하다 영화 동아리 교실 문을 조심스럽게 열어보는데
안에선 이미 불 끄고 영화 감상 중이고

학생3　　(빛이 새어 들어오자) 야 문 닫아!

이나   (빼꼼 열었던 문 얼른 도로 닫고)

복도에 덩그러니 혼자 남은 이나.

S#38—중학교 복도, 댄스 동아리실 D

혼자서 복도를 배회하는 이나, 어느 교실에서 들리는 음악에 이끌리
듯 창문 너머 들여다보면 춤 연습이 한창인 댄스 동아리.
아이들에 둘러싸여 춤추는 혜림(13세 여) 준우(13세 남) 보인다.
나와는 전혀 다른 세상에 사는 것 같다.
까치발로 동경의 눈빛으로 훔쳐보는데

김선생   복이나! 너 여기서 뭐 해?
이나   (움찔!)
혜림   (춤을 멈추고, 창문 너머로 이나 보는) 전학생인가?
준우   (이나 보더니) 우리 반이잖아.
이나   (담임을 따라가고)
혜림   (갸웃) 우리 반에 저런 애가 있었나?

S#39—복씨 저택 귀주 방 D

귀주 침대에 무기력하게 늘어졌는데 핸드폰 진동 울린다.
손만 뻗어 핸드폰 찾아 더듬더듬

귀주   (누구야 귀찮게… 겨우 전화 받는) 여보세요.

김선생E 아! 연결됐다! 안녕하세요 아버님, 드디어 전화를 받으시네요! 이나 담임입니다.

귀주 (정신 번쩍!) 아… 예!

S#40—중학교 교무실 D

김선생 (통화하는) 우리 학교는 동아리 활동이 필수거든요. 이나가 아무 동아리도 가입을 안 하고 혼자 복도에서 기웃거리고 있더라구요. 이런 말씀 조심스러운데… 이나가 친구들하고 잘 못 어울리는 편입니다. 대놓고 따돌리는 건 아닌데 투명인간… 같다고 할까요?

S#41—복씨 저택 귀주 방 D

귀주 (핸드폰 귀에 대고) ……!

김선생E 바쁘시더라도 이나 학교생활에 관심 좀 부탁드립니다. 가정통신문 어플도 가입 안 하셨죠? 일일이 종이로 출력해서 보내드리는데도 보호자 사인도 계속 안 받아 오고…

귀주 예예, 선생님, 죄송합니다, 선생님… 예예… (죄인처럼 전화 끊고)

S#42—복씨 저택 이나 방 D

귀주, 이나 방에 들어와 보면,
책상에 그동안 밀린 가정통신문들이 쌓여 있다.

보호자 서명란이 전부 비어있는 채로…
미안함과 자괴감에 빠져드는 귀주…

S#43—복씨 저택 귀주 방 D

가정통신문 가지고 방으로 돌아온 귀주,
정신 좀 차리자… 책상에 늘어놓은 술병들을 치우려다가,
울컥! 치솟는 우울한 감정을 그만 이기지 못하고
병에 남은 술 벌컥! 들이킨다. 하지만 술병들은 대부분 비어 버렸고

S#44—복씨 저택 주방 D

술을 찾아 주방을 뒤지는 귀주, 와인냉장고도 텅 비어있다.

엄순구   술 다 치웠다.
귀주   (보면)
엄순구   나갈래?
귀주   예?
엄순구   술은 혼자 말고 같이 마시는 거야. 나가서 같이 마시자.
귀주   …

S#45—일식집 룸 앞/룸 D

어느 룸 앞으로 귀주와 엄순구를 안내하는 일식집 직원

일식 직원   (노크하고) 손님 오셨습니다.

귀주   ? 안에 누가…?

직원   (룸 미닫이문을 스르륵 열면)

룸 안에 앉아있는 복만흠과 다해…!

귀주   ……!!!

복만흠   왔니?

다해   (미소 지으며 눈인사)

귀주   (배신감에 엄순구 돌아보면)

엄순구   나하고 같이 마시자고는 안 했다. (귀주를 룸 안으로 떠밀고
   미닫이문 드르륵! 닫아버린다)

복만흠   둘 다 마음은 있는데 서로 배려하느라 감질나게 구는 것
   같아서. 술 한 잔씩 하면서 시간 좀 가지라고.

귀주   (자포자기 털썩 앉고) 술? 술 좋죠.

복만흠   (적당히 마셔! 눈치 주고는) 그럼 난 이만.

다해   같이 드시죠.

복만흠   (잘해 봐요! 눈웃음 지어 보이고 간다.)

다해   이런 자리 저도 곤란한데… 어쩔 수 없네요, 한 잔 줄까요?
   (사케 병에 손을 뻗는데)

귀주   (술병 덥석 집어 쥐꼬만 사케잔에 따라 마시더니)
   감질나네. 어머니 말씀이 맞네. 감질나게 구는 거 그거 안
   돼. (유리컵에 콸콸 따라 벌컥벌컥 마시면)

다해   … (뭐 그렇다면 나도, 유리컵에 한 잔 따라 마시고)

S#46—성형외과 로비 N

복동희 (안으로 들어서며) 오늘 진료 끝났죠?

간호사1 아니요, 마지막 환자 보고 계세요.

복동희 기다리지 뭐. (소파에 앉으려다 멈칫) 저게 왜 저기 있어요?

동희의 리즈시절 사진이 인쇄된 광고 입간판이 구석에 처박혀 있다.

간호사1 원장님이 치우라고…

복동희 …! 아, 맞다, 내가 치우라고 했었다! 컬러가 좀 바랜 것 같
아서…

자존심 지키려 용쓰지만 표정관리 전혀 안 되고,
마음 가라앉히려 소파 앞에 놓인 초콜릿, 캐러멜을 까먹는데
진료실 쪽에서 까르르! 여자 웃음소리

복동희 (뭐지?)

S#47—성형외과 진료실 N

진료실에 조지한과 마주 앉은 환자는… 그레이스다.

그레이스 (꺄르륵!) 죄송해요! 제가 간지럼을 너무 타요.

조지한 (덩달아 웃으며) 잠깐만 참아봐요. 좀 볼게요.

조지한, 그레이스의 무릎 언저리에 손을 가져가면

손이 닿기도 전에 꺄악!!! 다리를 움츠리는 그레이스

그레이스   와! 왜 이러지? 간지럼 타도 원래 이 정도는 아닌데?
           의사쌤 손끝이 와! 미치겠네! (은근한 추파를 던지면)
조지한   (히죽 벌어지는 입)

S#48—성형외과 로비 N

로비에선 기다림의 시간이 길어지고 있다.
진료실에서 들려오는 화기애애 웃음소리가 신경 쓰이는 복동희,
초조하게 시계 보며 초콜릿과 캐러멜을 우걱우걱 입에 쑤셔 넣는다.

S#49—성형외과 진료실 N

조지한   당장은 굳이 손 볼 필요까진 없어 보이는데…
그레이스   그래요? 아닌데? 나는 거울 볼 때마다 거슬리는데?
           간지럼 탄다고 대충 본 거 아니에요? 다시 한번 찬찬히 봐
           주세요! (다리를 쭉 뻗어 올리고)

S#50—성형외과 로비 N

꺅! 꺅! 간드러진 여자 목소리… 도저히 못 들어주겠다!

복동희   진료 보는 거 맞아요? 안에 있는 거 환자 아니죠?

간호사1	맞는데…
복동희	(들고 있던 초콜릿 입에 쑤셔 넣으며 진료실로 성큼성큼)

S#51—성형외과 진료실 N

벌컥 들이닥친 동희의 눈에 들어오는, 희고 매끈하게 쭉 뻗은 맨다리…!
그레이스가 짧은 팬츠 차림으로 다리를 내놓았고,
그 무릎 안쪽에 조지한이 손을 갖다 대고 있다.

복동희	……!!! (이 여자였어???)
조지한	? 동희야…
그레이스	? 복덩어리 언니 아니에요?
조지한	복덩어리…? (둘이 아는 사이?)
복동희	이러려고 나 병원 나오지 말랬어?
조지한	무슨 소리야? 환자 보는데…
복동희	진료시간 끝난 게 언젠데!
그레이스	병원 문 닫을 시간 됐어요? 쌤 제가 밥이라도 살까요?
복동희	그쪽이 밥을 왜 사!
그레이스	늦게까지 밥도 못 먹고 상담해 준 게 미안해서 그러죠. 보니까 언니야는 벌써 밥도 먹었네. 뭘 그렇게 맛있게 먹었을까? 짜장면?
복동희	(그제야 입가에 잔뜩 초콜릿 묻어있는 걸 확인하고 헉…!)
그레이스	(품!)
조지한	(한숨)
복동희	…

S#52—바 N

바에 나란히 앉아 위스키 마시는 조지한과 복동희

복동희   무슨 진료를 어떻게 보면 그렇게 화기애애 웃음이 넘쳐?

조지한   무릎 주름이랑 라인… 인플루언서라 그래서 좀 맞춰준 거
야. 구독자 30만이라니까 병원 홍보라도 좀 해보려고…

복동희   (핸드백에서 혼인신고서 꺼내 내밀고) 우리 결혼 좀 앞당기자.
월세 걱정에서 벗어나게 해줄게.

조지한   결혼한다고 그 건물 줄 거 같아? 애까지 낳아야 된다며?
(그럼 빼박인데)

복동희   (빼박 내 걸로 만들겠어!) 그러니까! 더 나이 먹기 전에…

조지한   (딱 잘라) 결혼은 떳떳하게 하고 싶어. 개원할 때 너한테 빌
린 돈, 그거 다 갚을 때까진 결혼 안 해. 절대로. (일어나 화
장실 가고)

복동희   (내 돈은 써도 내 남편은 되기 싫은 거겠지… 술 쭉 마시고)
무릎 주름? 흥… 다른 덴 몰라도 무릎은 내가 더 팽팽할
자신 있다.
(토실토실 팽팽한 무릎 내려다보며 씁쓸)

S#53—복스짐 N

운동복 차림으로 헬스장 들어오는 복동희,
그레이스와 마주치고 얼굴 굳더니, 비장하게 러닝머신에 올라선다.

S#54—거리 N

학원에서 쏟아져 나오는 학생들.
학원 마치고 귀가하는 이나, 나오자마자 핸드폰부터 꺼내 든다.
오토바이 헬멧 쓴 노형태, 이나의 뒤를 조용히 밟는다.

S#55—거리 N

인적이 드문 어둑한 거리.
핸드폰에 코 박고 귀에는 이어폰 꽂고 천천히 걷는 이나.
그 뒤를 그림자처럼 뒤따르는 노형태.

이나　　…! (순간 우뚝! 걸음 멈춘다)
노형태　　…?
이나　　(뒤에 누가 있나? 확! 돌아보면)

텅 비어있는 거리. 아무도 없네… 이나 조금 안도한다.
잽싸게 몸을 숨긴 노형태, 후미진 골목 안쪽에 숨죽이고 있다.
하지만 왠지 모르게 매우 불안정해 보이는 이나,
잰걸음 점점 빨라지더니 이내 마구 달리기 시작한다.
들켰나…? 노형태, 일단 거리를 두고 따라가 본다.

S#56—공중화장실 밖 N

공원에 있는 여자화장실로 뛰어 들어가는 이나.

잠시 후 노형태의 그림자가 뒤쫓아 온다.

S#57—여자화장실 안 N

화장실 칸막이 안에서 당황해 어쩔 줄 모르는 이나,
어쩌지? 어쩌지? 핸드폰으로 다급히 전화를 건다.

S#58—복스짐 N

징징 진동 올리는 핸드폰.
복동희, 러닝머신 달리느라 전화 못 받고

S#59—복씨 저택 주방 N

징징 진동 올리는 핸드폰.
엄순구, 싱크대에 물 틀어놓고 살림하느라 전화 못 받고

S#60—복씨 저택 거실 N

징징 진동 올리는 핸드폰.
복만흠, 소파에서 꾸벅꾸벅 조느라 전화 못 받고

S#61—여자화장실 안 N

왜 아무도 전화를 안 받지? 초조해 동동 발 구르는 이나

귀주E   아빠한텐 전화도 한번 안 하고…

이나, 망설이다 '아빠'에게 전화를 건다.

이나   (핸드폰 붙든 손이 가늘게 떨리고… 받았다!) 아빠…!
           나… 중앙공원 화장실에 있는데… 좀 와 주면 안 돼요…?
다해E   이나니?
이나   …! (이 목소리는?!)

S#62—일식집 룸 N

다해   (귀주 전화 대신 받은) 무슨 일 있어?
이나E   아빠는요…?

혼자 폭주하고 만취한 귀주, 방바닥에 널브러져 잠들었다.

다해   아빠는 지금 갈 수 있는 상황이 아니라… 내가 갈게!
           중앙공원이면 가까워. 금방 가. 근데 왜? 너 무슨 일 있지?

S#63—여자화장실 안 N

이나   아니에요… (뚝 끊어버린다. 어차피 받지도 않을 거면서 왜 전화
       하래…?)

S#64—일식집 룸 N

다해, 목소리가 심상치 않았는데…?

다해   (귀주를 흔들어 깨우는) 귀주씨, 귀주씨!
귀주   (깨워도 못 일어나고)
다해   이나 전화예요! 이나요!
귀주   (딸 이름에 벌떡 일어나 앉으며) 이나??
다해   (드디어 깼다!) 방금 이나한테 전화 왔었어요.
       지금 좀 와달라고. 목소리가 꼭 누구한테 쫓기는 것처럼…
귀주   (정신이 번쩍! 문 박차고 뛰쳐나가는)
다해   (어딘지도 모르면서? 황급히 뒤따르고)

S#65—일식집 밖 N

귀주   (무작정 뛰쳐나오는) 이나야!!!
다해   (방향 잡아주는) 이쪽이에요!

일식집 사장님 따라 나와서

일식집   저기 계산… 64만 원이요.

다해   (아…! 귀주 멀어지는 게 보이고, 하는 수 없이 꺼내는 카드)

S#66—거리 N

정신없이 달리는 귀주, 술기운에 휘청휘청, 넘어져 바닥을 구른다.

다해   (붙잡아 일으켜주고) 괜찮아요?

귀주   (눈앞이 팽팽 돌고)

다해   여기 있어요. 내가 갈 테니까!

귀주   (내가 가야 해! 이 악물고 다시 뛰는) 이나가 나한테 전화를 했
              어…! 나한테…!!

이나를 혼자 두었던 죄책감, 무능력한 아빠라는 자괴감,
이나에게 무슨 일이 생겼는지도 모른다는 두려움…!
귀주, 힘 풀린 다리로 넘어질 듯 위태롭지만 멈추지 않고 달린다.
그런 귀주 옆에서 같이 뛰는 다해,
휘청이는 귀주를 붙잡아 주고, "이쪽이에요!" 방향을 잡아준다.

S#67—공중화장실 밖 N

조금 떨어진 곳에서 이나가 나오길 기다리는 노형태

노형태   (왜 이렇게 안 나오지? 진지하게 걱정해 주는) 휴지가 없나?

조심스럽게 입구 근처로 다가가 얼쩡거린다. (너무 가까이는 아니고)
저쪽에서 달려오는 귀주, 그런 노형태를 발견하고, 저 자식…?!

Flashback Insert〉 12씬
집 근처를 얼쩡거리던 오토바이 헬멧의 사나이!

귀주	거기! 왜 여자화장실을 기웃거려!!
다해	(삼촌이 왜 여깄어??)
노형태	(움찔! 두 사람이 왜 여깄어??)
귀주	(움찔하는 반응에 변태라고 확신! 달려들어 주먹을 달리는데)
노형태	(슬쩍 피하고)
귀주	(달려온 속도 줄이지 못하고 휘청!)
다해	(노형태에게 눈짓 '뭐해? 도망가!')
귀주	(튀려는 노형태 붙잡고 늘어지고) 어딜 가! 너 이 새끼! 아무데도 못 가!
노형태	(귀주를 떼어내려고 하는 수 없이 주먹 쥐는데)
다해	(그러지 마!)
귀주	(다시 한번 휘두르는 펀치!)
노형태	(그래 쳐라! 이번엔 안 피하고 가만히 있는데)
귀주	(가만히 있는데도 못 때리고 허공에 헛주먹질! 벌렁 나동그라진다)
다해	(아…)
귀주	(술기운에 어질! 바닥에 엎어진 채 가쁜 숨 몰아쉬는)

Flashback Insert〉 12씬
쓰레기봉투에 구겨져 버려져 있던 토끼인형

귀주	(현재〉 바닥을 짚고 천천히 몸을 일으키는)

Flashback Insert⟩ 40씬

담임 선생 상담 전화

"이나가 아무 동아리도 가입을 안 하고
혼자 복도에서 기웃거리고 있더라구요.
투명인간… 같다고 할까요?"

귀주   (현재⟩ 있는 힘껏 꾹 말아쥐는 주먹)

Flashback Insert⟩ 1부 57씬, 부서진 차

토끼인형 안고 울던 6살 이나

귀주   이야아아아아아아!!!!!!!!!!!!!!!

Insert⟩ 여자화장실 안

이나가 귀주의 고함을 듣는다. '아빠…?'
온몸의 기운을 끌어모아 주먹을 날리는 귀주!
퍽!!!!!!! 드디어 제대로 주먹이 꽂힌 큰 소리가 난다.
헉!!! 눈 휘둥그레, 손으로 입을 막고 놀라는 다해!
그런데…
회심의 주먹이 꽂힌 곳은 금속의 견고한 오토바이 헬멧…!

다해   (어떡해! 손 아프겠다!)
노형태   (멀쩡하게 서서 끔뻑끔뻑… 뭐지…?)
다해   (노형태에게 눈짓으로 '그냥 쓰러져!')
노형태   윽! 으으윽! (발연기로 쓰러진다)
귀주   (또 그 발연기에 속는, 내가 이겼다!) 다신 내 딸 근처에 얼쩡
          거리지 마!

노형태	(서둘러 달아나고)
귀주	(경찰에 넘겨야 해! 뒤쫓으려는데)

여자화장실 입구에서 고개를 내미는 이나

이나	아빠…?
귀주	이나야! 너 괜찮아?
이나	저 아저씬 누구예요?
귀주	걱정마! 아빠가 혼내줬어!
이나	뭔 소리야? 저 아저씨가 뭘 어쨌다고?
귀주	…? 숨기지 않아도 돼… 이제 괜찮으니까 나와 봐.
이나	(당혹스러운 표정, 화장실에서 나오지 못하고)
다해	이나 너, 왜 와 달라고 했어?
이나	(우물쭈물 말 못 하고, 교복 치맛자락을 꼭 쥐는 손…)
다해	…! (뭔가 알아차리는)

S#68—편의점 N

진열대에서 황급히 생리대 집어 드는 다해

S#69—공중화장실 밖 N

화장실에서 나오는 이나, 그래도 여전히 뭔가 불편한 듯 쭈뼛거리는데,
다해, 겉옷을 벗어서 이나의 허리에 묶어준다. 괜찮아. 별일 아니야.

다해	축하해.
이나	…
귀주	(멀찍이 바라보는) …

S#70—복씨 저택 대문 N

이나를 집까지 데려다주는 다해와 귀주, 대문 앞에 다다라서

귀주	(머뭇) 이나야… 축하…
이나	(민망해서 버럭) 하지마요!
	(대문 안으로 뛰어 들어간다. 그랬다가 문틈 사이 기어들어가는 목소리로 다해에게) 고맙습니다… (휙 들어간다)
다해	(미소… 귀주에게) 들어가요. (돌아서는데)
귀주	한잔할래요?
다해	이번엔 같이 마시는 건가요?
귀주	(멋쩍고)

S#71—노포 술집 N

다해 잔에 소주를 채워주는 귀주의 손이 터져서 엉망이다.
귀주 소주잔 들면, 다해가 가볍게 챙 잔 부딪친다. 소주 마시는 두 사람.

다해	병원부터 가야 하는 거 아닌가? 뼈 부러지는 소리 났는데.
귀주	못 봤나? 헬멧을 썼는데도 날아가는 거? 헬멧 쪼개지는 소리였어요 그거.

다해	(웃고)
귀주	어쨌든… 이나 일은 고마워요… 근데 자꾸 고맙지 마요. 나 고마움을 잘 못 느껴요. 매사에 감사했으면 우울증에 걸렸겠습니까? 좀 불편해요. 난 해줄 것도 없고.
다해	해준 거 있잖아요. 그렇게 따뜻하게 손잡아 줬으면서.
귀주	그런 거짓말은 왜 합니까?
다해	발뺌하는 거예요?
귀주	대체 어디서? 언제?
다해	쇼핑몰에서요. 화재경보 울렸을 때… 아니, 같이 잔 것도 아니고 겨우 손잡은 거 가지고 그렇게까지 잡아뗄 거 뭐 있어요? (귀주 손 슬쩍 붙잡고)
귀주	! (손 빼려는데)
다해	(안 놔주고, 두루마리 휴지 풀어서 상처에 감아 묶어주며) 아니면 혹시, 미래에서 온 귀주씨가 손잡은 거 아니에요? 과거로 타임슬립 하는 능력이 있다면서요? (휴지 다 묶어주면)
귀주	… (멋쩍어 손 쓱 빼고) 그런 거 없어요.
다해	행복했던 시간으로 돌아갈 수 있다면서요.
귀주	못 돌아가요.
다해	아 능력을 잃었다고 했죠? 우울증이 나으면? 다시 행복해 지면?
귀주	그럴 리가.
다해	나랑 있는 시간이 행복했던 거 아니에요?
귀주	그럴 리가.
다해	(장난으로) 한번 눈 감고 잘 생각해봐요. 혹시 알아요? 돌아 가질지?
귀주	(진지하게) 돌아간다고 해도 손은 못 잡아요.

과거에선 아무것도 붙잡을 수 없거든…

다해   …?

S#72―복스짐 N

새빨갛게 달아오른 얼굴, 땀으로 흠뻑 젖어 러닝머신 달리는 동희,
이미 체력의 한계치를 넘어섰는데 오기로 계속 달린다.

그레이스   (멀리서 보고) 우리 복덩어리 언니야 아직도 뛰네?
저러다 토하겠다.

Flashback Insert〉 51씬
진료실, 늘씬하게 쭉 뻗은 그레이스 맨다리
삑삑삑삑! 러닝머신 속도를 높인다.

Flashback Insert〉 46씬
성형외과 로비 구석에 처박힌 동희의 사진
삑삑삑삑삑삑! 러닝머신 속도 더더더 높인다.

동희E   (헉! 헉! 가쁜 숨 몰아쉬며 미친 듯이 달리는) 날고 싶다… 예전
처럼…!

점점 더 빨라지는 속도, 감당할 수 없을 정도로 빨라진다!

동희E   날고 싶어어……!!!

러닝머신 위를 무겁고 처절하게 내달리던 동희 운동화,
순간 아주 조금이지만 공중으로 부웅…! 떠오르는데!!!
그때, 다급히 버튼 눌러 속도 낮추는 손, 그레이스다.

그레이스 언니야! 괜찮나? 숨 쉬어라! 숨!

동희 (바닥에 쓰러져 헛구역질, 숨이 끊어질 듯!)

그레이스 (동희 머리 받치고 같이 호흡해주는) 하~~ 후~~ 하~~ 후~~~

동희 (덕분에 조금 호흡이 진정되면, 왈칵! 쏟아지는 눈물…!)

그레이스 우나…? (조금은 미안한 마음이 드는)

동희 (땀과 눈물이 뒤범벅된 얼굴로 괴롭게 몰아쉬는 숨 하악… 하
악…!)

S#73—노포 술집 N

테이블엔 빈 소주병이 여러 개

다해 (귀주의 잔을 채워주며) 행복했던 시간으로 돌아가고 싶지
않아요?

귀주 (다해의 잔을 채워주며) 글쎄 못 돌아간다니까.
지금 내가, 지나간 어떤 시간도 행복하게 느껴지지 않으니까.

두 사람 가볍게 잔 부딪치고 마신다.

다해 인생에서 행복했다고 느껴지는 시간이 하나도 안 남아있다
고요? 두발자전거 처음 타던 날. 그 느낌 절대 못 잊는데.

귀주 (고개 젓고)

다해	팥빙수 처음 먹어본 날.
귀주	그런 것도 기억나요?
다해	고등학교 때 처음 먹어봤거든요.
귀주	(다해 잔에 술 따르고)
다해	(귀주 잔에 술을 따르고) 이나가 태어난 날은요?
귀주	······!

Flashback Insert〉 11씬, 13년 전 산부인과 병실
품속의 이나를 내려다보며 감동으로 일렁이는 귀주 눈빛

| 귀주 | 내 생애 최고로 행복한 시간이야! 절대로 사라지지 않을 시간! |

현재〉

귀주	(그 시간마저 놓쳐버렸다는 슬픔과 죄책감… 괴롭게 소주를 들이켜고)
다해	(딸이 태어난 날도?) 너무한다. 정말 너무해. (소주 마시고) 실은 나도 과거로 돌아가는 능력이 있는 것 같아요.
귀주	?
다해	이나를 보면 나 어릴 때 생각이 나요. 나도 엄마가 없었거든요. 아빠는 늘 술에 취해있었고… 난 혼자였어요.
귀주	······!
다해	나 혼자서도 씩씩하게 잘 컸는데… 다 커서 어른 된 줄 알았는데… 이나만 보면 혼자였던 어린애로 자꾸 돌아가져요…
귀주	(흔들리는 눈동자)
다해	여사님 심정도 이해는 돼요. 이나한텐 누군가 필요하니까…

귀주	··· 이나한테 줬던 토끼인형.
다해	?
귀주	이나가 어렸을 때 내가 옆에 많이 못 있어줬어요.
	아빠 대신 지켜줄 거라고, 애한테 선물했던 인형이에요.
다해	그랬구나···
귀주	내가 이 모양이라··· 여전히 옆에 못 있어주니까··· 그래서
	줬는데··· 그런데 이나가 쓰레기통에 버렸더라구.
다해	···
귀주	맞아요. 이나한텐 필요해요. 이런 나 대신 옆에서 지켜줄
	사람. 근데 그러면 도다해씨 인생을 쓰레기통에 처박는 걸
	까 봐···
다해	···
귀주	그러니까 다가오지 마요··· 붙잡고 싶어지니까···
다해	벌써 붙잡았으면서. (손을 뻗어 귀주 손에 살며시 포개고)
귀주	······!
다해	손 잡았잖아요··· 우리.
귀주	(흔들리는 눈빛으로 보고)
다해	(그윽하게 마주 바라보는)

S#74—복씨 저택 귀주 방 N

'복귀주' 서명 사삭!
귀주, 밀린 가정통신문에 사인하고 있다.
손에 다해가 묶어준 두루마리 휴지··· 내려다보며 심란한 한숨···

귀주	손을 잡았다고? 무슨 그런 거짓말을 그렇게까지 진심으로···

Flashback Insert〉 71씬

다해 "아니면 혹시, 미래에서 온 귀주씨가 손잡은 거 아니에요?"

귀주　　(현재〉) 그건 말이 안 되는데…

Flashback Insert〉 71씬

다해 "한번 눈 감고 잘 생각해봐요. 혹시 알아요? 돌아가질지?"

현재〉

귀주, 안 될 거라는 걸 알지만, 반신반의 눈을 감아본다.

S#75—쇼핑몰 입구 (18씬 연결) D

귀주 눈을 뜬다. 눈이 커다래진다. 커다래진 눈으로 주위를 둘러보면,
다해와 마주쳤던 쇼핑몰의 입구에 서 있는 것이 아닌가…!

다해E　　쇼핑몰에서요.

맞은편에서 또 다른 귀주가 터덜터덜 걸어 나온다. (과거의 귀주)
걸어오는 귀주의 손에는 다해가 골라준 운동화가 든 쇼핑백이 들려
있다.

귀주　　(과거로 돌아왔어?!) 말도 안 돼…!! 이게 어떻게…??

놀란 마음에 여기저기 만져보지만 만질 수 없는 과거의 존재들.
과거의 귀주를 향해 손을 뻗어도 닿지 않는다.

타임슬립한 귀주를 보지 못하는 과거의 귀주,
'고맙다는 인사는 할 걸 그랬나?' 하고 한번 돌아봤다가
'에이, 됐어!' 그냥 발걸음 돌려 가버린다.
타임슬립한 귀주, 열려있는 문을 통해 쇼핑몰 안으로 들어가 본다.

S#76—쇼핑몰 카페 (19씬 연결) D

때르르르르릉! 울리는 화재경보,
겁에 질려 대피하는 사람들과 반대 방향으로 거슬러 걷는 귀주

다해E　　화재경보 울렸을 때…

저만치 미처 대피하지 못하고 바닥에 주저앉아 있는 다해가 보인다.
그런데 흑백의 공간 속, 다해만 색깔이 입혀져 있다.
어떻게 된 거지? 왜 저 사람만? 천천히 다해에게 다가가 본다.
가까이 다가가 보면, 다해가 공포에 짓눌려 어쩔 줄 모르고 떨고 있다…!

다해E　　내 손, 붙잡아 줬잖아요.

손을 뻗어 조심스럽게 다해의 손에 가져다 댄다.
닿는다…!

다해E　　그렇게 따뜻하게 손잡아 줬으면서.

귀주, 힘을 주어 다해의 손을 꽉! 붙잡는다.

잡힌다……!!!
손을 잡고 서로를 마주 보는 두 사람!
온통 흑백 세상에서 둘만이 선명한 색상으로 빛나는 데서.

— 2부 끝 —

3부

히어로는
아닙니다만

S#1—쇼핑몰 카페 (2부 엔딩 연결) D

귀주, 손을 뻗어 조심스럽게 다해의 손에 가져다 댄다.
닿는다…!
힘을 주어 다해의 손을 꽉! 붙잡는다.
잡힌다……!!!

귀주　　……!!!!!!

두 사람 위로 흐르는 안내방송
"조금 전 울린 화재경보는 오작동으로 확인되었습니다…"

다해　　오작동이었대요…
귀주　　(여전히 다해 손 꽉 붙잡은 채 믿기지 않아 빤히 쳐다보고)
다해　　…? (핸드폰 울리고, 꽉 붙잡은 귀주의 손에서 슬쩍 손을 빼 전
　　　　　　화 받으면)
귀주　　(눈 꾹! 감고)

S#2—복씨 저택 귀주 방 N

번쩍!!! 눈을 뜨는 귀주.
눈을 뜨면 현시점으로 돌아와 있다.

귀주　　능력이 돌아온 건가……??

도저히 믿기지 않는다. 손을 들어 빤히 들여다본다.

다해의 손과 닿았던 감촉이 생생하게 남아있다!

귀주　　손을… 잡았어……???!!!

Flashback Insert〉 2부 9씬
강아지를 구하려고 손을 뻗던 어린 귀주의 모습들,
어디에도 닿지 못하고 밀려나던 손!

현재〉
과거에선 아무것도 만질 수 없었는데!
혼란스러운 귀주, 방안을 이리저리 서성거린다.
그러다 눈에 들어오는 사진 액자.
전에도 비슷한 일이 있었지…! 밀려드는 기억에 흔들리는 눈동자.
사진 속 세연이 속싸개에 싼 갓난아기 이나를 안고 있다.

S#3—소방서 차고 (13년 전) D

소방차, 방화복, 산소통 등 장비 점검하며 일과를 시작하는 소방관들.
그 한쪽에서 다급한 전화 받는 귀주 (주황색 기동복 차림)

귀주　　그래?? 어, 어어, 알았어! (핸드폰 끊고, 들뜬) 저 아빠 된대요!!!
동료들　(이야! 축하한다! 뭐하고 있어? 병원 가봐야지! 한 마디씩 하고)
정반장　(안쪽 건물에서 나오는) 야 막내! 내가 근무 바꿔줄게. 얼른
　　　　　가봐.
귀주　　근무교대하고 쉬러 들어가시는 길 아닙니까?
정반장　너도 애 키워보면 알 거야.

집에 들어간다고 쉬는 건가. 빨리 가!

귀주   (웃고) 고마워요 형! 내가 밥 살게요!

S#4—산부인과 병실 (13년 전, 2부 11씬 연결) D

세연이 꽁꽁 싼 속싸개를 귀주에게 건넨다.
조심스럽게 안아 드는 속싸개 안에 꼬물꼬물 신생아 이나.

귀주   (이나 내려다보며) 니가 나한테 온 시간은 절대 잃어버리지
         않을 거야. 내 생애 최고로 행복한 시간이야! 절대로 사라
         지지 않을 시간!

품속의 이나를 내려다보며 감동으로 일렁이는 귀주 눈빛…
그런 귀주 어깨 너머, 유리창에 얼핏 비치는 거무스름한 그림자.
화면 창문으로 이동하면, 창밖 저만치 무섭게 치솟는 검은 연기…!

S#5—선재여고 화재 현장 (13년 전) D

불길과 연기에 휩싸인 학교 건물!
사이렌 울리며 소방차와 구급차들 달려오고,
차에서 뛰어내린 대원들 다급히 연기 속으로 뛰어 들어가는…

귀주Na   내가 부모가 되던 날, 수십 명의 부모가 아이를 잃었다. 그
           리고…

S#6—소방서 (13년 전) D

귀주와 근무를 바꿔준 정반장(故정형진)의 영정사진, 영정사진 든 대
원을 뒤따르는 영현. 영결식을 마치고 운구차량으로 운구 중이다.
정복을 입고 양옆으로 도열한 대원들 사이, 먹먹하게 선 귀주.
상복 차림으로 넋이 나가 뒤따르는 정반장의 아내,
그 옆에는 서너 살쯤 된 아들이 훈장을 들고 아무것도 모르고 해맑다.
가장을 잃은 가족을 보며 마음이 무너져 내리는 귀주…
운구차를 떠나보내며 경례.

S#7—소방서 뒤뜰 일각 (13년 전) D

혼자 조용히 빠져나오는 귀주, 아무도 없는 것을 확인하더니,
정모(모자) 벗어 툭 떨어뜨리고, 눈을 감는다.

S#8—산부인과 병실/병실 밖 복도 (13년 전, 타임슬립) D

귀주가 눈을 뜨면, 딸이 태어나던 날 병실이다.
갓난아기 이나를 품에 안고 행복해하는 흑백의 귀주와 세연이 보인다.
그리고, 뒤늦게 보게 되는 유리창 너머 검은 연기…!
타임슬립한 귀주, 과거의 자신을 괴롭게 바라본다.
바깥에 무슨 일이 벌어지는지도 모르고 나만 행복했구나…
자책하며 고개를 돌리다 놀란 눈으로 우뚝! 멈춰서는 귀주.
모든 것이 흑백인 공간 속, 병실 문 색깔이 선명하게 보이는 게 아닌가!
믿을 수 없어 천천히 다가가 본다. 왜 이 문만 색이 있는 거지?

조심스럽게 손을 뻗어본다. 닿는다…!

지금까지 이런 일은 한 번도 없었다! 믿기지 않아 손을 뗐다가 만졌다가, 그러다 문고리를 살짝 잡아본다. 잡힌다…!

조심스럽게 돌려본다. 열린다…!!!

열린 문턱에 서서 갓난아기 이나를 돌아본다.

귀주E　　이나가 태어난 시간이라 이 시간만큼은 특별한 힘이 있는 걸까?

문을 나서 복도를 따라 걷는다. 걸음 점점 빨라지고, 달린다.

S#9—선재여고 화재 현장 (13년 전, 타임슬립) D

귀주, 달려와서 보면, 연기 속에 하나둘 드러나는 처참한 광경들.

시커먼 재와 눈물이 뒤범벅된 아이들, 쿨럭쿨럭 기침하며 간신히 빠져나오는 아이들, 정신을 잃고 들것에 실려 나오는 아이들…

화재진압과 구조를 위해 사투를 벌이는 소방대원들,

아이를 등에 업고 건물을 빠져나오는 정반장도 멀리 보인다.

귀주　　　정반장님!

정반장　　(업고 나온 아이를 구급대원에게 넘기는데)

여학생1　　(겁에 질린 얼굴로 울먹이며) 아저씨! 5층 창고에도 사람 있어요! (정반장에게 매달리는) 아저씨! 제발요!

정반장　　(이제 막 빠져나온 건물로 다시 뛰고)

귀주　　　안 돼! 가지 마요! (정반장에게 뛰어가며 크게 외치는) 형!!!

짧게 휙 뒤돌아보는 것 같다가 (시선 귀주 아닌 엉뚱한 곳 향하고)
그대로 건물 안으로 뛰어 들어가 버리는 정반장.
정반장이 들어가자마자 출입구 위쪽 구조물이 내려앉으며
뒤따르던 귀주를 가로막는다.
다른 문과 창문들은 닫혀있어 건물로 진입할 방법이 없다.

귀주   (불이 번지는 건물 5층을 올려다보는) 형…!!!

Insert〉 5층 과학실
화학약품이 보관된 캐비닛으로 번지는 불길…!
과학실이 있는 5층에서 쾅!!!!!! 굉음과 일어나는 폭발…!

귀주   ……!!!!!!

S#10—복씨 저택 귀주 방 (13년 전) D

아기 침대에 이나 새근새근 잠들었고

귀주   그 시간은 달라! 내가 문을 열었다니까!
세연   문 여는 거 말곤 할 수 있는 게 없었다며.
귀주   아직 못 찾은 건지도 모르지. 그 문 말고 또 내가 열 수 있
         는 문이 있을 거야. (잠든 이나 내려다보며) 우리 딸 태어난
         시간, 그 시간에서만큼은… 내가 할 수 있는 게 있을지도
         몰라…!

S#11—반복적인 타임슬립 몽타주 D

흑백의 공간에서 유일하게 색을 가진 문,
그 문을 열고 화재 현장으로 달리고 또 달려가는 귀주.
그런데 아무리 있는 힘껏 달려가도 정반장에게 다다를 수 없다.
단 몇 초의 차이로 출입구가 무너지며 귀주를 가로막는다.
불이 난 건물 내부로 진입하는 것조차 불가능하지만,
뭐라도 할 수 있는 게 있지 않을까, 어딘가에 손이 닿지는 않을까,
미친 듯이 뛰어다니며 열리지 않는 문과 창문에 몸을 부딪쳐 본다.
문을 열고, 달리고, 몸을 부딪치고, 문을 열고, 달리고, 몸을 부딪치
고… 하지만 귀주가 할 수 있는 건 아무것도 없다.

귀주Na   그 시간에서도, 나는 아무도 구하지 못했다.

S#12—소방서 식당 (13년 전) D

동료의 죽음을 뒤로 한 채 일상으로 복귀한 귀주와 대원들.
다들 식사하는 테이블 끝에 귀주 약간 멍한 상태로 앉았다.
출동벨 울리고, 귀주와 대원들 일제히 숟가락 던지고 긴급출동!

S#13—소방서 차고 (13년 전) D

빠르게 소방차에 올라타는 대원들, 귀주도 서둘러 차에 뛰어오른다.

팀장   (앞좌석에 타서, 뒤를 돌아보는) 막내는?

대원1   (두리번) 방금 여기 있었는데…?

팀장   이 새끼 또 어디로 사라졌어???!!!

S#14—산부인과 병실 (13년 전, 타임슬립) D

귀주, 이나가 태어난 시간으로 돌아가 있다.

귀주   아…! 또 와 버렸어…!

행복에 빠진 흑백의 자신과, 창문 너머 검은 연기,
그리고 유일하게 색을 가진 병실 문을 괴롭게 바라본다.

S#15—소방서 사무실 (13년 전) D

팀장 앞에 고개 숙인 귀주

팀장   (버럭) 정신 안 차릴래!! 니 멋대로 무단이탈해 버리면, 나
          머지 팀원들까지 위험해지는 거 몰라??

귀주   죄송합니다.

팀장   정반장 일로 힘든 건 아는데, 그만 내려놔.

귀주   그 시간이 절 안 놔줘요.

팀장   뭐?

귀주   생각 안 하려고 해도 잠깐 눈만 감았다 뜨면 그 시간에 가
          있어요. 눈앞에 아이들이 있고… 정반장님이 불구덩이 뛰
          어 들어가는 걸… 몇 번이고, 몇 번이고, 멱살 잡혀 끌려가

서 봐요.

난 아무것도 못 하는데… 아무리 찾아봐도 할 수 있는 게 없는데…! 왜 문은 열어준 건지, 왜 끊임없이 날 불러들이는지…!! 그 시간이 대체 나한테 뭘 바라는 건지…!!! 나도 정말 미치겠다구요!!!

팀장   (이 녀석 제정신 아니군) 쉬면서 심리치료 받든가, 다른 일 알아보는 게…

귀주   (괴롭게 고개 떨구는)

귀주Na   과거는 물론 현재에서도, 아무도 구할 수 없게 됐다.

S#16—복씨 저택 귀주 방 (10년 전) D

어린 이나(3세) 방문 열고 빼꼼 아빠를 찾는다. 귀주 책상이 텅 비어 있다. 방금까지 자리에 있었던 듯, 마시던 커피에서 아직 김이 오르고

3세 이나   아빠 또 어디 갔어?

세연   아마 이나한테 갔을 거야.

3세 이나   나 말고 다른 이나가 또 있어? 아빠는 다른 이나가 좋대?

세연   (아빠를 찾는 딸을 달래는) 그런 게 아니고…

아빠는 특별한 능력이 있거든? 그 능력을 다른 사람을 위해서 쓰고 싶대.

3세 이나   (표정 환해지며) 슈퍼히어로처럼? 사람들 구하러 갔어?

세연   (씁쓸한 미소, 끄덕)

S#17—선재여고 화재 현장 (10년 전 귀주의 타임슬립) D

몇 년의 시간이 흘러도 여전히 그 시간에 갇혀있는 귀주.
지치고 피폐해진 얼굴, 아무것도 안 하고 우두커니 화재 현장에 서 있다.

S#18—달리는 자동차 안 (7년 전, 1부 57씬 연결) D

이나의 6살 생일

6세 이나   (뒷자리에서) 엄마 우리 어디 가?

세연   (운전하며) 동물원! 동물원에서 셋이 같이 손잡고 솜사탕 먹자?

(옆자리 귀주 힐끗) 꼭 셋이 함께야. 혼자 사라지지 말기.

귀주   가려고 해서 가는 게 아니야. 알잖아.

세연   마음 깊은 데서 포기가 안 되는 거겠지. 구하지 못한 사람들.

6세 이나   아빠 또 누구 구하러 가? 그럼 나는 누가 구해줘?

귀주   안 가. 아빠가 잠깐 없어지더라도…

(앞좌석에서 돌아보는, 이나에게 토끼인형을 선물로 안겨주며)

아빠 대신 이 토끼가 이나 지켜줄 거야.

6세 이나   (토끼인형 안고 놀고)

귀주   그 시간만 다른 이유가 있을 텐데, 그 이유만 찾으면 끌려가는 것도 멈추지 않을까…?

세연   6년이나 이유를 찾았어. 거기서도 아무것도 못 했지만 여기에서도 당신 아무것도 못 했다고! 그날 말고 돌아갈 수 있는 행복한 시간, 있긴 있어?

136

도대체 복귀주는 어느 시간에 살고 있는 거야??

귀주   …

세연   이나는 아빠랑 행복한 기억도 없이 벌써 오늘이 여섯 살
           생일이야. 오늘도 사라지면 나 더 안 기다려. 이나 데리고
           나갈 거야.

귀주   뭐…?

세연   집도 다 알아봤어.

귀주   (진심이구나…!)

세연   오늘마저 가버릴 거면 차라리 거기서 돌아오지 마.
           돌아와도 나는 없을 테니까.

귀주   …

마지막으로 귀주를 붙잡는 심정인 세연,
운전하면서 귀주의 손을 잡으려고 손을 뻗는데, 옆자리가 비어있다.
또 가버렸구나…!

S#19—산부인과 병실 (7년 전, 타임슬립) D

결국 또다시 이나가 태어난 시간으로 돌아가 있는 귀주.
색을 가진 문을 연다. 열었다가 힘없이 도로 닫아버린다.
닫았다가 그래도 다시 한번 열어보는…

귀주Na   생애 가장 큰 행복과 불행이 뒤섞인 이상한 시간.

S#20—자동차 안 (7년 전, 1부 57씬 연결) D

다시 자동차 조수석에서 눈을 뜨는 귀주.
눈앞에 보이는 것들이 얼른 현실로 받아들여지지 않는다.
도저히 믿기지 않는, 믿고 싶지 않은 일이 벌어져 있다.
구겨진 자동차 운전석에서 길게 나와 늘어진 세연의 팔.
피 묻은 토끼인형을 꼭 끌어안고 우는 어린 이나.
귀주가 과거의 시간에 다녀온 사이, 산산이 부서진 현재의 시간…!

S#21—복씨 저택 귀주 방 (현재) N

귀주, 세연의 사진을 깊은 회한의 눈빛으로 바라본다.

귀주E   내가… 과거의 사람한테… 닿는다…?

Flashback Insert〉 1부 3씬
해변에서 세연과 보냈던 행복한 시간

현재〉
세연에게 닿을 수 있을까…?
세연과의 시간을 떠올리며 눈을 감는 귀주.
하지만 눈을 뜨면 그 자리에 그대로다.
왜 안 되지? 다시 눈을 꽉 감았다 떠보지만 소용없다.
아무리 눈을 감았다 떠봐도 아무 일도 일어나지 않는다.

귀주   분명히 됐었는데…!

후… 심호흡, 마음 가다듬고 다시 집중!

귀주   햇빛… 바람… 바다… (눈을 지그시 감고 타임슬립 시도!)

S#22─해변 (1부 4씬 연결/타임슬립) D

눈을 감고 서있는 귀주,
바람이 머리카락을 흔들고, 귓가에 찰랑이는 파도 소리,
서서히 눈을 뜨면 햇빛을 받아 반짝이는 바다가 눈앞에 펼쳐진다…!

귀주   됐어…!

얼른 두리번거리며 세연을 찾는 귀주,
그런데 뜻밖의 광경에 그대로 몸이 굳어버린다.

귀주   저건…

저만치 바다에서 축 늘어진 귀주를 건져내는 다해…!

귀주   도다해……?!

세연이 아닌 다해와의 시간으로 돌아와 버린 것!
웅성웅성 몰려든 사람들 사이로 얼핏얼핏 보이는,
침착하게 인공호흡 하는 다해…
입술이 살짝 닿았다 떨어지고…
과거의 귀주, 다해를 와락 끌어안는…!

귀주, 그런 자신을 혼란스럽게 바라보다가 눈 질끈!

S#23—복씨 저택 귀주 방 (현재) N

눈을 뜨면 현시점으로 돌아온 귀주

귀주E   (도무지 이해할 수 없는) 그 시간이 행복하기라도 했다는 건
가…? (아니! 그럴 리 없어! 강하게 고개 젓고)
다른 시간으로 돌아가 보자! 도다해 말고! 다른 시간!

또 다른 행복의 시간을 떠올려보지만
아무리 눈을 감았다 떠도 돌아가지지 않는다.

귀주E   이나! 이나를 생각해…! (눈 질끈!)

S#24—공중화장실 밖 (2부 69씬 연결/타임슬립) N

가늘게 눈을 뜨는 귀주, 저만치 이나가 보인다!

귀주   그렇지…! (좋아하다가 움찔! 얼굴 식는)

또 도다해다…!
공원의 나무와 풀숲 사이로 보이는,
화장실 앞에서 이나에게 겉옷을 벗어 허리에 묶어주던 다해!

다해   축하해.

그런 다해를 보며 왠지 마음이 놓였던 과거 귀주, 입가에 미세한 미소…!
(2부의 시점에서는 없었던 컷, 뒤늦게 발견하는 자신의 감정)
허! 웃은 거야? 내가 저랬다고? 내가 정말 웃었다고???
과거의 자신을 도저히 받아들일 수 없는 귀주, 눈 질끈!!!

S#25―복씨 저택 귀주 방 (현재) N

눈을 뜨고 현시점으로 돌아온 귀주, 황당해 미치겠다!

귀주   이게 뭐야… 아냐… 이건… 뭔가 잘못됐어…!!
                왜… 왜 도다해가 있는 시간으로만…??
                도다해… 도대체… 뭐야……!!!!!!

S#26―스파 D

매니저   도다해씨요?

다해를 만나러 스파로 찾아온 귀주

매니저   지금 일하는 중이라… 무슨 일이신지?
귀주   확인할 게 좀 있어서요.

마침 마사지를 끝낸 다해가 VIP룸에서 나오고

다해	귀주씨?
귀주	얘기 좀 합시다. (다해 손목 덥석 잡아끄는)
다해	지금요? 지금 좀, 안에 아직… (VIP룸 돌아보며, 귀주에게 끌려가고)
귀주	(사람 없는 곳으로 데려가서) 당신 뭐야?
다해	네?
귀주	어째서 당신만 알록달록하지?
다해	?? 네??
귀주	다른 건 죄다 잿빛인데 당신한테만 선명하게 색이 있어! 정체가 뭐야? 게다가 눈만 뜨면 당신이 있어! 왜 당신이지? 왜 당신한테만 손이 닿고! 왜 당신한테만 내가 가 있는 거냐고!
다해	?? 이거 고백이에요? 무슨 고백이 이래요?
귀주	고백은 그쪽이 해야겠지! 아무리 생각해도 의심스러워! 솔직히 털어봐요, 당신한테도 우리 같은 능력이 있는 건가? 최면술? 내 머릿속에 대체 뭘 심은 거야? 어머니도 그런 식으로 홀렸나?
다해	귀주씨…
귀주	말해요! 어떻게 한 거지? 나한테 무슨 짓을 한 거냐고!
복만흠	내가 알려줄게. 무슨 일이 벌어지고 있는 건지.

VIP룸에서 가운 차림으로 나온 복만흠

귀주	! (돌아보면)

S#27—카페 D

복만흠, 스파 근처 카페에서 귀주 붙잡아 앉혀놓고

복만흠　도다해씨가 니 머릿속에 심은 거, 그거… 사랑이란다.
귀주　아뇨! 그게 아니라…
복만흠　(자르고) 어둡고 칙칙한 세상에 유일하게 빛을 가진 존재.
　　　　 자꾸 눈에 아른거리고, 자꾸 손이 가면, 그게 사랑이 아니
　　　　 고 뭐야?

S#28—스파 VIP룸 D (Cut-back)

(26씬 이후 상황, 복만흠 가운 차림)
복만흠, VIP룸에서 다해 붙잡아 앉혀놓고

복만흠　일단 집으로 들어와요. 오늘부로 스파 일도 정리하고.
다해　네??

S#29—카페 D

복만흠　일단 가까이 두고 보자. 이나 가정교사로.
귀주　예??
복만흠　숙제 준비물 같은 거 살펴봐 주고 밥이라도 좀 챙겨 먹이게.
　　　　 애 맨날 아침도 거르고 밤늦게 컵라면이나 먹게 둘 거야?

S#30—스파 VIP룸 D (Cut-back)

복만흠 우리 귀주가 지금은 마음의 감기에 걸려서 진면목이 잘 안
보이는데, 우선 한번 살아 보면서 찬찬히 들여다봐 주면
어떨까?

다해 (신중한 표정)

S#31—카페 D

귀주 도다해한테 왜 그렇게 집착하세요?

복만흠 우리 가족이 잃어버린 걸 되찾아줄 사람이야.
너한테도 변화가 일어날 텐데… 뭐 시작된 거 없어?

귀주 (있지만) 없어요.

복만흠 조짐이라도 없어?

귀주 없다구요!

S#32—스파 VIP룸 D (Cut-back)

다해 귀주씨 혼란스러운 것 같던데…

복만흠 내 말대로 해요. 그 녀석은 제대로 된 판단을 내릴 상태가
아니야.

다해 저도 생각을 좀 해봐야 할 것 같아요. 생각해 보고 귀주씨
하고 만나서 얘길 해보든지…

S#33—카페 D

복만흠 일요일 1시, 둘이 만났던 쇼핑몰 앞 분수대.

귀주 내가 그 여자를 왜 만나요!

복만흠 궁금하지 않아? 꿈에 왜 도다해가 우리 집안 반지를 끼고 있었는지.

S#34—분수대 D

결국 약속 장소에 나타난 귀주,
한쪽에 몸을 숨기고 멀찍이 분수대 쪽을 바라본다.
하얗게 물방울을 뿜어내는 분수대 앞에 다해가 서 있는 게 보인다.
갈등하며 다해를 지켜보는 귀주.

귀주E 도다해 때문에 능력이 돌아온 건 분명한데, 가까이 두고 지켜봐야 할까?
글쎄… 능력을 되찾으면 뭐가 달라지는데…?
내가 돌아가고 싶은 시간은 행복한 시간이 아니야…!

Flashback Insert〉 7년 전, 1부 57씬
구겨진 자동차 운전석에서 길게 나와 늘어진 세연의 팔…
피 묻은 토끼인형을 꼭 끌어안고 우는 어린 이나…
귀주가 과거의 시간에 다녀온 사이, 산산이 부서져 있던 현재의 시간…!

귀주E 내가 돌아가고 싶은 시간은, 돌아가서 바꾸고 싶은 시간은…

현재〉

물줄기를 뿜던 분수가 갑자기 뚝 멈춘다.

돌아서서 다해를 등지고 가버리는 귀주.

하염없이 귀주를 기다리는 다해, '결국 안 오는 건가…?'

S#35—찜질방 식당 N

다해 잔에 소주를 따라주는 백일홍

백일홍   그냥 이대로 쭉 밀어붙여!

다해   (소주 쭉 마시고)

백일홍   지가 손을 잡아놓고 잡은 것도 기억 못 하는 놈, 어차피 제
         정신 아니야!

그레이스   예지몽을 꾼다고 믿는 복여사님도 멀쩡한 건 아니고.

백일홍   너무 고맙지. 복씨 집안 사람들은 정신이 온전치 못해 의
         사결정 능력과 사무 처리 기능이 현저히 떨어져 재산상 심
         각한 손해를 끼칠 수 있다!

그레이스   그러므로! 복귀주의 배우자이자 복만홈의 며느리 도다해가!
         (다해 잔에 소주 따르며) 법정후견인으로서 복씨 집안 재산
         을 관리한다!

백일홍   500억 건물로는 만족 못 하지! (소주잔을 컵에 넣고 맥주 콸
         콸 부어 휙!)
         싹 다 쓸어버리자고! (다해 앞에 폭탄주 턱 놓으면)

다해   (쭉! 원샷)

노형태   (다해 앞에 안주 하나 놔주고)

백일홍   후견인 지정이 그렇게 간단하지는 않을 거야.

증거수집 확실히 해.

다해　　(염려 마요!)

S#36—복씨 저택 귀주 방 N

잠 못 들고 술 마시는 귀주

Flashback Insert〉 34씬
분수대에서 하염없이 귀주를 기다리던 다해

현재〉
혼자 기다렸을 다해가 조금은 마음에 걸리는 귀주.
됐다! 잊어버리자! 감정을 떨치며 위스키 벌컥!

S#37—복씨 저택 2층 복도 D

다음날 아침, 숙취에 띵한 머리를 붙들고 좀비처럼 방을 나서는 귀주.
엄순구가 깨끗하게 세탁한 침구를 들고 분주하게 복도를 지나간다.

엄순구　　일어났니? 손님방을 오래 비워뒀더니 준비할 게 많구나.
귀주　　　손님이라도 와요?
엄순구　　(녀석, 모르는 척 하긴?) 잘했다, 정말 잘했어! 축하해!
귀주　　　??
복만흠E　(아래층에서 복만흠 목소리) 어서 와요! 도다해씨!!
귀주　　　(도다해???)

S#38—복씨 저택 거실 D

귀주 계단을 내려와 보면, 작은 캐리어 하나 들고 나타난 다해…!

귀주   ! 도다해…? 왜 왔지…?

다해   용기를 한번 내봤어요. 귀주씨가 마음을 열어줘서…

귀주   내가…?

엄순구   (내려와서) 환영합니다!

복만흠   (다해 손에 들린 꽃다발 보고) 꽃까지 사들고! 고마워요! (손
              뻗는데)

다해   아 죄송해요. 귀주씨가 저한테 선물한 꽃이라.

귀주   내가…??

복만흠   귀주가??

엄순구   귀주가 워낙에 날 닮아 스윗했지.

귀주   아니요!

복만흠   맞아. 드디어 본래 모습을 되찾은 거야!

귀주   아니라구요!! 꽃 준 적 없고! 우리 집에 들어오라고 한 적
              도 없어요!

다해   …?

복만흠   애가 무슨 소릴… (귀주한테서 훅 끼치는 술 냄새) 술 마셨니?

엄순구   녀석, 얼른 씻고 정신 차리자! (귀주 잡아끄는데)

귀주   (뿌리치고) 좀 봐요! (다해 팔을 잡아끌고 밖으로)

2층 계단 한쪽에서 조용히 지켜보고 있던 이나

이나   기어코 발을 들이셨네. 도망치라니까…

S#39—복씨 저택 정원 D

다해를 끌고 밖으로 나오는 귀주

귀주   뭐 하는 짓이야! 왜 이런 거짓말을 하지?

다해   거짓말이라뇨?

귀주   (다해 손에 들린 꽃) 내가 그 꽃을 줬다고? 언제? 어디서?

다해   분수대요. 기억 안 나요?

귀주   그럴 리가! 그날 난 도다해씨 가까이 가지도 않았어!

다해   내 기억엔 우리 그날 꽤 가까웠는데? 귀주씨가 날 안았잖아요.

귀주   안아? 누가? 내가?

다해   허… 그렇게 온몸으로… 그렇게 꽉 끌어안았으면서… 손잡아 놓고 발뺌하더니 또 아니라고 잡아떼는 거예요?

귀주   …! (머리를 쿵! 얻어맞은 느낌) 손을 잡은 게 거짓말이 아니었던 것처럼… 이번에도 거짓말이 아니라고…? 그럼… 그러면…!

다해   도대체 뭐예요? 왜 자꾸 자기 행동을 부정해요? 나 이상한 사람 만들어서 뭘 어쩌려는 건데요?

귀주   (혼란스럽다! 홱! 돌아서서 안으로)

다해   (표정 지우고, 본다)

S#40—복씨 저택 욕실 D

문을 쾅 닫고, 문에 등을 기대는 귀주

귀주   설마… 미래의 내가……?

거울에 비친 자신을 바라보는 귀주

귀주   말도 안 돼…! (샤워기 틀고 촤악!!! 쏟아지는 찬물에 머리를 밀
          어 넣는) 말도 안 돼……!!!

S#41─복씨 저택 다이닝룸 D

정갈하게 차려진 아침밥상

다해   (어두운 얼굴) 귀주씨 마음에 확신이 선 줄 알았는데…
복만흠   쑥스러워 괜히 저래. 신경 쓰지 말아요.
엄순구   들어요. 급하게 차려서 찬이 부실하지만.
다해   아닙니다. (음식 먹고) 맛있어요.

교복 차림의 이나, 핸드폰을 들여다보며 들어온다.

엄순구   이나야, 인사해라. 앞으로 같이 지내실 거야.
다해   (이나와 눈인사라도 하려는데)
이나   (시선도 안 마주치고, 눈 핸드폰에 둔 채 컵에 물 따르다 조금 흘
          린다.)
복만흠   핸드폰에서 눈 좀 떼라! 안 그래도 두꺼운 안경 쓰면서 얼
          마나 더 눈이 나빠지려고. 안 들리니?
이나   (귀에 블루투스 이어폰 꽂혔다)
복만흠   (한숨) 이나가 좀 느린 건 알고 있죠?

남다른 재능이랄 것도 없고…

복씨 집안 핏줄이면 특출한 구석이 하나씩은 있거든…

이나   (핸드폰 보며 무덤덤 물 마시고)

다해   이제 겨우 열셋인데요. 잠재력을 끌어내 줄 어른이 필요한
      거겠죠.

복만흠 (다해가 바로 그런 어른이 되어줄 거라는 기대…!)

이나   (툭! 물컵 내려놓고) 초능력이라면 하나 있는 것도 같은데.

일동   ?!

이나   투명인간이요. 학교에서 아무도 나하고 얘기를 안 해요.

다해   …!

복만흠 (저 녀석이!) 너 다 들렸으면서!

엄순구 (복만흠을 가만히 말린다. 이나가 안쓰럽고)

이나   다녀오겠습니다. (가고)

다해   (이나를 보는 시선에서)

S#42—학교 근처 거리 D

학교 가는 길, 아이들 삼삼오오 몰려다니며 팔짱도 끼고 같은 반 친구
를 만나 인사도 나누는데, 이나는 핸드폰에 코를 박고 섬처럼 혼자 걷
는다. 그렇게 군중 속에 익명으로 존재하는 것이 오히려 편해 보인다.

이나Na 투명인간인 게 꼭 나쁘지만은 않다.

그때, 자전거가 이나 옆을 스치고 지나가며 화악! 바람을 일으킨다.
자전거를 탄 준우, 멋지게 바퀴를 미끄러뜨리며 교문 앞에 자전거를
세우곤, 헬멧을 벗고 머리카락을 마구 헝클어 턴다.

그 모습을 몰래 핸드폰 카메라 줌으로 확대해 보는 이나…!

이나Na   아무에게도 들키지 않고 보고 싶은 걸 마음껏 볼 수 있다.
          아무도 내가 여기 있다는 걸 알아차리지 못…

혜림   복이나!

이나   (흠칫!)

혜림   너 왜 몰래 훔쳐보냐?

이나   (들켰나??? 핸드폰 뒤로 감추고 사색이 되는데)

혜림   우리 연습하는 거 숨어서 봤잖아. 그거 너 맞지?

이나   (아 그거… 조금 안도하는데)

혜림   혹시 너도 댄스 동아리 하고 싶어?

이나   (댄…스…?)

혜림   공연해야 되는데 인원이 부족해. 너도 해라.

이나   (당황, 시선 피하며 가버리려는데)

혜림   어? 야 사람이 말을 하는데 쳐다도 안 보고 그냥 가냐?
          (얼굴 가까이 들여다보며) 좀 봐봐! 나 안 보여?

이나   (얼굴 돌려 피하고)

혜림   눈 되게 나쁘구나? 안경 두꺼운 거 봐! 나 좀 써보자! (안경
          에 손 뻗는데)

이나   (안경에 예민한 반응!) 하지 마!!! (순간 버럭 해놓고) 안경은 건
          들지 마…

이나의 큰 목소리에 주위 시선 집중되고, 준우도 이쪽을 본다.
쏟아지는 시선이 두려운 이나, 도망치듯 교문으로 뛰어 들어간다.

준우   (왜 저래? 너 무슨 짓 했냐?)

혜림   (장난 좀 친 거 가지고)

저만치 떨어진 곳에서 지켜보고 있던 노형태

S#43—패션쇼 (동희의 과거, 꿈) N

런웨이를 따라 걷는 아찔한 킬힐들, 아슬아슬 위태롭게 워킹하는 모델들.

S#44—패션쇼 백스테이지 (동희의 과거, 꿈) N

줄 서서 다음 순서를 준비하는 모델들 사이 20대 늘씬한 복동희 보인다. 패션쇼에 서는 건 처음이라 바짝 얼어서 초긴장 상태인데, 바로 앞에서 막 무대로 나가려던 모델이 어마어마한 킬힐에 그만 삐끗하며 주저앉더니 발목을 부여잡고 일어나질 못한다.
다음 차례인 복동희 당황하는데

S#45—패션쇼 (동희의 과거, 꿈) N

모델들 연이어 나오다가 다음 차례 모델이 나오지 않고 흐름이 끊기자, 사람들 웅성거리는 바로 그때, 런웨이에 모습을 드러내는 복동희!어마어마한 높이의 킬힐을 신고도 사뿐사뿐 나는 듯이 걷는다.
눈부신 조명, 빵빵 울리는 음악, 쏟아지는 카메라 플래시와 박수갈채!

S#46—패션쇼 백스테이지 안/밖 (동희의 과거, 꿈) N

쇼가 끝난 후, 동희에게 구두를 건네는 디자이너.

디자이너   데뷔 축하 선물. 복동희씨 워킹은 걷는 게 아니라 꼭 나는
          것 같았어!
복동희   (꿈을 이뤘다! 벅차오르는)

S#47—패션쇼장 백스테이지 밖 (동희의 과거, 꿈) N

킬힐 신고 나오는 동희, 아무도 없는 걸 확인하고는 휙 날아오른다.
순식간에 장난감처럼 작아지는 사람들, 자동차들, 건물들.
반짝이는 야경을 내려다보며 가볍고 자유롭게 날아다니는데…
갑자기 아래로 훅…! 몸이 쳐진다.
뭐지? 팔다리를 내려다보면 투실투실 살이 붙었다.
어느새 40대의 복동희가 되어있다!
아래로, 아래로 끝도 없이 추락하는데…!

S#48—동희 아파트 침실 (현재, 현실) D

쿵! 바닥에 떨어지는 동희, 침대에서 굴러떨어지고 말았다.

복동희   으으…!

초인종 딩동!

복동희　　(누구지?)

S#49—동희 아파트 거실 D

동희, 현관문 열어주면, 낯선 중년 여자 두 명이 불쑥 들어선다.

복동희　　누구세요?
중개인　　부동산이에요. 집 보러 왔어요.
복동희　　그게 무슨??
중개인　　모르셨어요? 급매로 내놨는데…
　　　　　　언제든 보러 와도 된다면서…
복동희　　나한테 말도 없이??
중개인　　집주인하고 연락해 보세요.

S#50—복씨 저택 거실 D

복동희　　(들이닥친) 엄마!! 엄마!!

S#51—복씨 저택 안방 안/문밖 D

복동희　　(벌컥) 엄마!! 돈 떨어졌어??

침대에서 복만흠 손마사지 해주던 다해 멈칫…! '돈이 떨어져…?'

복동희　　(이 여자가 왜 여깄어??)

복만흠　　(노곤노곤) 난데없이 뭔 소리야.

복동희　　(다해 눈치) 미안한데, 이 집 사람들끼리 얘기 좀 할게요.

복만흠　　도다해씨도 이제 이 집 사람이야.

복동희　　뭐??

다해　　　말씀 나누세요 그럼. (마시던 찻잔 치우려는데)

복만흠　　(잠깐만! 다해가 끓여준 차를 한 방울도 남김없이 마신다)

다해　　　(미소… 빈 찻잔 들고 나가면)

복동희　　절차도 없이 그냥 들어와 살라고 한 거야? 넙죽 동거부터?

복만흠　　이나 돌봐주는 조건으로. 근데 글쎄 귀주가 꽃까지 줬댄다.

복동희　　그게 동거지 뭐야! 말도 안 돼! 복씨 집안 확실히 망조 들었네!
　　　　　　아니, 왜 나한테 말도 없이 아파트를 내놔? 그것도 급매로?

문밖에서 몰래 핸드폰으로 녹취하는 다해

복만흠　　그럼 헬스장 건물이 경매로 넘어가게 둘까?

다해　　　(문밖에서) ?!

복동희　　!! 그건 또 뭔 소리야? 우리 집 재정상태가 그 정도로 엉망
　　　　　　이었어?

복만흠　　걱정하지 마. 이제 다시 꿈을 꾸니까. 도다해 손만 닿으면
　　　　　　자니까… 봐… 잠이 막 쏟아져… 돈도 쏟아질 거야… (무거
　　　　　　운 눈꺼풀)

복동희　　그 많던 부동산 다 어쩌고? 주식도 다 날린 거야? 설마 코
　　　　　　인 했어??

복만흠　　(스르르 눈 감기고) 가… 자게…

복동희　　어딜 가래? 갈 집이 없어지게 생겼는데!

복만흠　　(쌔근쌔근)

156

복동희   엄마…? 자…??? (정말로 자네? 믿을 수 없어!)

문득 문밖에서 인기척을 느끼는 동희, 벌컥 방문 열면, 아무도 없다.

복동희   도다해… 도대체 무슨 짓을 한 거야…?

S#52—복씨 저택 정원/복씨 저택 창가 D

정원을 천천히 거니는 다해.
귀주, 2층 창문에서 날카로운 눈빛으로 다해를 관찰한다.
미래에 내가 도다해를 집으로 들인다…?
꽃을 선물하고, 게다가 끌어안기까지…??

귀주E   저 여자가 날 바꾼다고? 글쎄? 아직은 전혀 모르겠는데?

그렇게 귀주가 미래의 자신과 보이지 않는 싸움에 한창일 때,
다해가 핸드폰에 찍고 있는 메시지는

다해E   우리 꿈꾸는 복여사님 때문에 재산상 손해를 입었다는 녹
          취 확보했어. 문제는 손해가 생각보다 훨씬 심각하다는 거.
          초능력가족 케어가 시급함. (메시지 보내면)
백일홍E   (메시지 오는) 초능력은 염병. 속도 내자.

그렇게 메시지 주고받다 문득 느껴지는 시선에 고개를 들면,
저만치 2층 창가에 귀주가 보인다.
다해, 괜히 찔려서 더 활짝! 웃어 보이고

귀주, 그 밝고 환한 미소에 순간 두근…!

내가 왜 이러지…?

감정 차단하듯 커튼 확! 닫아버린다.

S#53—복씨 저택 거실/다이닝룸 N

6인분의 저녁식사를 준비한 다해

다해　　식사하세요!

넓은 집안에 공허하게 울리는 외침. 아무런 대답이 없다.

다해　　(안쪽에 대고) 식사하세요!

복동희　　(금고방에서 나오는)

다해　　(왜 거기서 나와? 흘낏 금고방 들여다보면)

복동희　　(뭘 봐? 문 쿵! 닫는)

다해　　식사하고 가세요.

복동희　　(경계의 눈빛으로 아래위로 훑고) 다이어트. (홱 가버리고)

외출할 차비를 하고 나오는 엄순구, 평소와 달리 쫙 빼입고

엄순구　　저녁을 차렸어요? 어쩌나? 먹을 사람이 없을 것 같은데.
　　　　　　집사람은 밥보다 잠이 고프니까, 모처럼 자게 둬요.
　　　　　　나도 모처럼 자유라. (신나서 나가고)

교복 차림의 이나가 가방 메고 들어오면

다해	(반기는데) 왔어? 저녁 먹어야지?
이나	(핸드폰만 보며 2층으로 휙 올라가 버리고)

다해가 정성껏 차린 6인분의 저녁식사가 식어간다.
귀주 멀찍이서 복잡한 마음으로 지켜보고 있다.

다해	(귀주 보고) 이나가 통 안 먹네요. 이나는 뭐 좋아해요?
귀주	먹는 걸로 환심을 사보려고? 이나는 먹는 거 관심 없어요. 다른 사람한테도 관심 없고. 다른 사람이랑 같이 먹는 거? 어떨 거 같아요? 깻잎 잡아주고 찌개 냄비에 숟가락 섞어가면서 오늘하루 별일 없었는지 묻는 거? 우리 집 그런 집 아니에요.
다해	모르는구나? 이나가 뭐 좋아하는지.
귀주	… (돌아서서 가버린다)
다해	(한숨…)

S#54—복씨 저택 다이닝룸 N

늦은 밤, 혼자 컵라면에 끓는 물 붓는 이나.
핸드폰 보면서 컵라면 먹는데 안경에 뜨거운 김이 하얗게 서린다.
어쩔 수 없이 안경 벗어 옆에 내려놓고 컵라면 먹는데,
슬그머니 뻗어 나온 손이 안경 집어간다. 다해다.

이나	?! 줘요! (안경에 손 뻗는데)
다해	(피하고) 너 눈 크다? 안경 때문에 쬐끄매 보였구나?
이나	!!! (안경 없이 드러난 맨눈! 얼른 손으로 눈을 가린다)

다해	왜 가려? 눈에서 레이저라도 발사될까 봐? 그게 니 초능력
	이야?
이나	(손으로 시선 차단한 채) 내놔요! 당장!
다해	너 투명인간 아니잖아. 오히려 니가 다른 사람들을 투명인
	간 취급하지.
이나	…
다해	(안경 건넸다가)
이나	(받으려고 하면)
다해	(약 올리듯 도로 휙 거두고) 딱 30초만 나 봐. 그럼 안경 줄게.
이나	(장난하나?)

S#55—복씨 저택 일각 N

가까이 얼굴을 맞대고 마주 앉은 다해와 이나,
다해가 눈썹 칼로 이나 눈썹을 다듬어 주고 있다.

다해	(사각사각… 눈썹 다듬고) 움직이지 마.
이나	(눈 감고, 칼이 닿는 느낌에 움찔)
다해	안 잡아먹어. 니 눈썹 볼 때마다 욕심이 났거든. 다듬어지
	지 않은 원석 같아서.
이나	30초 됐어요.
다해	끝! 거울 봐. (손거울 들어 보여주는)
이나	(감았던 눈을 슬며시 뜨고)

시력이 나쁜 이나는 거울 속 자신의 모습이 흐릿하게 보인다.
거울을 가까이 들여다보면, 눈썹 손질만으로 꽤 달라진 인상

다해	봐, 니가 무슨 투명인간이야? 이렇게 눈에 확 띄는데.
이나	…! (손거울 뒤로 숨는)
다해	눈 가리지 마. 눈을 봐야 마음이 보여.
이나	그래서 가리는 거예요. 마음이 보여서.
다해	(관계 맺기에 어려움을 겪는구나…) 그럴 수도 있겠다.
	사람 마음만큼 무서운 것도 없긴 하지.
이나	(이해 받았다…)
다해	근데 무섭다고 안 보면 더 무서워진다?
	막상 보면 별 거 아닌데.
	뜻밖에 괜찮은 것들이 들어있기도 하더라고, 사람 눈 속에.
이나	…

다해와 이나 사이에 흐르는 따뜻한 위로의 분위기.
저만치 귀주가 그런 두 여자를 지켜보고 있다.

귀주E	이런 거였나…? 도다해를 붙잡는 건 이나를 위해서…?
	미래의 나에게 도다해는 어떤 의미인 걸까…?

인기척을 느끼고 돌아보는 다해,
흔들리는 귀주의 눈빛을 놓치지 않고 확인한다.
귀주, 머쓱 고맙다는 눈인사를 하고 돌아서서 가면,
다해와 이나 사이를 가로막은 손거울이 스르륵 내려가고,
다해와 이나, 눈이 마주친다.

다해E	(이나 눈을 보고) 역시 니가 열쇠야…!
이나	(다해 눈을 보고) 500억짜리 건물을 여는 열쇠요?
다해	…! 뭐…? 방금 뭐라고 했어…??

이나　(겨우 마주쳤던 눈을 다시 피해버리고) 안경이나 줘요.

　　　　(안경 탁! 낚아채 쓰고 가버린다.)

다해　(혼란) 뭐야… 설마… 독심술이야…? 하… 하하…

　　　　이 집에 있으니까 나까지 이상해지는 거 같네…

S#56—중학교 복도, 교실 D

여학생들 무리 지어 복도에서 교실로 우르르 들어가고,

그 뒤로 조금 뒤처진 이나가 뒤따르는데,

학생1이 또 이나 코앞에서 문을 확 닫아버리고

혜림　(닫히려는 문을 틱! 막는) 사람 있는 거 안 보여?

이나　…!

학생1　(쭈뼛) 미안. 못 봤어.

이나　(고마운데)

혜림　복이나! 너 화장했어?

이나　아니.

혜림　아닌데? 뭐 했는데? 알았다! 눈썹 다듬었구나?

　　　　누가 해줬어? 니가 했어? 되게 잘했다!

이나　(싫지는 않지만 쑥스럽고 부담스러워 피하려는데)

혜림　야 좀 봐봐! (안경에 손을 뻗고)

이나　…!

이나, 반사적으로 방어하려고 혜림의 손을 쳐낸다는 게 그만 안경을
탁!!!

저만치 휙 날아가 버리는 안경!

지독한 고도근시 탓에 뿌옇게 흐린 시야. 안경이 어딨는지 찾을 수 없다!

이나Na   역시 투명인간으로 있는 편이 나았다.

혜림   아 미안…

이나   (당황해서 더듬더듬 안경을 찾는데)

구석에 떨어진 안경을 주워드는 누군가의 손!

이나Na   눈에 띄는 건 위험하다.

누군가 안경을 주워들고 이나 쪽으로 다가온다.

이나Na   눈빛을 차단할 안경도 없이…

흐릿하게 번져 보이던 누군가의 실루엣이 가까워지며 점점 또렷해진다.
준우다…!

준우   그러게, 뭔가 달라졌는데?

이나 얼굴을 가까이 들여다보는 준우!
서로의 눈에 초점을 맞추는 두 사람!

이나Na   이렇게 눈을 마주 보면…!

이나   (속마음이 들린다고! 겁을 먹고 바짝 긴장하는데!)

준우E   (이나 눈 빤히 들여다보며 속마음) 예쁘다…!

이나   ………!!!!!!

준우의 속마음을 듣고 이나 머릿속에 폭죽이 펑……!!!

준우　너 이름 복이나 맞지?

이나　(명) 어…? 어…

준우　너도 댄스 동아리 한다며?

이나　(명) 어…? 어어…

준우　왜 안경에 손대지 말랬는지 알겠다. 안경 벗으면 고장 나네.

　　　　(이나 얼굴에 직접 안경을 씌어주고)

이나　(코에 삐딱하게 안경 걸치고 명…)

준우　(귀엽다는 듯 싱긋, 돌아선다.)

혜림　오오 복이나! 댄스 동아리 하는 거야? 잘 생각했다!

이나　(정신 번쩍! 댄스 동아리라니! 내가 무슨 짓을 한 거지?)

S#57—복스짐 D

거울 앞에서 몸매 체크 해보는 동희

복동희　맘고생을 했더니 빠졌네?

기대감에 체중계에 올라서 본다.
80kg을 훌쩍 넘기는 몸무게. 이것밖에 안 빠졌다고?
정신을 집중하고 몸에 힘을 주자 발뒤꿈치가 살짝 뜨면서
몸무게가 60kg대로 훅 줄어든다.

복동희　(뜬다…!)

그레이스　보기보다 근수는 많이 안 나가네?

복동희   (근수? 살짝 떴던 발뒤꿈치 내려앉고 다시 80kg)

그레이스   (그럼 그렇지!) 저울이 고장 났네.

복동희   남의 속살에 관심이 많네?

그레이스   먹고 사느라. 언니야 나한테 피티 안 받을래요? 대표님 가
족이니까 싸게 해줄게.

복동희   (무시하고 걸으며 조지한에게 전화 거는) 자기야, 저녁 맛있는
거 먹자. 오늘 나 치팅데이… (멈칫) 수술? 알았어, 할 수
없지…

(실망하며 전화 끊고, 잠시 생각하다가 다른 친구에게 전화 걸고)
나야. 지난번에 얘기했던 그 마당발 사모님, 오늘 좀 볼 수
있을까? 저녁에 H호텔 프렌치 레스토랑 예약해 놨는데.

그레이스, 운동기구 사이로 몰래 엿듣는다.

S#58—H호텔 프렌치 레스토랑 밖 N

저녁식사를 마치고 나오는 복동희, 친구1 그리고 부유해 보이는 사모님.

복동희   사모님, 식사는 입에 맞으셨어요?

사모님   (끄덕) 이거 미안해서라도 우리 골프 멤버들 데리고 조만간
병원 예약 한번 잡아야겠어.

복동희   꼭이요! 저희 원장님이 주름 걱정 없이 활짝 웃게 해드릴
게요!

그때, 엘리베이터 쪽에서 까르르르! 들어본 적 있는 거슬리는 웃음소리.
확! 보면, 조지한이 그레이스 얼굴에 붙은 머리카락을 떼어주고 있다!

그레이스   (동희 들으라고 일부러 더 크게 까르륵!) 간지럽다 오빠야!

복동희   ……?!

친구1   저 사람 조원장 아니니? 옆에 여잔 누구야?

조지한과 그레이스 나란히 엘리베이터에 타고,
그레이스, 닫히는 문 사이로 동희를 티 안 나게 힐끗 본다.

복동희   닮은 사람이겠지. 지한씨 오늘 수술 있댔어.
(엘리베이터가 멈추는 층이 객실층인 것을 확인하고) 사모님 모
시고 먼저 갈래? (사모님에게 안간힘 미소) 전 화장실 좀…
(홱!)

S#59—H호텔 비상계단 N

씩씩거리며 계단을 오르는 동희, 끝도 없이 까마득한 계단을 올려다
본다. 이까짓 계단 가볍게 날아오를 수 있었는데!
정신을 집중하고 비상을 시도하지만 실패… 너무 많이 먹어버렸다.
천근만근 무거운 몸을 이끌고 계단을 기어오르고…

S#60—H호텔 객실 복도 N

조지한   (객실 문 열고) 들어가자.

그레이스   (동희가 오길 기다리며 복도에서 시간 끄는) 잠깐만요. 생각 좀
해보구요.

조지한   먼저 오자 그래놓고 이제 와서 무슨 생각?

난 생각 없는 여자가 좋더라.

조지한, 몸이 달아 그레이스를 끌어당겨 입을 맞추고,
때마침 비상계단을 뛰어 올라온 동희가 그 장면을 목격한다.
헉…! 허억…! 거칠게 숨을 토하며 두 사람을 노려보는 동희.
조지한과 입을 맞춘 채 동희와 눈이 딱! 마주치는 그레이스,
두 사람 사이가 산산이 박살나길 기대하는데,
폭발해서 난리칠 줄 알았던 동희가 아무것도 하지 않고 그냥 가버린다.
마치 아무것도 보지 못한 것처럼.

그레이스 (정신없이 키스하는 조지한 밀쳐내고) 뭔데? 왜 그냥 가는데?

(조지한 남겨두고 가버리는)

조지한 (어리둥절) 내가 할 말 같은데… 왜 그냥 가…? 어디 가…??

S#61—동희 아파트 거실 D

화장실에서 욱! 우욱! 구토하는 소리.
변기 물 내리고 화장실에서 나오는 동희, 안색이 창백하다.
지난 밤 프렌치 코스요리가 단단히 체해버렸다.
집안은 이삿짐을 싸느라 어수선한 분위기.
삑삑삑! 비밀번호 누르고 들어오는 조지한.

복동희 (한쪽에 따로 챙겨둔 박스) 자기 짐 따로 챙겨놨어. 가져가.

조지한 부모님 댁으로 들어가기로?

복동희 잠깐만이야. 잠깐 유동자금이 필요해서

조지한 이렇게 된 거… 우리… 시간을 좀 가질까?

복동희	! 뭐…?
조지한	난 있지… 니가 가벼웠던 때가 그리워.
복동희	뭐, 뭐…???
조지한	몸무게를 말하는 게 아니야. 니 마음, 니 소울! 너 모델이었을 때 내가 팬이었잖아. 그때 너 어땠어? 어디 에도, 누구한테도 얽매이지 않았지? 그때 넌 꼭 날개가 달 린 것 같았어.
복동희	…
조지한	내가 널 이렇게 무겁게 만든 건 아닐까… 괴로워.
복동희	(헛소리 잠자코 들어주다가) 내가 차려주는 밥상 차림이 변 변찮아지는 것 같아서 얹었던 숟가락 그만 빼겠단 말을 참 고급스럽게 하네?
조지한	(속내를 들키자 적반하장) 야 무슨! 나는 니가 어? 나한테만 얽매여서 너를 잃어가는 게 안타까워서 어? 너 자신을 좀 돌보라고 진짜 너 생각해서… 야 됐다! 니가 나 그렇게밖 에 생각 안 했으면 차라리 헤어져!
복동희	그건 안 돼. 내가 너랑 끝내줄 만큼 가볍지가 않거든, 미안 하지만. 니 말이 맞아. 몸무게만큼이나 무겁더라고 내 마 음의 무게가…
조지한	…
복동희	그러니까 니 말대로 시간을 좀 갖자. 그만 가줘. 쓰러져가는 우리 집에서 뭐라도 건지려면 빨리 짐 싸야 돼.
조지한	(한숨… 가고)

이삿짐 박스 사이에 털썩 앉는 동희,
구두 상자에서 20대 때 동희를 모델로 만들어준 킬힐을 발견한다.

Flashback Insert〉 45씬

킬힐을 신고 런웨이를 사뿐사뿐 날았던!

현재〉

조심스럽게 킬힐을 신어보는 동희

토실토실 살이 오른 발을 비좁은 구두에 겨우 욱여넣기 성공하는데…

뚝! 가느다란 굽이 그만 부러지고 만다.

복동희   (눈물 핑) ……

S#62—복씨 저택 주방/다이닝룸 N

가스불 위에 올려둔 찌개 냄비가 팔팔 끓는다.

다해   (거실을 향해서) 식사하세요!

넓은 집에 울리는 공허한 외침. 역시나 아무런 대답이 없다.

다해가 가족들을 부르러 간 사이, 열린 창문 앞에 둔 키친타월이 바람에 풀려서 나풀거리다 가스불이 옮겨 붙는다! 화르륵 타오르는 키친타월!

다해   ……!!!

황급히 자체제작 집게 찾아 불을 꺼보지만 당황해서 잘 안 되고,

우스꽝스러운 포즈로 허둥지둥하는데,

촥! 누군가 물을 끼얹는다. 귀주다.

귀주	그거 들고 뭐 하는 거예요? 부지깽이도 아니고, 직접 만든 건가?
다해	(얼굴 하얘져서 덜덜 떨고)
귀주	(다해 상태를 알아채고) 불이… 무섭나?
다해	(조금 진정되고) 불에 좀 놀란 적이 있어서…
귀주	(괜히 퉁명스레) 그런 사람이 굳이 불 앞에서 밥은 왜? 누가 먹는다고.
다해	그래도 가족이면 하루에 밥 한 끼 정도는 같이 먹지 않나요? 난 가족이 있었던 게 너무 오래 전이라…
귀주	… (보다가, 식탁으로 가서 앉는다)
다해	…! 찌개 다시 해올까요?
귀주	됐어요. 너무 애쓰지 마요. 말했지만 우리 집은 찌개 냄비에 숟가락 섞는 그런 가족 아니니까…

그때, 이나가 불쑥, 귀주 맞은편 자리에 앉고

이나	내가 찌개 먹고 싶다고 했는데요?
귀주	…!
다해	미안. 오늘 찌개는 망했어.
이나	뭐 깻잎도 좋아하니까. (깻잎을 집는데 붙어서 안 떨어지고)
귀주	(다해 눈치 힐끗)
다해	(뭐하고 있어요?)
귀주	(어색하지만, 깻잎 슬쩍 잡아주는)
이나	(여전히 눈은 핸드폰에 있는 채로, 고맙다는 말도 없지만)
귀주	(이렇게 이나와 마주 앉아 밥을 먹는 게 얼마 만인지…!)
다해	(그런 부녀를 지켜보며 피식)

다해, 이나와 귀주 앞으로 반찬 그릇 밀어주기도 하고, 부족한 반찬을
더 가져오기도 하면서, 셋이서 함께 식사하는 소소하고 평범한 시간…

시간 경과〉

식사를 마친 후, 이나는 방에 갔고, 다해는 그릇을 정리하고,
귀주는 다이닝룸 한쪽 꽃병에 꽂아둔 꽃을 바라본다.
귀주가 선물했다는 그 꽃, 어느새 시들시들해졌다.
내가 이 꽃을 선물했다고? 아니, 선물하게 될 거라고?

다해	활짝 핀 꽃이라 시드는 것도 빠르네요. 근데 괜찮아요. 보통은 덜 핀 꽃을 선물하는데 그거 나중을 위해서 지금을 희생하는 거잖아요. 지금을 선물 받은 것 같아서 좋았어요.
귀주	(그 말에 물끄러미 다해를 바라보고)
귀주E	미래의 내가, 과거의 도다해에게, 지금을 선물한다…?
다해	여사님은 내가 귀주씨를 구한 생명의 은인인 줄만 아시는데, 귀주씨도 나 구해줬네요.
귀주	내가…?
다해	가족으로 받아 줬잖아요.
귀주	(흔들리는 눈으로 다해 바라보면)
다해	(귀주 손을 살며시 붙잡고)
귀주	(요동치는 눈) 난, 나는…
다해	(귀주 손에 살포시 음식물쓰레기) 가족은 서로를 구해주는 거니까.
귀주	(아… 음쓰…)

S#63—복씨 저택 밖 N

음식물쓰레기 툭 버리는 귀주,
돌아서다 뭔가를 발견하고 우뚝 멈춘다.
길가 소형트럭에서 파는 꽃다발…
꽃병에 꽂혀있던 꽃과 똑같은 꽃이다.

귀주　　……!

싱싱하게 활짝 핀 꽃, 홀린 듯 다가가는 귀주

귀주E　　(꽃을 바라보며) 도다해와 있었던 시간으로만 돌아간다.
　　　　(다가가며) 도다해한테만 보인다.
　　　　(활짝 핀 꽃다발을 집어 드는) 도다해한테만 닿는다.
　　　　하지만, 나는…!
꽃장수　　꽃 사시게요?
귀주　　아직 마음의 준비가… (꽃다발 내려놓고 돌아서는)
꽃장수　　이 꽃은 오늘만 팔아요. 이제 철도 다 지났고.
귀주　　(지금이 아니면 안 된다? 다시 꽃다발 집어 들고)
꽃장수　　만 원만 주세요. (얼른 계산하길 기다리는데)
귀주　　(꽃다발을 움켜쥔 채 뚫어져라 노려보며 깊은 고뇌에 빠졌고)
꽃장수　　(돌아서서 궁시렁) 이 동네 다시 안 와야지, 부자 동넨 줄 알
　　　　았더니 무슨 만 원 한 장 쓰는데 뭐 이리 신중해… (홱!) 살
　　　　거예요 안 살 거예요?

꽃을 든 귀주 사라지고 없다. 뭐야? 도둑??

S#64—분수대 (타임슬립) D

(34씬 연결) 귀주가 꽃다발을 들고 눈을 뜬다.
과거의 귀주가 차가운 얼굴로 다해를 등지고 걸어오는 게 보인다.
멈춰버린 분수. 귀주를 기다리던 다해도 돌아서서 가버린다.

귀주E   어쩌면 도다해는 정말로 나를, 그리고 이나를 구해줄 사람
          인지도 모른다.

머뭇거리며 다해 뒤를 따라 걷기 시작하는 귀주

귀주E   하지만 나는 도다해를 구할 수 없다.
          아무도 구할 수 없는 저주에 빠진 내가, 도다해를 구할 방
          법은 하나다.
          나한테서 멀리 밀어내는 것.

둘 사이 간격 점점 좁아지다가
문득 기척을 느낀 다해 걸음을 멈추고 선다. 바로 뒤에 귀주도 선다.

귀주E   (꽃을 든 손을 등 뒤로 감추고) 안 줄 거다.
          나는 절대로, (굳은 결심으로) 안지 않을 거다!

다해 천천히 돌아서면, 귀주가 뒷짐을 지고 서 있다.

다해   귀주씨…!
귀주   나는 당신을 구할 수 없…!!!

그때, 다해를 덮칠 듯 빠르게 달려드는 오토바이!
위험해!!! 순간적으로 손을 뻗어 다해의 손목을 확 잡아 끌어당기고,
그대로 힘껏 와락!!! 끌어안아 버린다!

귀주　　……!!!

멈췄던 분수가 힘차게 촤악!!! 솟구친다.

S#65—복씨 저택 다이닝룸 N

한편, 현재의 다해는, 시들어버린 꽃을 뽑아 쓰레기통에 툭…

복만흠　　(자다 깬 흐트러진 모습으로 나타나는) 아이고 골이야…
다해　　두통이 있으세요? 차 한 잔 드릴까요?
복만흠　　좋지. 이 양반은 어디 갔나?
다해　　외출하셨어요.

S#66—콜라텍 N

멋지게 빼입은 엄순구, 곱고 낯선 할머니와 손을 맞잡고 춤을 추며,
허리에 얹은 손 점점 더 가까이 밀착해 끌어당기는데,
그 모습을 핸드폰 카메라로 촬영하는 누군가, 웨이터 복장의 노형태다.

백일홍E　　다른 가족들이 후견인으로 부적절하다는 증거도 필요해.

S#67—복씨 저택 주방 N

다해, 차에 수면제를 털어 넣는데

복동희   나도 한 잔 줄래요?
다해   ?!

돌아보면, 커다란 캐리어를 끌고 들어오는 복동희

복동희   오늘부터 나도 이 집 살아요. 별로 반갑진 않겠지만.
다해   무슨 그런 말씀을. 잘 오셨어요. 차 드릴게요, 잠시만…
         (찻잔에 새로 차를 따르려는데)
복동희   그냥 이거 마실게요. (찻잔에 손 뻗는데)
다해   (다급히) 여사님 드릴 차예요!
복동희   (과하게 예민한 반응에 의심) 혹시 엄마 차에 뭐라도 탔어요?
다해   네?
복동희   엄말 무슨 수로 재웠나 했더니… 비법은 수면제? 엄마 알
         면 가만 안 둘 텐데?
다해   (억울하다! 결백을 증명해 보이려고 차를 쭉 마셔버린다)
복동희   …!
다해   (빈 찻잔 탁 내려놓고) 새로 따뜻한 차를 드리고 싶었을 뿐이
         에요.

다해, 차분하게 다시 차를 따른다.
그런 다해를 힐끔힐끔 관찰하는 동희. 두고 보겠어!

시간 경과〉

찻잔 설거지하는 다해 눈꺼풀이 천근만근 무겁다.
손에서 그릇 미끄러져 와장창하기 직전 탁! 잡고, 힐끗 돌아보면,
멀찍이 뒤에서 동희가 지켜보고 있다!

다해E　　(무거운 눈꺼풀을 애써 밀어 올리는) 자면 안 돼!

S#68—복씨 저택 복도 N

수면제에 취해 몽롱한 다해, 비틀비틀 집안의 동정을 살피면,
저만치 살그머니 금고방으로 들어가는 복동희⋯!

S#69—복씨 저택 금고방 N

값나가는 물건들을 뒤적거리는 복동희,
"뭐 건질 거 없나? 티 안 나게 쏙 뽑아갈 만한 게⋯"
다해, 증거수집을 위해 살그머니 숨어든다.

다해E　　어머니와 남동생의 심신미약을 틈타 멋대로 재산을 빼돌
　　　　　　린 복동희씨, 미안하지만 후견인 후보에서 아웃!

핸드폰 카메라 들이대는데 수면제 기운에 핸드폰 떨어뜨린다!
헉! 안 돼! 핸드폰이 바닥에 부딪히기 직전 간신히 받아 내는 다해!
홱 돌아보는 복동희! 아무도 없다. 잘못 들었나?
다해, 가구 뒤 바닥에 엎드려 숨죽여 휴⋯

복동희   (높은 선반 올려다보며, 까치발로 손 뻗는) 어디 보자…

         (애타게 선반으로 손을 뻗으며) 조금만… 조금만 더…!

다해, 바닥에 납작 엎드려 가구 밑으로 슬며시 엿보는데
동희의 두 발이 바닥에서 10cm 정도 둥실 떠 있는 게 아닌가!!!
'귀… 귀신…!!!!!!!!!!!'
입에서 새어 나오는 비명을 손으로 간신히 틀어막고,
동희가 선반에 정신이 팔린 사이 허겁지겁 방문 밖으로 도망친다.

복동희   (인기척에 떠올랐던 몸이 도로 바닥으로 내려앉고) 누구…?

S#70—복씨 저택 계단 N

혼비백산 정신없이 계단을 뛰어오르는 다해

다해   귀신이야… 복씨 집안에 귀신이 들린 거야…!!

수면제 기운에 시야도 또렷하지 않고 다리도 마음대로 움직여주지
않고, 허둥대다 그만 계단을 헛디뎌 휘청…!!!
계단 아래로 추락하려는 순간,
다해의 손을 턱!!! 붙잡는 손. 귀주다!
귀주, 추락하려는 다해를 확 끌어당겨 안고 뒤로 넘어진다.

다해   ……!

귀주 품에 안겨 가쁜 숨을 몰아쉬는 다해,

그런데 좀 이상하다. 이 사람 왜 이렇게 차갑지…?

다해 볼에 톡 톡 떨어지는 차가운 물방울.

귀주의 머리카락이며 옷 흠뻑 젖어 물이 뚝뚝 떨어지고 있다.

다해, 어딘가에 시선이 꽂히고 허억! 숨이 멎을 듯! 확장되는 동공!

다해가 바라본 거울에… 귀주가 보이질 않는다…!

분명히 내 눈앞에 있는데… 이렇게 날 안아주고 있는데…

거울 속에는 다해 혼자만 있고 귀주는 없다……!!!

(타임슬립한 귀주였던 것)

— 3부 끝 —

4부

히어로는
아닙니다만

S#1—분수대 (타임슬립) D

다해 걸음을 멈추고 선다.
바로 뒤에 귀주도 선다.

귀주E   (꽃을 든 손을 등 뒤로 감추고) 안 줄 거다.
나는 절대로, (굳은 결심으로) 안지 않을 거다!

다해 천천히 돌아서면, 귀주가 뒷짐을 지고 서 있다.

귀주   나는 당신을 구할 수 없…!!!

그때, 다해를 덮칠 듯 빠르게 달려드는 오토바이!
위험해!!! 순간적으로 손을 뻗어 다해의 손목을 확 잡아 끌어당기고,
그대로 힘껏 와락!!! 끌어안아 버린다!

귀주   ……!!!

멈췄던 분수가 힘차게 촤악!!! 솟구친다.

다해   (귀주 품에 안겨) 귀주씨…!

소스라쳐 다해에게서 떨어지는 귀주, 꽃다발 바닥에 떨어진다.

귀주   (이러려던 게 아니었는데…!)
다해   (꽃다발 줍는) 나 주려고…?
귀주   (이렇게 된 거였어…?)

181

다해   (고개 숙이고 꽃향기 맡는) 좋아하는 꽃인데 어떻게 알고…
고마워요.

꽃다발에 숙였던 고개 드는 다해, 그런데 귀주가 사라지고 없다?!
분수대 주변을 두리번, 갑자기 어디 간 거야…???

S#2—복씨 저택 밖 N

현재로 돌아온 귀주가 눈을 뜬다. (꽃 파는 소형트럭 저만치 멀어지고)
자신의 두 손을 빤히 내려다보는 귀주.
과거에서 내가 누군가를 구하다니……!!!

엄순구   (혼란스러운 귀주 어깨를 턱 붙잡는) 귀주야!
귀주   (보면)
엄순구   (콜라텍에 다녀온 차림) 저쪽에서 오는데 니가 갑자기 나타
나지 뭐냐?
        (본 사람이 없는지 주위를 살피며) 능력이 돌아온 거냐???
귀주   아버지… 내가 사람을 구했어요…!
엄순구   …?

S#3—복씨 저택 금고방 N

귀주   (금고를 열려고 다가가는데)
엄순구   거기 아니다.

엄순구, 한쪽에 아무렇게나 놓인 허름한 상자 뚜껑을 연다.
높은 데 물건 꺼낼 때 발판처럼 밟고 올라서던 낡은 상자인데, 그 안
에 대대로 물려받은 능력을 기록한 낡은 두루마리와 변색된 책들이
들었다.

귀주　　　(상자 들여다보는) 이런 곳에…?

엄순구　　도둑이 들어도 쳐다도 안 보겠지?

　　　　　　시대에 발맞춰… (태블릿PC 들어 보이는) 디지털화 작업 중이다.

귀주　　　(아…)

엄순구　　할 수 없던 걸 할 수 있게 됐다?

귀주　　　예.

엄순구　　선조들께도 비슷한 사례가 있었는데…

　　　　　　(태블릿 톡톡 두드리고 슥슥 넘기며) 가만있어 보자… 여기
　　　　　　있구나. 조선 인조 때 염력을 쓰셨던 할머니께서는 고작 조
　　　　　　약돌을 움직이는 것이 능력의 한계치였으나 오랑캐들이
　　　　　　마을을 덮치자 집채만 한 바윗돌을 옮겨 쏟아부었단다.

귀주　　　능력이 진화한 거네요?

엄순구　　간절함이 능력을 증폭시켰겠지. 너도 얼마나 간절하게 구
　　　　　　하고 싶었니.

귀주　　　지금까지 아무도 못 구했는데…

Flashback Insert〉 2부 76씬, 쇼핑몰
요란한 화재경보, 주저앉아 떠는 다해의 손을 붙잡아 주는 귀주

Flashback Insert〉 3부 64씬, 분수대
오토바이에 치일 뻔한 다해를 확! 끌어당겨 안는 귀주

귀주   왜 하필 도다해만…?

업순구   특정한 대상을 만나 발휘되는 능력이라… 보자보자… (태블릿 뒤지더니) 여기 있구나! 니 고조부께서는 불을 뿜는 능력을 지녔는데 처음부터 능력이 온전했던 건 아니었어. 어릴 때부터 유난히 코가 뜨거웠는데 손대면 화상을 입을 정도로 빨갛게 달아올라 숨어 살아야만 했지. 그러다 전쟁터에 끌려 나갔는데 생사를 함께한 전우가 손을 잡아주자 글쎄 코에서 불이 뿜어져 나오는 거야! 그 위력이 어마어마했고!

귀주   봉인된 능력이 풀려났다…?

업순구   제대로 된 짝을 만나 비로소 능력이 완성된 거지!

귀주   (갸웃) 능력이 완성됐다기엔, 내 의지대로 통제도 안 되고 뒤죽박죽…

업순구   사랑은 원래 통제 불능이니까.

귀주   사랑은 무슨!

업순구   (태블릿 슥슥 넘기고) 변신 능력을 지닌 분이었는데 짝사랑하는 선비 앞에서 의지와 상관없이 자꾸 다른 사람으로 변해버렸어. 자꾸만 변하다가 본래의 자신으로 돌아가는 법도 잊어버렸지. 그렇게 수백 명의 여자로 변신했지만 선비의 마음을 얻을 순 없었다. 선비한텐 오래전부터 마음에 품은 여인이 있었거든. 갑자기 사라져버린 그 여인을 그리워하며 선비가 붓을 들어 초상화를 그렸는데… 글쎄 그 여인이 누구였겠니?

귀주   잃어버린 본래의 모습이었나요?

업순구   그렇지! 그렇게 사랑도 이루고 본래의 자신도 되찾았어!

너한텐 도다해가 바로 그런 존재고! 엄마한테 알려야겠다!

(가려는데)

귀주   (붙잡고, 여전히 뭔가 석연치 않은) 속단하지 마세요.

그날, 그 문처럼… 어떤 영향을 끼칠지 모르고…

엄순구   (하긴, 마누라 괜히 걱정하느라 또 못 자겠지?) 뭐 그럼 상황이

분명해질 때까지 좀 지켜보기로 하자. 어쨌거나 축하한다!

귀주   뭘요?

엄순구   드디어 니가 그토록 바라던 대로 의미 있게 능력을 쓴 거

잖아!

귀주   …

S#4—복씨 저택 정원 N

혼자 정원에 나와 서성이는 귀주,

도다해와의 기묘한 운명을 어떻게 받아들여야 하나 생각에 잠겼다.

S#5—복씨 저택 거실 N

귀주 정원에서 들어오는데, 계단 쪽에서 우당탕 다급한 발소리 들린다.

보면, 겁에 질린 다해가 쫓기듯 계단을 뛰어오르는 뒷모습.

(3부 70씬, 금고방에서 복동희의 공중부양을 목격하고 달아나는 상황)

귀주   (무슨 일이지?)

S#6—복씨 저택 계단 N

귀주, 계단 밑으로 와서 올려다보면

다해   으악!!!!!!!!!

무엇에 기겁했는지 이번엔 우당탕탕 계단을 뛰어내려 오는 다해!
정신없이 달아나려는 다해 앞을 쿵! 막아서는 귀주!

귀주   도다해씨?
다해   흐억!!! (숨이 멎을 듯!!!) 분명히 저 위에 있었는데…?!
귀주   ? (계단 위를 올려다보면, 아무도 없고)
다해   (귀주에게서 떨어진 차가운 물방울이 볼에 느껴지고) 귀… 귀
              신……!!! (그대로 정신을 잃고 풀썩…!)
귀주   (부축해 끌어안고) 이봐요! 도다해씨!!!

소란에 나와 보는 복만흠, 엄순구

복만흠   이게 무슨 소리니? (혼절한 다해 보고) 어머나!!
엄순구   어떻게 된 거냐??
귀주   뭘 보고 놀랐는지 귀신이라면서…
복동희   (조용히 슥) 그 귀신, 나야.
일제히   (보면)
복동희   요며칠 체해서 못 먹었더니 (손 한 뼘) 요만큼 떴거든. 그걸
              봤나 봐.
복만흠   조심했어야지! 아직 오픈하긴 이른데!
복동희   그러게, 엄마 아들의 여자가 우리 집 금고방에 숨어들 줄

186

알았으면 좀 조심할 걸.

귀주   (금고방?)

엄순구   거긴 왜?

복만흠   우연히 지나다 봤겠지. 너야말로 그 방에서 왜 날았어?

복동희   (바지 뒷주머니에 뭘 급히 쑤셔 넣어 불룩한데) 모기가 날아다
녀서.

복만흠   (보나마나 또 뭘 꿍쳤겠지!)

엄순구   자자, 우선 도다해씨부터 좀 눕히자!

귀주   (다해를 안고 2층으로)

S#7—복씨 저택 2층 복도 N

"조심조심!", "천천히!" 다해를 손님방으로 옮기느라 소란스러운 복도.
이나가 방문을 조금 열고 내다본다.
이렇게 될 줄 알았다. 그러게 도망치라니까…

S#8—복씨 저택 손님방 N

귀주, 다해를 침대에 눕히고
빙 둘러서 걱정스럽게 다해를 살피는 복씨 패밀리

복만흠   (다해 이마 짚어보며) 건강한 줄 알았더니 기가 허한가?

엄순구   처음이라 그래요. 나도 장인어른이 무슨 인어공주처럼 무
지갯빛 비늘을 달고 펄떡거리는 걸 처음 봤을 땐 놀라 까
무러쳤죠, 그 점잖은 양반이…

복만흠 (눈치 찌릿)

엄순구 (눈치 힐끔, 다해 눈꺼풀 들춰보고) 119를 불러야 하나?

복동희 (다해 숨소리 귀 기울이더니) 자는 거 같은데?

일제히 (잔다고??)

다해 (크흥… 푸… 가늘게 코까지 골며 쌔근쌔근)

귀주 (안도의 한숨)

엄순구 딱해라. 낯선 환경에 적응하느라 얼마나 긴장을 했으면.

복동희 (안도하는 귀주 보고) 그게 아니에요! 저 여자 엄마 차 마셨거든? 엄마 차에 수면제 탄 거야!

귀주 (수면제?) 무슨 소리야?

복만흠 지 동생한테 건물 뺏길까 봐 똥줄 타는 소리지.

복동희 (항변하려는데)

복만흠 증거 있어? 봤어?

복동희 (말문 막히고)

복만흠, 엄순구와 복동희에게 눈치로 '둘이 있으라고 비켜줍시다!'

S#9—복씨 저택 손님방 밖 N

조용히 방을 나오는 복만흠, 엄순구, 복동희

복동희 암튼 도다해가 주는 거 함부로 받아 먹지 마요.
          뭘 탔을지 몰라.

복만흠 함부로 동동 떠다녀서 놀래키지나 마!
          확실히 주저앉기 전까진 비밀로!

복동희 (입술 삐죽)

S#10—복씨 저택 손님방 N

귀주 침대 곁에서 잠든 다해를 내려다보며

Flashback Insert〉 6씬
다해 겁에 질려 "분명히 저 위에 있었는데…?!"

현재〉
계단 위에 내가 있었다고? 고개 갸웃하는 귀주

귀주E 미래에서 온 나를 본 건가?

이번엔 또 미래의 어느 시점에서 온 나와 조우한 걸까?
잠든 다해를 내려다보는 모습에서…

S#11—복씨 저택 안방 N

이른 새벽, 침대에서 끙끙거리는 복만흠,
악몽이라도 꾸는 듯 눈꺼풀이 파르르 떨린다.

S#12—찜질방 밖 (복만흠의 꿈) D

'궁전 찜질방' 간판이 보이고,
사이렌 울리며 달려와 찜질방 앞에 서는 구급차!
찜질방에서 누군가 들것에 실려 나오는데 그게 누군지 얼굴은 안 보이고, 죽었는지 살았는지 들것 아래로 힘없이 툭… 떨어지는 손…!

Insert〉 복씨 저택 안방
꿈꾸는 복만흠, 꿈속 미지의 인물을 확인하려고 미간을 찌푸리고 끙끙거린다.

다시 꿈〉
닫히는 구급차 문 사이로 마침내 얼굴이 보이는데… 다해다…!!!

S#13—복씨 저택 안방 N

허억!!! 소스라쳐 잠에서 깨는 복만흠.

엄순구　(물컵을 가지고 들어오는) 일어났어요?
복만흠　(물 벌컥 마시고) 꿈을 꿨어요.
엄순구　?! (침대맡 협탁에 항시 준비된 복권 OMR 용지와 컴퓨터 사인펜 꺼내 들고 기대에 차서) 번호 불러요! (반응 없자) 주식이에요?
복만흠　(고개 젓는) 불길한 꿈이에요…!

S#14—복씨 저택 손님방 D

아침, 스르르 눈을 뜨는 다해, 잠이 덜 깨 눈을 껌뻑거리다가,
어젯밤에 목격한 장면이 퍼뜩! 떠올라 벌떡! 몸을 튕겨 일어난다.
어떻게 된 거지? 내가 왜 여기 누워있어? 어젯밤에 그건 대체 뭐였지???

S#15—복씨 저택 복도 D

다해, 방문을 열고 조심스럽게 집안 동정을 살피는데

복동희   (등 뒤에서) 잘 잤어요?

다해   (화들짝!)

복동희   완전히 곯아떨어졌던데, 무슨 약에 취하기라도 한 것처럼?

다해   (간신히 정신줄 붙잡고) 좀 피곤해서… (떨리는 눈동자 아래로,
복동희의 발이 땅에 붙어있는지 확인한다)

복동희   (음산) 봤어요?

다해   (흠칫!)

복동희   (겁주려고 한 발 한 발 다가오며) 놀랐나 보네? 이런 거 처음
보나?

다해   (헉!!! 겁에 질려 주춤주춤 뒷걸음질)

복동희   왜? 자세히 한번 봐요… 내 페디큐어. 비싸게 줬어. (화려한
발톱)

다해   (식은땀) 아…

복동희   (피식, 한번 웃어주고 가면)

동희 쪽을 주시하면서 뒷걸음질로 계단 쪽으로 가는 다해,
그러다 돌아서는데 그 앞을 쿵…! 가로막고 서 있는 귀주!

다해   (소스라쳐 헉!!!)

귀주   (왜 이렇게 놀라?) 괜찮아요?

Flashback Insert〉 3부 70씬
어젯밤, 거울에 비치지 않았던 귀주

191

현재〉

조심스럽게 고개를 돌리는 다해

떨리는 눈동자로 거울을 보면, 거울 속에 귀주가 있다…!

다해　　있어…? (귀주와 거울을 번갈아 보는, 어젯밤엔 헛것을 본 건가…?)

귀주　　어젯밤에 여기서 날 본 거죠?

다해　　또 기억 못 하는 거예요? 아니면 또 모르는 척?

귀주　　그렇다 치고, 말해 봐요. 무슨 일이 있었는지.

다해　　(두려움에 머뭇) 그게… 귀주씨가…

　　　　　(거울 속 또렷한 귀주를 다시 한번 확인하는, 잘못 본 건가…?)

이나, 학교 갈 준비를 마치고 방에서 나오고

다해　　학교 가려고? 아침 먹어야지. (이나 따라 계단 내려가고)

귀주　　(뒤따라 내려가는)

S#16—복씨 저택 주방 D

달군 팬에 계란을 깨트리는 다해, 손끝이 가늘게 떨린다.

다해　　(침착하려 애쓰며) 반숙? 아니면 완숙?

이나　　(교복 차림, 핸드폰 보며) 반숙이요.

귀주E　　(커피를 내리며, 다해를 조용히 관찰하는)

　　　　　과거에서 구할 수 있는 유일한 사람… 왜 도다해일까?

주방으로 들어오는 복만흠

다해	안녕히 주무셨어요?
복만흠	내내 뒤척이다 새벽에 겨우 잠들었는데 꿈자리가 뒤숭숭해서…
이나	(핸드폰 보다가, 힐끗, 할머니가 꿈을 꿨다고?)
다해	무슨 꿈을 꾸셨는데요?
복만흠	(예지몽 능력을 들킬까 봐, 이걸 말해줘야 되나 말아야 되나 망설이다가) 도다해씨, 찜질방을 즐겨 찾는 편인가?
다해	…! (계란후라이 노른자 터뜨리고)
귀주	(커피 마시며, 힐끗, 다해의 놀란 기색을 알아채고)
다해	(애써 놀란 기색 지우고) 아, 이나야 다시 해줄게. 근데 찜질방이 왜요? (팬에 다시 계란을 깨는데)
복만흠	꿈에 도다해씨가 찜질방에 있더라고… 궁전 찜질방이라고 혹시 알아요?
다해	……!!! (계란 파사삭! 박살 난 껍질조각이 계란에 뒤섞이고)
귀주	(왜 이렇게 당황하지? 찜질방에 뭐가 있나?)
복만흠	글쎄 그 궁전 찜질방에서 실려 나와서 구급차에 실리지 뭐야?
귀주	(커피 마시려다 멈칫, 도다해가 구급차에?!)
복만흠	뭐 그냥 근심 많은 노인네 꿈이니까 너무 신경 쓰진 말고, 그래도 당분간 찜질방은 피하면 어떨까? 조심해서 나쁠 건 없으니까, 응?
다해	주무시면서도 제 걱정을 해주셨나 봐요… (어색하게 웃어넘기고)
이나	(일어나서 가방 메고 학교 가는) 늦었어요. 그냥 갈게요.
다해	(황급히) 잠깐만! 뭐라도 먹고 가야지! (바나나 들고 따라 나가고)

S#17—복씨 저택 현관 D

다해, 신발 신는 이나에게 바나나를 건넨다.

다해   미안. 이거라도 가져가.
이나   (바나나 받고) 처음부터 말해줬잖아요.
다해   뭐?
이나   초능력이 집안 내력이라고.
다해   뭐…?
이나   도망칠 수 있을 때 도망쳐요. (돌아서고)
다해   설마… 그럴 리가…

S#18—복씨 저택 손님방 D

황급히 가방을 챙기는 다해, 핸드폰 등 중요한 것만 대충 쑤셔 넣고

S#19—복씨 저택 2층 창가 D

생각에 잠겨 서성거리는 귀주, 그러다 창밖을 보고 멈칫한다.
외투에 팔 한쪽만 낀 채 허둥지둥 집을 빠져나가는 다해가 보인다.
어딜 저렇게 급하게 가지?

S#20—찜질방 밖 D

빠른 걸음으로 다가오는 다해, 찜질방 입구로 들어서려다 주춤!

복만흠E   꿈에 도다해씨가 찜질방에 있더라고… 궁전 찜질방이라고
        혹시 알아요?

머리 위를 올려다보면 '궁전 찜질방' 간판이 걸려있고

다해E   내가 지금 여길 들어가면 그 꿈이 진짜 예지몽이 되는 건가?

찜찜한 기분에 보는 사람 없나 두리번거리며 안으로 들어가면,
떨어진 모퉁이 뒤편에서 모습을 드러내는 귀주!
차에서 내려 '궁전 찜질방' 간판 본다.
어머니가 꿈에서 본 곳이다. 저 안에 무슨 비밀이라도 있는 걸까?
예지몽이 현실이 된다면 도다해가 위험한데…?!

S#21—찜질방 여탕 D

다해   (겁에 질린 얼굴로) 초능력이 사실인지도 몰라!

목욕탕 청소 시간이라 목욕하는 손님은 없고,
바가지로 촥촥 물 뿌리며 세신침대를 닦는 백일홍

백일홍   수면제 기운에 헛것을 본 거겠지!
다해   복여사님이 꿈에서 내가 여기 있는 걸 봤다니까!

백일홍	사람 써서 니 뒤라도 밟았나 보지.
	됐어! 복씨 집안 유전병은 초능력이 아니라 망상증이겠지!
	정신 나간 사람들이란 증거는 차고 넘치니까 다음 스텝을
	밟자! 혼인신고 도장 찍고! 후견인 신청하고!
다해	그러지 말고, 내가 다른 타겟 알아볼게!
백일홍	잔말 말고 혼인신고서 받아 와!
다해	엄마!
백일홍	(바가지 툭 던지고) 귀신 들린 집이라 겁나? 귀신 돈은 돈 아
	니야? 나한테 빚진 돈은 언제 갚으려고?
다해	…

S#22—장례식장 (13년 전) D

문상객 없는 초라한 빈소,
17살 다해가 상복을 입고 아무런 의지할 어른도 없이
부친의 영정사진 앞에 혼자 웅크려 앉았다.

백일홍	니가 다해니?
다해	(올려다본다. 모르는 얼굴이다.)

뒤쪽에 노형태가 떡 버티고 섰고

백일홍	(거의 다 타버린 향로 옆에 숙취해소제 툭 놓고) 작작 좀 마시
	라니까.
다해	(일어나서 꾸벅 인사하면)
백일홍	너 혼자야? 어른 안 계셔?

다해   (고개 젓고)

부의금 함을 뒤집어엎는 백일홍

백일홍   (바닥에 봉투 서너 개 툭 떨어지고, 열어보며) 돈이 많이 모자
         라는데.
다해   (빚쟁이구나…)
백일홍   이제 아빠 건 다 니 거니까 니가 좀 갚아줘야겠다.
         (핸드백에서 생명보험 가입신청서 꺼내 툭 내미는)
다해   (보면, 피보험자는 도다해, 수익자는 백일홍으로 되어있다.)
백일홍   사인해.
다해   (속으론 두렵지만, 잃을 것 없는 눈빛으로 강단 있게 마주 보고)
백일홍   (이거 물건이네? 피식)

S#23—찜질방 여탕 (다시 현재) D

백일홍   알아보니까 최근 몇 년 새 투자란 투자는 다 말아먹고 남
         은 건 깔고 앉은 집이랑 헬스장 건물이 단 것 같아. 그냥 뒀
         다간 복씨 집안 폭삭 내려앉게 생겼는데 이러고 있을 시간
         없어. 아까운 돈 우리라도 챙겨야지.
         우리 주연배우도 이 작품을 끝으로 화려하게 은퇴하고. 나
         도 은퇴하고. 온 김에 뜨끈하게 좀 지지고, 돌아가.
다해   …

S#24—찜질방 D

귀주, 다해를 찾아 찜질방 내부를 이리저리 살펴본다.
여자탈의실 쪽도 조심스럽게 기웃거려보는데, 턱 가로막는 노형태.

노형태	나가.
귀주	예?
노형태	못 들어와.
귀주	뭐야 당신! (적대적으로 노려보는데)
노형태	(손가락으로 한쪽을 가리키고)

벽에 붙은 안내문 "찜질복을 꼭! 착용하고 입장하세요!"

귀주	(아…) 사람을 찾으러 온 거라.
노형태	(고개 젓고)
귀주	잠깐만 둘러볼게요. (피해서 가려는데)
노형태	(산처럼 고집스럽게 막아선다)
귀주	(거참…)

S#25—찜질방 여자탈의실 D

찜질복으로 갈아입은 다해, 허리를 숙이고 양말을 벗는데,
복만흠의 예지몽이 찜찜하게 자꾸 머릿속을 맴돌고

복만흠	(환영) 글쎄 그 궁전 찜질방에서 실려 나와서 구급차에 실리지 뭐야?

다해, 숙였던 허리 펴다가 열려 있던 사물함 문짝에 세게 쾅!
머리를 박는다. 눈앞이 하얘지고 머리가 띵…!!!
하얗게 흐려진 다해의 시야가 바닥으로 쿵…!!!
예지몽이 진짜였어??? 결국 이렇게 구급차에 실려 가나???

백일홍   뭐하니? (보면)

머리를 움켜쥐고 바닥에 웅크린 다해

다해   (신음하며) 119…
백일홍   (머리 붙잡은 다해 손 떼고 머리카락 들춰보면)
다해   피 나지? 많이 나? (손 보면 말짱하고) 안 나…?
백일홍   (코웃음 피식) 예지몽? 나쁜 꿈꾸면 왜 나쁜 일이 생기게?
　　　　　나쁜 예감이 정신을 지배하니까. 다칠 거야! 다칠 거야! 긴
　　　　　장해서 온몸에 힘이 들어가니 다칠 수밖에!
다해   (얼얼한 머리 문지르며, 그런가…?)

다해, 양말 사물함에 집어넣고 문 닫으면,
사물함 안에 둔 핸드폰이 진동 울리고 있다. 발신자 "삼촌"

S#26—찜질방 D

핸드폰 들여다보고 서 있는 노형태, 전화를 받지 않아 초조한데,
여자탈의실 쪽에서 다해와 백일홍이 나오는 게 보인다.
노형태 얼른 가서 귀주의 등장을 알리려는데,
같은 타이밍에 귀주가 남자탈의실에서 찜질복으로 갈아입고 나온다!

귀주　(다해 쪽을 보려는 찰나!)

노형태　(턱 막아서는 검은 그림자)

귀주　(옷 갈아입었잖아!) 또 뭐요?

노형태　(귀주 눈앞에 훅! 내미는… 수건)

귀주　(순간 움찔! 움찔한 게 쪽팔려서 더 불쾌한) 됐어요! (비켜 가려는데)

노형태　(고집스레 수건 내밀며) 땀 떨어져.

귀주　근데 왜 자꾸 반말을!

노형태　땀 떨어지면 바닥이 미끄러우세요, 고객님.

귀주　그렇다고 바닥까지 높일 필요는…

수건 두고 실랑이하는 사이 다해와 백일홍 소금방으로 들어가고,
귀주는 수건까지 받아들고 겨우 노형태에게서 풀려난다.

S#27—소금방 D

아무도 없는 소금방, 나란히 수건 두르고 밀담 나누는 다해와 백일홍

백일홍　(낮게) 새로 입수한 정보가 있어.

다해　?

S#28—찜질방 D

귀주, 찜질방 문을 하나씩 열고 들여다보며 소금방 쪽으로 향한다.
마침내 다해와 백일홍이 밀담 중인 소금방 앞에 서는데…!

S#29—소금방/찜질방 D

백일홍   결정적인 순간이 오면, 필살기를 날려.

다해   엄마…!

귀주   엄마…?

문을 열고 서 있는 귀주!

다해   !!!

백일홍   !!!

귀주   없다면서요… 가족.

다해   (갑작스러운 귀주 등장에 순간 당황해서 입이 안 떨어지고)

백일홍   내가 설명하죠.

그때, 노형태 화재경보 버튼을 힘껏 누르고!
요란하게 울리는 경보음 따르르르르르르릉!!!!!!!!!!

다해   ……!

찜질방에 있던 사람들 놀라서 여기저기서 우르르 몰려나오고 순식간에 아수라장이 되는! 백일홍, 무방비 상태인 카운터 돈통을 지키러 뛰어가고,

다해   (화재 트라우마에 얼어붙어 버린)

귀주   (무슨 일인지 상황을 살피다가, 다해 상태를 알아채고)
            도다해씨?

다해   (아수라장 속 이리저리 치여 중심 잃고 비틀…!)

귀주　　　내가 잡을게요! (다해 붙잡는데, 땀이 떨어져 미끄러운 바닥에 미끌…!)

귀주가 미끄러져 넘어지는 바람에 다해까지 몸이 뒤로 확 넘어가고!
다해 뒤통수 바닥에 쿵…!!!

노형태　　(멀리서 보다가, 어이쿠 저런!) 미끄럽다니까…
귀주　　　(넘어진 채 꿍…) 도다해씨…!!! 괜찮아요…???

쓰러진 다해, 시야 점점 좁아지고 주위 소음 차츰 가라앉고…

S#30—찜질방 밖 D

'궁전 찜질방' 간판 아래, 들것에 실려 나오는 다해.
복만흠이 꿈에서 봤던 그대로다!
꿈에서처럼 다해 손이 들것 아래로 힘없이 툭 떨어지는데.
그 손을 붙잡아 들것에 올려주는 손, 귀주다.

백일홍　　같이 갈래요?
귀주　　　(보면)

S#31—응급실 D

상태 안정된 다해, 응급실 침대에 눈 감고 누웠고,
귀주와 백일홍, 응급실 바깥 쪽 벤치에서 접수증 작성하는

백일홍	(귀주에게 보호자 란을 가리키며) 여기 이름 써요.
귀주	(내가? 엄마라며…?)
백일홍	(표정을 읽고) 진짜 엄마는 아니에요.
귀주	?
백일홍	쟤 아빠랑 엮인 인연으로 어쩌다 여기까지 왔네요.
	그 인간이 술 먹고 한겨울 길바닥에서 얼어 죽는 바람에…
귀주	(그런 일을 겪었다니…)
백일홍	장례식장에 문상객이라곤 부의금이라도 털어먹겠다고 쳐
	들어온 빚쟁이뿐이고, 돌봐주는 어른 하나 없더라고. 주위
	에 아무도 없이… 혼자.
귀주	(마음이 아프고)
백일홍	그리고 얼마 뒤에 다해가 큰일을 겪었죠.
귀주	…?

S#32—다른 응급실 (13년 전) D

(화재로 실려 온 상황) 교복 입은 여학생들이 실려 온 응급실,
거뭇한 그을음이 묻은 채 정신을 잃고 누워있는 17살 다해,
의식이 돌아와 스르르 눈을 뜨면

간호사1	정신 들어요? 여기가 어딘지 알겠어요?
다해	(아직 혼미한 상태)
간호사1	(다른 의료진에게) 이 환자 보호자 연락됐어요?
다해	보호자 없어요…

다해, 팔에 꽂힌 링거를 자기 손으로 뽑아버린다.

| 간호사1 | 뭐하는 거예요! |
| 다해 | 병원비 없어요… |

침대에서 일어나 비틀비틀 걸어 나가는 다해,
어지러워 휘청하는 그녀를 부축하는 손… 백일홍이다.

다해	아쉽겠다. 죽었어야 돈 갚는데.
백일홍	(어린 것이 짠하다… 보다가) 살아서 갚는 수도 있는데.
다해	?
백일홍	너 내 딸 해라.
다해	……?!

S#33—응급실 (현재) D

백일홍	그때 좀 돌봐줬다고, 이런 나라도 엄마라고 불러주네요, 짠하게.
귀주	죽을 뻔 한 적 있다고… 들은 것 같아요.
백일홍	그래요? 아무한테나 안 하는 얘긴데…
귀주	무슨 일이 있었던 건지…?
백일홍	자세히는 모르는구나? 직접 들어요. 아무한테나 안 하는 얘기라.
귀주	…
백일홍	쟤 이름이 어떻게 도다해가 됐는진 알아요?
귀주	?
백일홍	쟤 아빠가 도다리 쑥국을 좋아했어요. 근데 쟤가 봄에 태어났거든. 봄철엔 도다리가 제철이라고 도다리라고 이름

지으려는 걸 동사무소 직원이 간신히 말려서 글자 하나 겨
우 바꿨대요.

하고 싶은 거 뭐든 다 하고 살라고, 도 다 해.

귀주　　　(엷게 웃는) 좋은 이름이네요.

백일홍　　아뇨. 그 이름도 그렇게 좋은 이름은 아니었어요.

귀주　　　?

백일홍　　이름이 축복이 아니라 저주가 돼서…

살아남기 위해선 뭐든 혼자 다 해내야 했거든.

귀주　　　…!

백일홍　　뭐든 함께 할 사람이 생기면 참 좋을 텐데…!

귀주　　　… (안쓰럽고 미안한 마음으로 다해 쪽을 바라보고)

귀주 핸드폰 울린다. "어머니"
눈빛으로 양해 구하고 전화 받으러 가면,
다해가 누워있는 침대로 가는 백일홍

백일홍　　그만 일어나.

다해　　　(진작부터 깨어 있었던, 몸 일으켜 앉고) 엄마 봤지?
복씨 집안사람들 진짜 뭐 있어! 잘못 건드렸다간…!

백일홍　　(자르고) 혼인신고서 받아 와. 그래야 벗어나. 그 집에서도,
나한테서도.

다해　　　…

S#34—응급실 밖 일각/복씨 저택 거실 D

귀주　　　(핸드폰 귀에 대고) 네 어머니.

복만흠   (복씨 저택 거실, 다해 걱정에 불안한 얼굴로 핸드폰 들고)
           도다해씨가 말도 없이 나가서 안 들어오는데 설마 찜질방
           간 거 아니니?

귀주   (무뚝뚝) 갔더라구요.

복만흠   뭐?? 도다해씬 괜찮고??

귀주   응급실이에요.

복만흠   뭐어??? 얼마나 다친 거야??? 어쩌다???
           아니 가지 말라는데 기어코!!! 도대체 왜 간 건데???

귀주   나중에요. (전화 뚝)

복만흠   (전화 끊고 털썩 소파에 주저앉는) 거 봐! 예지몽이 맞았어!
           근데 매번 도다해만 보이네…?

S#35—응급실 D

귀주 통화를 끝내고 돌아오면, 백일홍은 보이지 않고

다해   먼저 가셨어요. 찜질방 너무 오래 비웠다고.

귀주   (보면, 벤치에 접수증 보호자 칸이 비워진 채 남겨져 있고)

다해   (어색하게 귀주 눈치를 살피면)

귀주   (보호자란에 '복귀주' 이름 쓴다.)

다해   …!

S#36—달리는 귀주 차 안 D

귀주   (운전하며) 좀 괜찮아요?

206

다해	(옆에 앉아서) 나 미행한 거예요?
귀주	(뜨끔) 아니, 뭐… (역공) 몰래 어딘가를 급히 가길래? 어머니가 찜질방 얘길 꺼냈을 땐 아무 말도 없었으면서.
다해	여사님도 내 뒤를 캔 거죠? 솔직히 털어놔요.
귀주	솔직히 말하면 걱정도 좀 됐어요. 어머니 꿈이 현실이 될까 봐.
다해	정말 예지몽이라는 거예요…? 설마 이나가 했던 말이 다 사실이라는… 아니 근데, 능력 잃었다면서요? 현대인의 질병에 걸려서…
귀주	사라졌던 능력이 다시 돌아왔어요. 패턴이 좀 달라지긴 했지만.
다해	네…?
귀주	(길가에 차 세우는)

S#37—가로수길 D

한적한 길, 비상등 깜빡이는 귀주 차.
차에서 내려 대화 중인 다해와 귀주

귀주	행복한 시간으로만 돌아갈 수 있다고 했던 거, 기억하죠?
다해	(끄덕)
귀주	과거로 돌아가는 이유가 바뀌었어요.
다해	?
귀주	도다해.
다해	나…?
귀주	쇼핑몰에서 손을 잡아준 것도 분수대에 꽃을 들고 갔던 것도

미래의 나였어요.

다해   네…?

귀주   내가 한 일을 기억 못 한 게 아니었어요.
　　　　도다해한테는 일어난 일이, 나한텐 아직 일어나지 않았던
　　　　거예요.

다해   무슨… 그런…

귀주   잘 생각해 봐요. 손잡고, 꽃 주고, 내가 갑자기 사라지지 않
　　　　았어요?

다해   (그건 그렇다…!) 그럼 어젯밤에 거울에 비치지 않았던 것도…?

귀주   거울에만 안 비치는 게 아니에요.
　　　　도다해 말고는 아무도 날 못 봐요.
　　　　도다해만 나를 보고, 도다해한테만 내가 닿아요.
　　　　과거는 무채색인데 도다해만 색깔이 있어요.

다해   (혼란) 왜 난데요…? 왜 나만…?

귀주   그건 나도 모르겠어요. 분명한 건,

다해   (보면)

귀주   도다해의 과거가 나의 미래라는 거.

다해   …?

귀주   도다해와의 시간이, 나를 끌어당긴다는 거.

다해   …!

귀주의 말을 정확히 이해할 수도, 믿을 수도 없지만,
이 남자 눈빛이 너무 진심이다…!
왠지 조금 뭉클해지는 다해. 마주 바라보는 두 사람 모습에서…

S#38—복씨 저택 귀주 방 D

복만흠　　우리 집안 비밀을 털어놨다고???

집에 돌아온 귀주, 고단한 얼굴로 외투를 벗는다.

복만흠　　어쩌자고 성급하게 굴었어! 겁먹고 달아나기라도 하면!
귀주　　더 숨기기도 애매했어요. 예지몽을 발설하셔서.
복만흠　　(한숨) 어떻게 입을 다무니? 그런 꿈을 꿨는데…
귀주　　그러게요 어떻게 그런 꿈을? 주식 아니면 복권 꿈만 꾸시는 분이.
복만흠　　(귀주 말에 뼈가 들었다는 걸 안다.)

S#39—복씨 저택 귀주 방 (7년 전) D

장례를 치른 지 얼마 지나지 않은 시점. 아직 정리되지 않은 세연의 물건들 보이고, 반쯤 정신이 나가 방 안을 서성거리는 귀주

귀주　　(절박하게 눈을 감았다 떴다) 돌아가야 돼… 돌아가야 돼…!
복만흠　　(어깨를 가만히 짚으며) 귀주야…
귀주　　과거로 갈 수가 없어요… 세연이한테 가야 되는데… 되돌려놔야 되는데…
복만흠　　잊었어? 행복한 시간으로만 돌아갈 수 있다는 거.
　　　　　돌아가도 바꿀 수 있는 게 없고. 이제 그만해.
귀주　　(포기할 수 없다!) 세연이 가방에서 이게 나왔어요. (내밀면)
복만흠　　(뱃속 태아 초음파 사진) …!

귀주	뱃속에 아기가 있었는데… 왜 나한테 말을 안 했을까요…?
복만흠	… 다른 사람 애니까.
귀주	네…??
복만흠	남자가 있었더라. 같이 살 집까지 구해놨던데. 너한텐 아무 말 없었니?
귀주	(집을 구해놨다는 얘기는 했었다…!) 그걸 어떻게 알아요? 세연이 뒷조사라도 시켰어요?
복만흠	세연인 꿈에 한 번도 보인 적이 없어. 아무것도 안 보이니 늘 불안했고…
귀주	그래서 끝까지 가족으로 인정도 안 하셨죠! 꿈에 안 보인 게 세연이 잘못이에요? 어머니가 주식 꿈만 꾸고 복권 꿈만 꾸는 게 세연이 탓이냐고요! 세연이가 죽던 날은 무슨 꿈 꿨어요? 마지막이라도 한번 봐주지! 그럼 막을 수 있었을 텐데!
복만흠	나도 주는 대로 받을 뿐이야. 꿈이 보여줬어도 막지 못했을 거고.
귀주	뭐라구요?
복만흠	꿈이 보여준 미래는 반드시 일어나. 니가 과거를 바꿀 수 없는 것처럼 나도 미래를 바꿀 수는 없어.
귀주	…?
복만흠	오래전에 악몽을 꿨다. 누군가 죽는 꿈이었어. 막아보려고 별짓을 다 했지만 일어날 일은 일어나게 돼 있더라. 나쁜 일이 벌어질 걸 뻔히 알면서도 아무것도 못 하는 무력감, 두려움… 나도 겪어봐서 알아…!
귀주	왜 여태 말 안 했어요…?
복만흠	떠올리는 것만으로도 가슴이 갈기갈기 찢겼으니까. 아버지가 돌아가시는 꿈이었거든…

귀주	…! 복씨 집안에 대물림되는 저주였네요…
복만흠	마음먹기에 따라 축복일 수도 있어.
귀주	아무짝에도 쓸모없는 능력이 어떻게 축복이 돼요? 미래를 보면 뭐하고 과거로 가면 뭐하냐구요! 아무것도 못 바꾸고! 아무도 못 구하는데!
복만흠	시간을 거슬러 엿보는 것만으로도 감사해. 그 이상은 욕심 이고 오만이야. 나는 차라리 꿈이 주식 복권이나 보여주는 게 얼마나 감사한지 모른다. 어쭙잖은 영웅 흉내나 내다가 찢겨 죽고 불에 타 죽은 조상님들이 숱해! 너도 이제 니 행 복만 돌아봐. 남의 불행까지 굳이 돌아보지 말고. 누굴 구 하겠다는 주제넘은 생각도 말고…!
귀주	차라리 다 사라져버리면 좋겠어…!!!

S#40─복씨 저택 귀주 방 (현재) D

복만흠	7년 만이다. 다시 꿈을 꾸게 된 게. 뭐랬니? 우리 가족이 잃어버린 걸 되찾아줄 사람이랬지?
귀주	어머니가 꾸고 싶은 꿈은 아니네요. 주식 꿈, 복권 꿈을 꾸 셔야 되는데.
복만흠	(안 그래도 초조하게 기다리는 중이다) 조만간 보여주겠지…
귀주	기회를 준 게 아닐까요? 내 주머니만 채우지 말고 남을 위 해서 능력을 써볼 기회.
복만흠	넌 아직도 철없이 영웅 노릇을 꿈꾸니? 도다해가 다칠 걸 꿈에서 봤지만 결국 막지도 못했잖아.
귀주	모르죠. 구할 수 있을지도.
복만흠	…?

211

S#41—복씨 저택 복도 D

손님방으로 향하는 다해, 딴 데 정신 팔려 복도를 걷다가 누군가와
부딪칠 뻔. 운동복 차림으로 외출하려는 동희다.

다해   아… (지나가라고 길을 비켜주는데)

복동희   어때요? 우리 집에서 지내는 거?

다해   배려해 주신 덕분에…

복동희   (자르고) 뻔한 소리 말고. 우리 집 사람들 쉽지 않죠? 알면
                알수록 더 모르겠고.

다해   …

복동희   반면 도다해씨는 너무 쉬운데. 어떤 사람인지 뭘 노리고 기
                어들어 왔는지. 너무 뻔해서 재미없을 정도.

다해   서로 알아가는 과정이죠. 제가 어떤 사람인지는 차근차근
                보여드릴게요.

복동희   안 그래도 눈 안 떼고 낱낱이 지켜볼 참이야.

다해   (얼마든지)

팽팽한 긴장감으로 서로를 비켜 가는 두 여자

S#42—복씨 저택 손님방 D

손님방 문을 걸어 잠그는 다해,
책상에 메모장을 턱 꺼내놓고 펜을 휘휘 돌리면서

다해   (머릿속이 복잡하게 뒤엉킨) 그니까 정리하면…

메모장에 복씨 패밀리의 가계도를 그리고,

개인별 능력과 특이사항을 적어 내려간다.

"복만흠 – 예지몽 / 불면증이라 꿈을 못 꿈"

복만흠 옆으로 선 긋고 "엄순구 – 데릴사위 / 능력 없음"

그 밑으로 "복동희 – 비행 / 비만이라 날지 못함"

"복귀주 – 행복한 과거로 시간여행 / 우울증이라 행복하지 않음"

까지 쓰고 잠깐 망설이다가 덧붙인다. "약간 행복해지려고 하나?"

"복이나" 특이사항에 "고도근시, 스마트폰 중독" 적혔고

다해　　　(펜으로 적어 내려가면서) 복만흠은 미래를 보고…
　　　　　　복동희는 하늘을 날고… 복귀주는 과거로 가고…
　　　　　　(이나의 능력 란은 비어있는 채로) 복이나는… 아무것도 못
　　　　　　한다?

S#43—댄스 동아리실 D

대여섯 명의 댄스 동아리 아이들 거울 앞에서 몸 풀고

혜림　　　안 한다고?

이나　　　(시선 피하는) 못 한다고.

혜림　　　(눈 똑바로 쳐다보며) 왜?

이나　　　(시선 더 바닥으로 떨구고) 사람들이 보니까.

혜림　　　별 걱정? 아무도 너 안 봐. 다 나만 보지.

이나　　　…

아이들　　(까르르 웃고)

혜림　　　(웃고) 부담 갖지 말라고 농담한 거야! 오늘은 첫날이니까

앉아서 분위기만 봐.

하는 수 없이 구석에 쭈뼛쭈뼛 앉는 이나

댄스부1   쟨 뭔데 혜림이한테 간택 당했어?
댄스부2   혜림인 애가 편견이 없어.
댄스부3   우리 스텝 필요하잖아. 동아리실 청소하고 음료수도 사 오고.
댄스부1   하긴, 선생님들도 조용한 애 좋아하니까 저런 애 하나 껴
            있는 것도 나쁘지 않을 듯?

자기 얘기 듣는 게 민망한 이나, 이어폰 끼고 핸드폰 볼륨 높인다.
아이들 안무 연습 시작하는데 농담이 아니라 정말로 혜림이만 보인다.
반짝반짝 빛나는 혜림을 흘긋거리는 이나…
그런데 음악이 좀 아쉽다.
이나, 핸드폰 플레이리스트 쭉 훑다가 곡 하나 골라 플레이.
혜림의 춤과 딱 어울리는 음악이다!
볼륨 더 높이고, 그렇게 혼자서 혜림의 춤과 음악에 빠져드는데…
누군가의 손이 귀에서 이어폰 하나 톡 뺀다.

이나   ? (돌아보면)
준우   (어느새 옆에 와 있는) 안 들려? 내 말 계속 씹었어 너.
이나   아…! 미안…
준우   뭐 들어? (이어폰 자기 귀에 꽂고)

이어폰 하나씩 나눠 끼고 음악 듣는 이 상황! 너무 설레잖아!

준우   좋은데? 제목 뭐야?

이나	아… 어… (핸드폰 만지작)
준우	(이나의 핸드폰 플레이리스트 들여다보느라 얼굴 훅 가까이)
	음악 좀 아는데? 이런 건 다 어디서 찾았어?
이나	(너무 가깝잖아! 그대로 얼음!)

나란히 얼굴 맞댄 두 사람을 본 혜림, 춤을 멈추고

준우	야! 우리 음악 바꾸자! 복이나가 괜찮은 음악 찾았어!
아이들	("안 그래도 음악 구렸는데!", "들어보자!")
이나	(뭐라도 쓸모가 있어서 다행이다, 헤…)
혜림	(이나 보는 시선에서)

S#44—학교 밖 D

연습 마치고 나오는 아이들

댄스부1	혜림아 우리 떡볶이 먹자!
혜림	그래! 너네 다 갈 수 있지?

마지막으로 동아리실에서 나오는 이나

이나	난… 학원…

개미 같은 목소리 아무도 못 듣고
"빨리 가자!", "배고파!", "떡볶이! 떡볶이!" 왁자지껄 우르르 몰려가고

이나   난… 이쪽…

이나 아이들과 반대쪽으로 혼자 걷는다.

S#45—편의점 D

이나 컵라면 고르는데

혜림   (불쑥) 나도 컵라면 사주라.

이나   (깜짝) 떡볶이는?

혜림   친구가 말도 없이 가버려서 걔 찾느라.

이나   (친구…? 그런 거 한 번도 없었는데…!)

혜림   (싱긋) 넌 뭐 먹을 거야?

이나   (핵불맛 컵라면 골라 들고)

혜림   생긴 건 순한 맛인데 반전매력 있다 너?

창가 바에 나란히 놓인 컵라면 두 개

이나   (컵라면 후- 불면 안경에 하얗게 서리는 김)

혜림   (그 모습이 웃긴) 귀여워.

이나   (내가 귀여워…?)

혜림   이래서 준우가 너한테 꽂혔나?

이나   (심쿵!) 뭐? 뭔 소리야… (표정관리, 컵라면 괜히 후-)

혜림   관심 있는 거 같던데? 넌 준우 어때? (이나 눈을 빤히 들여다
        보고)

이나   (요동치는 눈동자 안 들키려고 컵라면에 고개 처박고 후- 안경

하얘지고)

혜림	(하얘진 안경 벗기고 바짝 들여다보는)
이나	(혜림과 눈이 마주치면)
혜림E	(이나에게 들리는 속마음) 준우는 내가 먼저 좋아했어!
	제발 좋아하지 마! 나하고 친구하고 싶으면!
이나	……!

딸랑, 편의점 출입문 열리고 누군가 들어온다.

혜림	너 준우 어떻게 생각해?
이나	걔… 재수 없어.

막 편의점으로 들어온 사람은 준우였다. 다 들어버렸다!

혜림	어? 준우야…!
이나	……!!! (안경 쓰고 보면)
준우	(차가운 얼굴, 돌아서서 가버린다)
혜림	어떡해? 들었나 봐.
이나	……
이나E	역시 사람 마음 같은 거… 모르는 게 나았어…!

S#46—복스집 N

땀 흘리며 열심히 사이클 타는 동희에게 시원한 음료 내미는 손

그레이스	우리 복덩이 언니야 좀 마시면서 해요.

복동희	(힐끗, 무시하고 사이클에서 내려와 가려는데)
그레이스	조원장 오빠랑 혹시 진지한 사이예요?
복동희	(멈칫, 보면)
그레이스	그런 거면 다시 생각해 봐요. 언니야 생각해서 해주는 말인데, 아니 나는 그냥 좋은 분 같아서 오빠 동생 사이로 이런저런 인생 상담이나 좀 할까 싶었는데 다짜고짜 룸으로 끌고 올라가는 거예요.
복동희	(가만히 듣다가) 나 너 봤어.
그레이스	봤어요? 그냥 가길래 못 본 줄 알고… 아니 그걸 왜 가만둬요? 머리털을 죄 확 잡아 뜯어놔야지!
복동희	(말이 떨어지기 무섭게, 그레이스 머리털 휘어잡을 것처럼 무섭게 확!!!)
그레이스	(엄마야! 겁에 질려서) 나 말고 조원장이요! 나도 피해자라구요!
복동희	(겁만 주고 손 내리고) 내가 제일 싫어하는 말이 뭔지 알아?
그레이스	? …돼지?
복동희	(꿍) 여적여. 여자의 적은 여자라는 말.
그레이스	(날 적으로 생각 안 한다…?)
복동희	우리 사이가 흔들린 건 내 탓이야. 내가 나를 제대로 돌보지 않아서.
그레이스	아… 몸만 엑스라지가 아니라 마음도 엑스라지 대인배네? 근데 그렇게 자책하는 거 정신건강에 안 좋은데?
복동희	모든 일의 원인을 내 안에서 찾는 거, 그게 자존감을 줘. 내 인생 칼자루를 내가 쥐는 거라고. 알아들어? (가고)
그레이스	(왠지 모르게 좀 부끄러워지고) 뭔데? 말은 그럴싸하네… 덩어리가…

러닝머신 올라서는 복동희, 결연한 각오로!

복동희E   본연의 나를 찾자! 나만 원래대로 돌아가면, 모든 게 제자
리로 돌아올 거야!

S#47—복씨 저택 계단, 2층 복도 N

배달 음식을 품에 안고 잰걸음으로 살금살금 계단을 오르는 복동희.
계단 끝에 다다르자 눈앞에 거울이 나타난다.
펑퍼짐한 몸뚱이로 양손에 잔뜩 움켜쥔 야식.
달라지지 않는 내 모습… 죽도록 싫다.

그레이스E   근데 그렇게 자책하는 거 정신건강에 안 좋은데?
복동희   (고개 확확! 떨쳐내고) 아… 배고파…

동희 돌아서서 보면, 복만흠이 손님방 앞을 서성이고 있다.

복동희   (배달 음식 얼른 계단에 감추고) 엄마 거기서 뭐해요?
복만흠   (낮게) 쉿! 비밀을 다 들켜버렸다.
복동희   (낮게) 쥐도 새도 모르게 죽여 버리게?
복만흠   (으이그!) 아니, 겁을 먹었는지 방에서 나오질 않아.

핸드폰 보면서 슥 지나가는 이나 (학원에서 돌아온, 교복 차림에 책가방)

이나   아직도 도망 안 갔나? (핸드폰 보며 무심하게 뱉고 자기 방으로)
복만흠   (도망갔나?!)
복동희   안에 있는 거 맞아요? (문 똑똑!) 도다해씨?

문 열고 내다보는 다해

복만흠   아…! (어색한 미소) 괜찮은가 싶어서. 잠깐 들어가서 얘기
           좀…
다해   병원에서 오늘 하루는 안정을 취하라고 해서요. 죄송합니
           다. (문 닫고)
복만흠   (예민해져서 부정적인 생각에 휩싸이는)
           역시… 능력을 드러내면 둘 중 하나지. 도망가거나 이용하
           거나…

S#48—복씨 저택 손님방 N

태연한 척했던 다해 실은 심장이 쿵쾅거린다.
떨리는 가슴 붙잡고 앉으면, 노트북 화면에 띄워놓은 '혼인신고서'

Flashback Insert〉 37씬

귀주   내가 한 일을 기억 못 한 게 아니었어요.
           도다해한테는 일어난 일이, 나한텐 아직 일어나지 않았던
           거예요.
귀주   도다해의 과거가 나의 미래라는 거.

현재〉
그렇단 말이지…! 귀주 말을 곱씹으며 혼인신고서 노려보는 다해,
키보드에 손가락 올리고 빈 칸을 채워나가기 시작하는데…!

S#49—복씨 저택 귀주 방 N

귀주, 습관처럼 위스키를 열어 잔에 따르려다 멈칫한다.

Flashback Insert⟩ 29씬, 찜질방
귀주가 미끄러지는 바람에, 바닥에 머리를 부딪쳤던 다해

현재⟩
다해를 다치게 했던 자신이 한심하다.

S#50—복씨 저택 화장실 N

변기에 콸콸콸 위스키를 쏟아 붓는다.

귀주E   아무것도 할 수 없었던 나에게 할 일이 생겼다.

술병을 다 비우고, 눈을 감는 귀주

귀주E   과거에서 구할 수 있는 유일한 사람… 도다해…!
귀주   (다해를 구하러 가기 위해, 눈을 감고 정신을 집중하는) 찜질
방…

S#51—찜질방 여자탈의실 (타임슬립) D

과거에서 눈을 뜨는 귀주,

근데 좀 이상하다. 응? 여기가 어디지?
사물함으로 둘러싸인 주변, 사물함 너머에서 여자 목소리 얼핏 들린다.

귀주E   여자탈의실…?

(25씬, 다해가 머리를 사물함 문짝에 부딪치기 전 상황)
어이쿠! 뭐라도 보게 될까 봐 허둥지둥 손으로 눈 가리고
얼른 도로 현재로 돌아가려다가 멈칫,
사물함 너머, 다해가 보인다.
다해가… 옷을 벗고 있다…!

귀주   ……!!!

사락사락 옷 벗는 소리…
바닥에 툭 툭… 떨어져 쌓이는 옷…
마지막으로 브라가 툭…!

S#52—복씨 저택 화장실 N

눈 번쩍! 뜨고 현재로 돌아온 귀주.
방금 내가 뭘 본 거지…?
얼굴 훅 달아올라 귀까지 새빨개진다.
세면대에 둔 위스키병 낚아채 입에 가져가는데 내용물 이미 버렸고,
샤워기 찬물 세게 틀고 옷 입은 채 머리부터 뒤집어쓴다.
정신 차려! 정신 똑바로 차리고 다시 돌아가자!
도다해를 구하러 가야 해! 눈 질끈!

S#53—복씨 저택 2층 복도 (타임슬립) N

(3부 69, 70씬 연결/귀주, 어젯밤으로 타임슬립한)
흠뻑 젖은 옷이며 머리카락에서 물이 뚝뚝 떨어지는 채로 눈 뜨는 귀
주, '이런, 또 잘못 왔다'하는 얼굴로 흑백 복도를 걷다 계단 근처에서
멈칫…! 난간 너머 아래층에, 다해가 손님방으로 다가가는 게 보인다.
그런데 다해가 평소와는 좀 다른 느낌이다.
도둑고양이처럼 발소리를 죽이고 금고방으로 숨어들어 가는 것이
누가 봐도 수상하다!

복동희E   그러게, 엄마 아들의 여자가 우리 집 금고방에 숨어들 줄
            알았으면 좀 조심할 걸.

누나 말이 사실이었어…?
우리 집에 들어온 다른 목적이 있었던 건가…?
귀주 머릿속이 복잡해지는데,
겁에 질린 다해가 허겁지겁 계단을 뛰어올라 온다.
계단 꼭대기에서 균형을 잃고 허우적거리고!
그대로 뒀다가는 계단 아래로 굴러 떨어져 크게 다칠 것이 분명하다!
반사적으로 뻗어나간 손이 다해 손 붙잡아 끌어당기고,
끌어당긴 힘과 무게에 뒤로 넘어지면서 두 사람 몸이 포개지고

다해   ……!

다해 볼에 톡 톡 떨어지는 물방울.
다해가 거울에 비치지 않는 귀주 때문에 당황했을 때,
실은 귀주 역시 당혹스러웠다.

귀주E   과거에서 구할 수 있는 유일한 사람… 도대체 왜 도다해지…?

S#54—복씨 저택 귀주 방 (현재) N

(현재로 돌아온 귀주) 젖은 채 방으로 돌아오는 귀주,
장식장과 선반을 닥치는 대로 뒤져 찾아낸 술을 병째 입에 대고 마시고

다해   귀주씨?
귀주   ! (다해 목소리에 돌아보면)
다해   (물에 젖은 귀주 보고) 무슨 일이에요? 다 젖었잖아요.
귀주   (도다해, 도대체 정체가 뭐지…? 빤히 보고)
다해   (얼른 수건 가져와 닦아주려고 하면)
귀주   줘요. 내가… (수건 가져가 머리 대충 털고)
다해   (갑자기 왜 물을 뒤집어쓰고…? 하다가 문득!)

Flashback〉 3부 70씬
거울에 비치지 않았을 때, 물에 젖어있던 귀주…!

현재〉
그때 봤던 복귀주가 지금의 복귀주…?

다해   과거에 다녀오는 길이죠…?
귀주   (보면)
다해   실은, 조금 전에도 다녀갔어요.
귀주   ?
다해   미래의 귀주씨요.

224

귀주	??
다해	이걸 가져왔더라구요. (탁자 위에 내려놓는 종이 한 장… 혼인신고서다.)
귀주	혼인…신…?
다해	귀주씨가… 선물이라면서.
귀주	……!!!

이건 또 뭐지?? 복귀주 이름 옆에 떡하니 도장까지 찍혔다!!!

귀주	무슨… 이건… 좀…
다해	믿기 힘들겠죠. 귀주씨 시간에선 아직 일어나지 않은 일이니까?
귀주	아니… 왜…?
다해	시간이 지나 보면 알게 되지 않을까요? 내 과거가 귀주씨 미래니까?

자기가 했던 말을 그대로 돌려받은 귀주,
일단 용감하게 질렀지만 내심 두렵고 떨리는 다해,
서로 흔들리는 눈으로 마주보다가…

귀주	아무리 그래도, 이건 순서가 잘못된 것 같은데.
	과거에 한 일을 책임지는 건 몰라도,
	미래에 한 일을 책임지라니?
	(자리를 떠나려는데)
다해	(다급히) 하나 더 있어요!
	귀주씨 시간에 아직 일어나지 않은 일!
귀주	? (보면)

225

S#55—소금방 (Flashback/27씬 연결) D

백일홍   (낮게) 새로 입수한 정보가 있어.

다해   ?

백일홍   복귀주가 왜 소방관을 그만뒀게? 화재 현장에서 가까운
          동료가 죽었고 그 충격으로 옷까지 벗었다는데. 그게 언젠
          지 알아?

다해   (설마…?)

S#56—복씨 저택 귀주 방 (현재) N

다해   고등학교 때 학교에 불이 났어요.

귀주   …!

다해   평소에 화재경보기 오작동이 자주 있어서 그날도 오작동
          인 줄 알고 대피가 늦어졌어요. 오래된 학교라 소방시설도
          제대로 없었고…

귀주   (표정이 싹 사라져버리는 얼굴) 설마 선재여고…?

S#57—소금방 (Flashback/55씬, 29씬 연결) D

다해   (머릿속이 복잡해지는) 그 카드는 그만 꺼내고 싶었는데…

백일홍   왜?

다해   (대답 못하고) …

백일홍   세상이 너한테 준 게 불행뿐인데, 불행이라도 밑천 삼아
          먹고 살아야지. 결정적인 순간이 오면, 필살기를 날려.

다해　　　엄마…!

S#58—복씨 저택 귀주 방 (현재) N

다해　　　그 사람이 구해주지 않았으면 나도 그날 죽었을 거예요.
　　　　　　처음부터 귀주씨한테서 그 사람이 보였는데…
　　　　　　어쩌면… 어쩌면 그 사람이… 정말로 귀주씨가 아닐까
　　　　　　요…?

귀주　　　……?

다해　　　나한테 일어난 일이 아직 귀주씨한테 일어나지 않은 거라
　　　　　　면…?

귀주　　　……!

Flashback Insert〉 3부 11씬
선재여고 화재 현장으로 수없이 달려갔던 귀주,
처참했던 화재 현장의 모습들,
그 속에서 아무것도 할 수 없었던 절망의 시간들…

현재〉

귀주　　　13년 전 내가 도다해를 구했다…? 아니, 구할 거다…?

다해　　　(끄덕…)

귀주, 다해를 뚫어지게 바라보며
혼인신고서를 쥔 주먹에 꾹 힘이 들어가고

227

귀주   그래도…

다해   (구겨지는 혼인신고서 보고, 안 먹히나…?)

귀주   그래도, 혼인신고서가 먼저 오는 건 순서가 잘못됐지…
순서를 바로잡아야겠는데, 안 그래요?

다해   무슨 순서요…?

귀주   사랑이 먼저 아닌가? 당신이 말한 그 미래에 다다르려면.
(다해 얼굴에 손을 가져다 대면)

다해   ……?

귀주   우리가 정말 사랑하게 되는지, 한번 봅시다. (키스하는!)

다해   ……!

입 맞추는 두 사람에서.

— 4부 끝 —

5부

히어로는
아닙니다만

S#1—복씨 저택 귀주 방 N

귀주　(혼인신고서 쥐고) 그래도, 혼인신고서가 먼저 오는 건 순서
　　　가 잘못됐지… 순서를 바로잡아야겠는데, 안 그래요?

다해　무슨 순서요…?

귀주　사랑이 먼저 아닌가? 당신이 말한 그 미래에 다다르려면.
　　　(다해 얼굴에 손을 가져다 대면)

다해　……?

귀주　우리가 정말 사랑하게 되는지, 한번 봅시다. (키스하는!)

다해　……!

혼란스러운 감정이 뒤섞인 키스.

갑작스러운 입맞춤에 순간 놀라 경직되는 다해.

그런데, 누군가 엿보고 있다!

열린 문틈 새로 들여다보는 시선 이리저리 흔들리고…

다해, 서서히 몸에 힘이 빠지고 커다래졌던 눈도 스륵 감기려다가…

문득 인기척을 느끼고!

다해　! (흠칫 떨어져 문 쪽 돌아보고)

귀주　? (같이 돌아보는데, 아무도 없다.)

다해　(분명히 있었는데…?)

어색해진 분위기

S#2—복씨 저택 손님방 N

도망치듯 손님방으로 돌아오는 다해, 가슴이 마구 떨린다.
떨리는 게 조금 전 키스 때문인지, 아니면 계획대로 작전이 먹혀선지,
미래를 조작한 걸 들킬까 두려워선지…

다해   믿었어…!

S#3—복씨 저택 손님방 (Flashback/4부 48씬) N

노트북 앞에 앉아 혼인신고서 작성하던 다해

다해E   손을 잡았지만 잡지 않았다고 한다.
꽃을 줬지만 준 적 없다고 한다.
그건 미래의 복귀주였으니까. 그렇다면…

S#4—복씨 저택 귀주 방 (Flashback/4부 54씬 이전 상황) N

몰래 책상을 뒤지는 다해, 소리 없이 민첩한 손길로
귀주 도장을 찾아내 혼인신고서에 찍고

다해E   미래에서 복귀주가 도장을 찍었다고 하면…?

S#5—복씨 저택 귀주 방 (현재) N

자신의 도장이 찍힌 혼인신고서를 빤히 내려다보는 귀주

귀주E　　미래의 내가…?

귀주 소방관 시절 동료들과 찍은 먼지 낀 사진 액자 보이고,
거짓말인 줄도 모르고 울컥한다.

귀주E　　과거의 화재에서 도다해를 구한다……?!

S#6—복씨 저택 손님방 N

초조하게 이리저리 왔다 갔다 하는 다해

다해E　　하지만 언제 들킬지 몰라! 보통 사람들이 아니니까…

왠지 누가 보고 있는 것 같은 기분에 창밖을 내다보면
동희가 공중에 붕 떠오른 채 다해를 뚫어져라 노려보고 있다!!!
흐억!!! 소스라쳐 뒤로 물러났다가, 다시 보면,
창밖엔 아무도 없고 나뭇가지만 불길하게 흔들린다. (다해의 상상이었던)
황급히 커튼을 닫는 다해 손이 가늘게 떨린다.

다해E　　상대는 초능력자들이야…!

S#7—복씨 저택 안방 N

침대에 잠든 복만흠, 무슨 꿈을 꾸는지 움찔움찔 찡그리는 모습 위로

다해E   무슨 일을 꾸미든 한발 앞서 알아챌 거고

S#8—복씨 저택 귀주 방/복도 N

귀주 좀처럼 진정되지 않아 방문을 나선다.
다해가 있을 손님방 쪽을 흔들리는 눈으로 쳐다보면

다해E   과거에 저지른 짓까지 다 들여다볼지도 몰라…!

S#9—복씨 저택 손님방 N

똑똑똑! 문을 두드리는 소리에 다해 흠칫!
긴장해서 문을 열면, 문밖에 서 있는 건 잠옷 차림의 복만흠이다.

복만흠   (퀭) 미안해요. 너무 미안한데, 도무지 잠을 잘 수가 없어서…
다해   (보면)

S#10—복씨 저택 주방 N

찻주전자에 끓는 물을 붓는 다해

복만흠 다친 덴 좀 어때요?

다해 괜찮습니다.

복만흠 많이 놀랐을 텐데… 우리 복씨 집안 내력, 들었다면서요.

다해 (두려움에 가늘게 떨리는 손) 좀 혼란스럽긴 해요.
그런 능력이 정말 존재한다니… 게다가 유전이 된다고요…?

복만흠 겁먹을 거 없어요. 재능을 조금씩 물려받을 뿐이니까.
교육자 집안, 의사 집안, 아티스트 집안, 뭐 그런 것처럼.
지금은 사정이 있어서 제대로 능력을 펼치지도 못하게 됐고…

다해E (찻잔 준비하면서 시선 피해 속마음) 그렇다면 오히려 다행
인데…

다해 그래도 제가 다칠 걸 아셨잖아요.
(조심스럽게 떠보는) 미래는 어디까지 얼마나 내다볼 수 있
으신지…?

복만흠 보고 싶다고 다 볼 수 있는 건 아니에요. 주는 대로 받을
뿐이지.

다해 아 네…

복만흠 근래에는 꿈이 도다해씨만 보여주네? 좀 전에도 꿈에서
봤어요.

다해 !!! (찻잔을 달그락! 사기행각을 들켰을까 조마조마) 저요…?
제가 어떻게 보였는데요…?

복만흠 잠깐 잠들었다 깨서 잘 못 봤어요. 지난번에도 같은 꿈을
꿨는데, 매번 안개가 낀 것처럼 잘 안 보이더라구.

다해 (몰래 안도의 한숨, 주머니에서 수면제 약봉지를 살짝 꺼내는데)

복만흠 도다해씨가 만든 차를 마시고 푹 자면 선명하게 보이지 않
을까?

그 말에 살짝 꺼냈던 수면제 도로 집어넣는 다해.

복만흠을 잠들게 하면 안 된다! 또 꿈에서 나를 볼지 몰라!

복만흠　　내가 봤어요. 도다해씨 손에 뭐가 있는지.

다해　　!!! (수면제를 들켰나? 등골이 오싹!)

복만흠　　집안 대대로 물려받은 귀한 반지! 그게 도다해씨 손에 끼
　　　　　워져 있었거든. 다른 건 흐릿해도 그건 분명하게 보였다고.
　　　　　그게 무슨 의민지 알겠죠?

다해　　아… 네… (복만흠 모르게 식은땀을 훔치는, 차를 따르는 손이
　　　　　덜덜덜…)

복만흠　　(눈치 못 채고) 꿈에서 보여준 미래가 어서 왔으면 좋겠네.

S#11─복씨 저택 귀주 방 N

밤늦도록 잠 못 이루고 이리저리 서성이는 귀주.

귀주E　　미래가 정해졌다고 닥치고 따를 순 없다.
　　　　　(혼인신고서 노려보는) 결혼할 거니까 결혼한다? 이건 말이
　　　　　안 돼!

미래에서 온(?) 혼인신고서 서랍에 넣고 탁! 닫아버린다.

귀주E　　(침대에 몸을 눕히며, 들끓는 생각들을 냉정하게 잘라내는)
　　　　　사랑할 거니까 사랑할 수는 없다.
　　　　　그 입맞춤은 역시, 사랑이 아니었다.
　　　　　(억지로 잠을 청하며 눈을 감는데)

S#12—복씨 저택 귀주 방 밖 (타임슬립) N

뭔가 이상한 느낌, 감았던 눈을 도로 뜨는데…
눈앞에 펼쳐진 뜻밖의 광경에 놀라 확 커다래지는 눈!
자기도 모르게 과거로 타임슬립한 귀주,
어둑한 복도에 서서 빛이 새어 나오는 열린 문 사이를 들여다보고 있다.
문 너머에서 무슨 못 볼 것이라도 봤는지 요동치는 눈동자.
귀주(흑백), 다해에게 입을 맞추고 있다…!
(1씬, 문밖 인기척은 타임슬립한 귀주였던 것)

귀주	나였어…?
다해	(인기척을 느끼고 이쪽을 돌아보려는 순간)
귀주	(괜히 훔쳐보다 들킨 기분, 얼른 눈 질끈)

S#13—복씨 저택 귀주 방 (현재) N

귀주 눈 번쩍! 현재로 돌아온다.
무의식적으로 해버린 타임슬립이 머쓱하다.
아무도 안 보는데 괜히 혼자 헛기침하고 뒤통수 긁적긁적.

귀주E	이건 그냥 잠을 청하려 눈을 감는 순간 하필 그 생각이 떠오른 탓이지, 그 입맞춤이 특별한 시간이었던 건 절대 아니다!

도로 침대에 누워 눈을 감는데

S#14—복씨 저택 귀주 방 밖 (타임슬립) N

눈 뜨면 또 방문 밖에 서 있는 귀주!
방문 사이로 키스하는 귀주와 다해가 보인다! 뭐야? 왜 또 왔어?

S#15—복씨 저택 귀주 방 (현재) N

쓸데없는 생각하지 말자! 안대를 단단히 끼는 귀주

S#16—복씨 저택 귀주 방 밖 (타임슬립) N

이상한 기분에 안대를 슬쩍 들치는 귀주,
방문 사이로 키스하는 귀주와 다해가 보인다! 왜 이래? 왜 자꾸 와?

S#17—복씨 저택 귀주 방 (현재) N

귀주, 미치겠다! 눈만 감으면 그 생각이 떠오르는 거냐?
생각하지 말자! 제발 생각하지 말자!
베개 툭툭 털고 이불 반듯하게 덮고 누워 눈을 감는데
의식적으로 생각을 안 하려 할수록 생각은 오히려 또렷해지고…

S#18—복씨 저택 귀주 방 밖 (타임슬립) N

결국 또 키스의 시간으로 이끌려오고 만 귀주,
다해와 키스하는 과거의 자신이 눈앞에 짜란! 펼쳐진다!
눈만 감았다 뜨면 또 그 방문 앞에 서 있고, 또 그 키스가 보이고,
수없이 리플레이되는 키스, 키스, 키스…!

S#19—복씨 저택 계단 D

날이 밝고, 잠을 설친 얼굴로 계단을 내려오는 귀주,
내려오다가 멈칫, 1층 금고방으로 들어가는 다해가 보인다.

Flashback〉 4부 53씬
흠뻑 젖은 채 타임슬립했던 귀주, 아래층에서 다해가 도둑고양이처
럼 발소리를 죽이고 금고방에 숨어들어 가는 것을 목격했던!

현재〉
귀주 얼굴 식는다. 왜 또 금고방을 맴돌지?

S#20—복씨 저택 금고방 D

청소하는 척 청소기 돌리면서 금고를 살피는 다해

복만흠E   집안 대대로 물려받은 귀한 반지!
그게 도다해씨 손에 끼워져 있었거든.

복씨 집안 가보라는 반지가 저 안에 들어있겠지?
금고 잠금장치를 유심히 쳐다보는데

귀주   (들어와서) 이 방에 관심이 많네?

다해   ?! (당황한 기색 없이 태연하게 돌아보고)

    네? 다시 말해줄래요?

    (청소기 끄고) 나한테 관심 있다고 들은 것 같은데… (싱긋)

귀주   … (보다가) 같이 좀 나갈래요?

S#21—공원 D

약간의 거리를 두고 떨어져 걷는 두 사람

다해   (말이 없는 귀주 눈치를 살피다가) 같이 걸으니까 좋다. 그죠?

귀주   (생각에 잠겨 묵묵히 성큼성큼 앞질러 걷고)

다해   (보폭을 맞추느라 총총) 가족들한테는 언제 알릴까요? 어젯
    밤 일이요.

귀주   (어젯밤?!)

Flashback〉
다해와 키스했던 순간이 짧게 번쩍!

현재〉
안 돼!!! 여기서 사라져버리면 곤란하다!
눈을 감지 않으려고 눈에 힘 빡! 주고 버티는 귀주.

다해	(눈 부릅뜨고 노려보는 귀주에 갸웃?) 혼인신고서 말이에요. 가족들한테도 알려야겠죠?
귀주	(아 그거? 눈 힘 빼고) 아직 일러요. 특히 어머니한텐 절대 안 돼요.
다해	여사님은 귀주씨한테 생긴 변화도 전혀 모르고 계신 것 같던데…
귀주	어머니가 알면 보나 마나 앞뒤 안 가리고 밀어붙이겠죠. 끌려가고 싶지 않아요. 그게 어머니든, 미래의 나든.
다해	(조급함 감추고) 순서를 바로잡겠다?
귀주	사랑할 거니까 사랑한다. 결혼할 거니까 결혼한다. 말이 안 되잖아요. 순서대로 합시다.
다해	그럼 지금 이건 데이트네요? 순서대로?

다해 살며시 팔짱을 끼는데, 팔을 슥 빼버리는 귀주

다해	(뽀뽀까지 해놓고 왜 또 빼?) 아, 팔짱은 아직 순서가 아닌가? 근데 생각해 봐요. 미래에서 귀주씨가 왜 혼인신고서를 보냈겠어요? 순서 따지면서 시간 낭비하지 말고 우리 미래를 조금이라도 앞당기자는…
귀주	(자르고) 그 미래가 가짜라면?
다해	(보면)
귀주	그 혼인신고서가 진짠지는 도다해씨만 알죠. 미래에서 온 나는 도다해한테만 보이고 도다해한테만 닿으니까.
다해	날 못 믿겠단…?
귀주	(자르고) 학교에 불났던 날 얘기부터 해봐요.
다해	네…?

귀주	화재가 났을 때 정확히 어디에 있었어요? 구체적으로 어떤 상황이었는지, 무슨 수로 내가 구했다는 건지 자세히 좀.
다해	(아무 말도 하지 못하고)
귀주	(왜 말을 못 해? 역시 미심쩍다) 도다해를 구한 사람… 내가 확실해요?
다해	아무래도 내가 아는 순서랑은 좀 다른데.
귀주	?
다해	키스까지 했으면서. (다가서며) 키스 다음 순서… 몰라요?
귀주	…! (순간 움찔했다가, 냉정을 되찾고) 미안하지만 순서를 좀 되돌려야겠는데, 키스 이전으로.
다해	? 없었던 일로…?
귀주	사랑일까 확인해 본 건데…
다해	?? 확인해 봤는데……?
귀주	(밤새 키스 타임을 리플레이 해놓고는 뻔뻔한 얼굴로) …그닥.
다해	!!! 그닥……???
귀주	(시침 뚝, 먼 산 응시)
다해	(귀주 뺨 찰싹!)
귀주	!
다해	(홱 돌아서서 가버린다)
귀주	어디 가요! (얘기 아직 안 끝났는데!)
다해	(등 돌린 채) 들어가서 청소나 마저 하게요!
귀주	(그쪽 아닌데… 아 모르겠다! 귀주도 홱 돌아서 반대 방향으로 가버린다.)

성큼성큼 걷는 다해 운동화 끈 풀려서 너풀거리고,
끈 풀린 걸 발견하고 멈추는 다해, 슬쩍 돌아보면, 가버리는 귀주 보인다. 귀주 뒷모습 바라보는 다해 얼굴 어둡다. 13년 전 일을 떠올리

는 것도, 그 일로 귀주를 속이는 것도 마음이 편치 않은데…

S#22—복씨 저택 금고방 D

귀중품을 보관해둔 수납장과 보석함들 열려있고

복만흠 (이리저리 뒤집어엎고 뒤지며) 어디 갔나… 이게 어디 갔
나…?

S#23—복씨 저택 동희 방 D

복만흠 (방문 열고) 동희야?

동희 화들짝! 후다닥 뭔가를 뒤로 숨긴다.

복동희 (켕기는 눈빛) 왜요? 뭐?
복만흠 (이놈이구나!) 너 내 시계 가져갔니?
복동희 무슨 시계?
복만흠 골드에 브라운 가죽 스트랩.
복동희 못 봤는데?
복만흠 뒤에 감춘 건 뭔데? 봐봐. (보려는데)
복동희 (감추고) 나 아니야! 그런 구닥다리 취향도 아니고!
아니 비슷비슷한 시계 한두 개 가진 것도 아니면서 어떻게
다 기억해? 그러니까 잠을 못 주무시지! 좀 잊어버려요! 좀
잃어버려도 돼!

243

복만흠   너 맞네! 이리 내!

복동희   나 아니라니까! 아니라구우!

실랑이 끝에, 뒤에 숨긴 종이봉투에서 묵직한 뭔가가 바닥에 떨어진다.
데굴데굴 굴러가는 통통한 베이글, 데구루루 구르다가…
하필 크림치즈 잔뜩 발린 쪽이 바닥으로 철푸덕! 엎어진다.

복동희   (눈 뒤집혀서 울컥!) 나 아니랬잖아아아!!!

복만흠   너 아님 누가 있어?

복동희   누군지 가르쳐줘요??!! (씩씩거리며 문 박차고)

S#24—복씨 저택 2층 복도/1층 계단 아래 D

손님방 문을 쿵쿵 두드리는 동희

복동희   도다해씨! 좀 봐요! (문 벌컥 열면, 손님방엔 아무도 없고)
         어딨어? 도다해씨! 도다해씨! (다해를 찾으며 귀주 방 쪽으로)

복만흠   (말리면서 뒤따르고) 그만둬! 설마 도다해씨가 그랬을라고!

1층에 있던 귀주와 엄순구, 소란스러운 소리에 2층을 올려다보고

S#25—복씨 저택 귀주 방 D

동희, 문 벌컥 박차고 들어오면,
다해, 혼자 몰래 뭘 하고 있었는지 놀라서 얼른 등 뒤로 뭔가를 감춘다.

244

복동희	(다해가 뭔가를 감추는 걸 딱! 목격하고) 여기서 뭐해요?
다해	청소…
복동희	뒤에 감춘 건?
다해	(난처한 표정 지어 보이며 말까지 더듬는) 아무것도… 버, 버릴 물건들…
복동희	(성큼성큼 다가가 다해 팔 붙잡는) 좀 봐요.
복만흠	(동희 붙잡고 말리는) 무슨 짓이야!
복동희	엄마 시계 찾는 중이에요. 실추된 내 명예도 찾고.

귀주와 엄순구도 방으로 들어오고

엄순구	그게 다 무슨 소리냐?
복동희	도다해씨, 생각보다 그릇이 작네요. 좀도둑 수준이었어. 엄마 시계가 없어졌대요. 이 집에서 그런 짓을 할 사람이 누구겠어?
귀주	(그거야 당연히) 누나.
복동희	(꽁) 이 여자, 한밤중에 살금살금 금고방을 기웃거렸다니까!

귀주도 다해가 금고방을 기웃거리는 수상한 모습을 봤다.
설마 그런 짓을 했을까 싶으면서도 머릿속이 복잡해지고,
'설마…?' 의구심 어린 시선이 일제히 다해를 향해 쏟아지고,

복동희	(다해가 뒤에 감춘 걸 탁! 낚아채는)
다해	안 돼…! (뺏기고) 는데…
복동희	(응? 시계가 아니라 웬 종이…?!)

귀주와 다해의 도장이 찍힌 혼인신고서!!!

복만흠	??!! 세상에 이런 경사가!!!
엄순구	두 사람 언제 이렇게???
복동희	(혼자만 표정 썩는) 말도 안 돼. 미쳤어.
귀주	(당황) 이걸… 왜?
다해	미안해요. 책상에 올려놨길래, 누가 볼까 봐 서랍에 넣는 다는 게…

Flashback〉 11씬

귀주, 혼인신고서 서랍에 넣어두고 서랍을 탁! 닫았던 모습.

현재〉

어젯밤에 분명히 서랍에 넣어뒀는데!

귀주	(이 여자가 설마 일부러 꺼냈나? 어머니한테 보여주려고??)
다해	(시침 뚝)
복동희	(혼인신고서 바짝 들여다보며) 정말 복귀주 니 도장 맞아? 니 가 찍었어?
귀주	내가 안 했어.
복동희	(밝아지는데)
귀주	아니, 나야. 내가 했을 수도 있어. 내 말은, 할 수도 있다고.
복동희	(어두워지고)
귀주	근데 아직은 아니야.
복동희	(밝아지려다가, 갸우뚱?) 뭔 소리야?
다해	그게요 실은… (미래의 귀주가 가져왔다는 말을 꺼내려는데)
귀주	(막아서는, 입 다물라는 눈짓)
복만흠	또 대낮부터 해장술이라도 한 거야? 횡설수설 오락가락.
엄순구	가만있어 봐! 뭐부터 해야지? 식장부터 잡을까요?

가족끼리 조촐하게라도 축하는 해야지!

복만흠   아니요! (귀주 맘 변하기 전에) 당장 구청부터 가야죠! 서류
제출부터…

다해   (이제 됐다! 싶은데)

귀주   (자르고) 상견례부터 해야죠!

일제히   (보면)

귀주   (혼인신고서 서랍에 넣고 탁! 닫으며, 다해 보는) 그래야 올바른
순서죠.

복만흠   (상견례?) 얘는, 도다해씨한텐 가족이… (없는데?)

귀주   있어요. 엄마라고 부르는 분.

복만흠   (엄마라니 뜻밖의 변수다! 사실이냐는 듯 다해를 쳐다보면)

다해   고등학교 때 아버지 돌아가시고 의지할 데 없을 때 돌봐주
신 분이에요. 엄마라고 부를 뿐이지 진짜 엄마도 아니고,
신경 쓰지 마세요.

복만흠   (다해가 말리니까 어쩐지 더 걸리고) 어떤 분이신지…?

다해   (뜻대로 안 풀리네…)

S#26—복씨 저택 안방 D

불안한 얼굴로 들어서는 복만흠

복만흠   꿈에서 본 그 찜질방…? 느낌이 영…

엄순구   (뒤따라 들어오며, 또 시작이다 싶어서) 느낌 좋을 때는 있고요?

복만흠   꿈이 뭔가 경고해준 게 아닐까요? 뒤를 좀 캐봐야겠어요.

복동희   (뒤따라 들어오며) 근데 시계 도둑은 안 잡아?

복만흠   (지금 그게 문제야?) 그냥 너 가져.

복동희　　(억울) 나 아니라니까아!

S#27—중학교 일각 D

작은 선물상자 포장을 풀면,
골드 컬러에 브라운 가죽 스트랩 손목시계가 나온다.
복만흠이 도둑맞은 바로 그 시계다.

혜림　　헤에에!! 복이나!! 뭐야 이거??

이나　　좀 있음 생일이잖아.

혜림　　돌았어? 무슨 생선을 명품을 줘?

이나　　중고야…

혜림　　내가 딱 이런 빈티지 시계 갖고 싶었거든!

　　　　　컬러도 딱 골드에 브라운 가죽 스트랩!

　　　　　대박! 개신기해! 어떻게 알았어? 나 아무한테도 말한 적 없
　　　　　는데?

이나　　(다 아는 방법이 있어…)

혜림　　(와락 안고)

이나　　(허그?! 어색해서 뻣뻣하게 몸이 굳지만 싫지는 않고)

혜림　　이렇게 마음 통하는 친구는 니가 처음이야!

이나　　…!

나는 진짜로 니가 처음인데…
혜림은 그렇게 친구가 많으면서 '처음'이라고 해줬다!

S#28—중학교 현관 D

저녁 무렵, 하교하는 이나와 혜림, 신발장에서 운동화 꺼낸다.

준우	(두 사람 옆을 스쳐 지나가며) 잘 가라!
혜림	빠이! 낼 봐!
이나	(준우를 볼 용기도 없어 고개 푹)
준우	(가려다 돌아보고) 야 복이나!
이나	(가슴이 철렁하는데)
준우	넌 왜 인사 안 해?
이나	…! (나한테 화 안 났어?) 아… 안… 녕…
준우	(아무렇지도 않게 씩 웃어주고 가면)
혜림	내가 준우한테 잘 말했어. 니가 표현이 좀 서툴러서 그렇다고.
이나	(그랬구나! 겨우 조금 마음이 놓이는) 고마워…
혜림	근데 너 운동화 이쁘다!
이나	(2부에서 다해가 골라준 운동화, 실내화 벗고 운동화 신는데)
혜림	있지… (뭔가 하고 싶은 말이 있는 표정인데)
이나	(안경 코 아래로 흘러내리고, 혜림 눈을 보면)
혜림E	빌려달라 그럼 좀 그렇겠지? 아직 그 정도로 친하진 않으니까…
이나	빌려줄까?
혜림	(화들짝) 아니야! 무슨! 난 그냥 이쁘다구! 아우! 뭐 그럼 그냥 한번 신어만 볼까? 근데 사이즈가… (발이 쑥 들어가는) 어? 딱 맞네?
이나	빌려줄게.
혜림	(헤…) 우리 진짜 마음이 통하나 봐!

이나   (혼자만 아는 비밀, 조용히 미소)

S#29—찜질방 밖 D

입구에 걸린 '휴무' 팻말.
엄순구, 불 꺼진 유리문 안을 기웃거리는데

엄순구   (띠리리! 핸드폰 벨 울리고, 전화 받는) 아 예, 오랜만이네요.
급하게 좀 알아볼 일이… 지금요? 네, 바로 가겠습니다.

엄순구가 가면, 유리문 안에서 스윽- 나타나는 노형태의 검은 그림자.

S#30—흥신소 D

'전직 수사기관 출신', '20년 경력 베테랑 탐정' 광고 걸렸고

엄순구   가볍게 한번 털어봐 주세요.
탐정   가볍게 밥 먹고 커피 홀짝거리는 건 털어봤자 별 소용없어
요. 모텔에 드나든다거나 차에서 뒤엉킨다거나 결정적인
장면으로 이쁘게 찍어드릴게.
엄순구   예? 거기까지 보고 싶지는…
탐정   아플수록 미련이 안 남아요. 위자료는 남고.
엄순구   예??
탐정   바람난 마누라, 아니에요?
엄순구   사돈 비슷하게 엮일 사이라 노름빛 같은 건 없는지 확인

차원에서. 마누라가 바람은 안 났는데 근심 걱정이 하도
과해서요.

탐정　　아… (흥미가 뚝 떨어진다)

엄순구　(흥신소까지는 역시 오버였다 싶어서) 됐습니다. (일어나고)

탐정　　백일홍… 가만 있어봐, 백일홍… 어서 들어봤는데…?

엄순구　(그냥 가려는데)

탐정　　(벌떡) 설마 그 백일홍??!!

엄순구　…?

S#31—복씨 저택 거실 D

밤새 잠을 설친 복만흠 소파에 턱을 괴고 눈 반쯤 감긴 채 몽롱한데,
딩-동 적막을 깨고 울리는 초인종소리.
허억! 소스라치는 복만흠.
인터폰을 확인하는 다해, 순식간에 굳는 얼굴. 예상치 못한 손님이다.

복만흠　(심상찮음을 느끼고) 누구…?

귀주　　(누구지? 2층에서 내려다보고)

다해　　(애써 당혹스러움을 감추는데)

S#32—흥신소 밖 D

황급히 밖으로 나오는 엄순구

엄순구　(핸드폰 얼굴에 대고) 여보여보! 놀라지 말고 들어요!

도다해가 엄마라고 부른다는 사람, 그 백일홍이 글쎄… 아
니 글쎄… 전과자래요…!!

S#33—복씨 저택 거실 D

복만흠 (하얗게 사색이 된 얼굴, 핸드폰 얼굴에 대고) 뭐라구요…?

엄순구 (흥신소 밖 Insert〉 여기 전직 형사님 말로는, 사기에 사채에,
특히 빌려준 돈 회수율이 높기로 유명했대요. 돈을 안 갚은
채무자는 아무도 없었대요. 안 갚은 사람은 다… 죽었거든…!

복만흠 ……! (핸드폰 얼굴에 댄 채 얼어붙었고)

엄순구E 여보? 듣고 있어요?

복만흠 지금… 같이 있어요… 우리 집에…

복만흠 맞은편에 떡하니 앉아 미소 짓는 백일홍.
느닷없이 들이닥친 불청객은 백일홍이었다.

엄순구 (흥신소 밖 Insert〉 그게 무슨…? 여보세요? 여보세요? (전
화 끊어졌다.)

핸드폰을 내려놓는 복만흠 손끝이 가늘게 떨린다.

백일홍 갑작스럽게 찾아와 놀라셨죠? 여사님하고 얘길 좀 나누고
싶어서. (귀주에게 자리를 좀 피해달라는 눈치)

귀주 (엄순구와의 통화 내용 모른 채로) 그럼 말씀 나누세요.
(복만흠이 붙잡을 새도 없이 2층으로 가고)

차를 내오는 다해, 찻잔 내려놓고 백일홍 옆에 앉으면

백일홍　아무래도 내가 한번 와봐야겠더라구요. 애가 신세를 지고
　　　　있다 그래서…

복만흠　신세는요, 우리가 여러모로 도움 받고 있습니다.

백일홍　우리 다해가 손은 야물죠. 다니던 스파에서도 그렇게 붙잡
　　　　았는데, 멀쩡하게 돈 잘 벌던 애가 결혼도 안 한 생판 남의
　　　　집에서 허드렛일이나 하고 있다니…

복만흠　(훅 들어온 선제공격에 살짝 당황) 전 도다해씨를 가족으로
　　　　생각하고…

백일홍　가족으로 생각한다는 말은 사장님이 직원들한테도 하는 말
　　　　인데요. 회사에선 따박따박 월급에 사대보험이라도 적용되
　　　　지, 우리 다해는 미래에 대한 보장이랄 게 전혀 없으니까…

다해　(조용히 말리는) 엄마…

복만흠　서류상 부부가 되는 걸 말씀하시나 보네요? 중요한 문제긴
　　　　하죠. (속이 빤히 보인다) 건물을 증여받으려면?

백일홍　건물이요?

복만흠　모르셨어요? 말씀이 하도 막힘이 없어서 우리 집에 대한
　　　　파악이 끝나신 줄 알았는데.

백일홍　무식한 때밀이지만 하는 일 성격상 주워듣는 정보가 제법
　　　　빠르긴 하죠. 근데 댁 담장이 워낙 높아서요. 이웃이랑 전
　　　　혀 왕래도 없이 집에만 틀어박혀 지내신다고. 집안에 황금
　　　　알을 낳는 두꺼비라도 숨겨놓으셨나?

복만흠　(우리 집안의 비밀을 눈치챘나? 경계하며) 거위겠죠.

백일홍　(예지몽을 꾼다고? 현실감 떨어지는 정신 나간 여자겠지!)
　　　　듣던 것보다 정신이 맑으시네. 불면증 때문에 사리분별이
　　　　흐리다 들었는데.

2층에서 조용히 엿듣고 있었던 귀주. 낮게 피식 웃는다.
두 여자의 기싸움이 흥미진진하다.

복만흠 소문은 소문일 뿐이죠.

백일홍 또 들리는 소문이 있던데, 이 댁 먼젓번 며느리 말이에요.

복만흠 (보면)

백일홍 좀 모질게 대했다던데… 죽기 전까지 이 집 사람으로 받아
          주지 않았다고… 이유를 여쭤봐도 될까요?

복만흠 …

귀주   …

다해   (백일홍에게) 그 얘긴 좀… (복만흠에게) 제가 사과드릴게요.
          죄송합니다.

백일홍 뭐 설마 우리 다해한테도 그러실까 싶지만서도… 얘가 워
          낙 착해빠져서요, 어디서 쓰레기 같은 것들한테 엮여서 두
          번이나 크게 상처를 받았는데, 세 번째마저 결혼을 한 것
          도 아니고 안 한 것도 아니고 어정쩡 시간만 끌다 상처만
          남고 끝난다? (목소리 착 깔고) 그 꼴은 절대 못 보지.

살기에 소름이 돋는 복만흠, 하지만 밀리지 않고 반격하는

복만흠 나도 소문을 하나 들었는데 근거 없는 소문은 아닌가 보네요.
          (똑바로 쏘아보며) 과거가 화려하시다고.

다해   (백일홍 과거를 알아…?!)

백일홍 (예상한 듯, 전혀 동요치 않는) 부끄러운 과거죠. 그래요, 나
          전과자예요.

귀주   (2층에서 듣다가, 전과자라고…?!)

복만흠 (과연 과거이기만 할까?)

254

백일홍   딸이 하나 있었는데 많이 아팠어요. 빵에 있느라 마지막까지 같이 못 있어 줬고… 피눈물 쏟으면서 깨끗하게 손 씻었어요. 세신을 업으로 삼은 것도 남의 몸 씻겨주며 죗값을 치르자는 뜻에서. 그렇게 번 돈으로 다해 같은 애들 딸 삼아서 돌봐주고 있습니다.

귀주   (2층에서 조용히 듣고)

복만흠   (여전히 석연치 않은데)

백일홍   인생이 재밌는 게 내가 또 뒤늦게 적성을 발견했네? 강남 바닥 사모님들 입소문을 좀 타서 우리 다해 기죽고 살게 안 할 만큼은 벌어요. 예단 혼수 섭섭지 않게 해드릴게요.

복만흠   (당신이 무슨 자격으로 이래? 대체 뭘 바라고?)
저엉말정말정말 엄마처럼 생각하시네요. 도다해씨한테 기대하는 바가 아주 크신가 봅니다?

백일홍   기대하는 건 하나예요. 그저 절차대로 결혼하는 거.
그래야 우리 다해가 복씨 집안에서 떳떳하게 제 몫을 해낼 테고요.

복만흠과 백일홍 팽팽하게 마주 보는 데서

S#34—복씨 저택 창가 D

몹시 심란한 얼굴로 창가에 서 있는 복만흠.
창문 밖으로 백일홍과 다해가 대문을 나서는 게 보인다.

귀주   두 분 말씀이 아주 잘 통하시던데.

복만흠   (찌릿 쏘아보고)

귀주	상견례까지 치렀고, 이제 혼인신고 하면 되겠네요. 그렇게 바라시던 대로.
복만흠	(끙… 지끈거리는 머리를 싸안고 돌아서고)
귀주	(역시 생각이 많아진다. 도다해를 믿어도 되는 걸까…?)

S#35—복씨 저택 밖 D

밖으로 나와 백일홍을 배웅하는 다해

다해	(목소리 낮추고) 사전에 상의도 없이 치고 들어와?
백일홍	이 집에서 나를 들추고 다니길래 선빵을 날리러 왔지. 엉터리 초능력가족이 재산 다 날려 먹기 전에 속도 좀 붙일 겸.
다해	(진짜 초능력가족이거든!) 거의 다 됐어.
백일홍	필살기는 날렸어? 화재에서 살아남은 여고생 생존자 카드.
다해	… (필살기는 이미 귀주의 명치에 꽂아뒀지만) 그거 하기 싫어.
백일홍	(이것 봐라?) 이 작품을 끝으로 좋게 헤어지자며?
다해	(이쪽으로 오는 이나를 발견하고 쉿!)

핸드폰 쳐다보며 실내화 신고 걸어오는 이나

다해	이나 왔구나? 어서와.
백일홍	니가 이나구나?
이나	(누구지? 어색하게 꾸벅 인사)
백일홍	나는 우리 이나 외할미 될 사람.
이나	…?!

백일홍　　(등 토닥이며 과하다 싶은 스킨십) 예뻐라! 할미가 용돈 좀
　　　　　　줄까?

이나　　　(불편하다. 꾸벅, 후다닥 집으로 들어가 버리고)

백일홍　　(다해에게 눈짓으로, 그만 들어가 봐)

S#36—복씨 저택 현관 D

안으로 들어와 실내화를 벗는 이나

다해　　　(뒤따라 들어와 신발 벗다가, 이나 실내화 보고) 운동화는 어
　　　　　　쩌고?

이나　　　(핸드폰 보는 척 눈 피하며) 갈아 신는 거 깜빡했어요. (도망
　　　　　　치듯 2층으로 올라가 버리고)

다해, 이나가 벗어둔 실내화가 신경이 쓰인다. 문득 떠오르는 기억

S#37—선재여고 현관 (13년 전) D

신발장에서 낡은 실내화를 꺼내는 다해(17세)
실내화를 뒤집으면 하얀 우유가 주르륵 쏟아진다.
키득키득 웃는 소리, 진동하는 우유 비린내…

S#38—복씨 저택 이나 방 (현재) D

이나 핸드폰에 띠링 알림 뜬다.
보면, 댄스 동아리 단톡방에 혜림이 이나를 초대했다.
준우가 환영하는 이모티콘으로 맞이한다.

이나 …!

이나, 수줍게 Hi 인사하는 귀여운 이모티콘 올리면
혜림, "내 생일날 놀이공원 갈 사람!"
OK! 좋아! 신난다! 이모티콘 줄줄이 올라오고,
혜림, "준우는?" 물으면
준우, 엉뚱하게 "이나는?" 그런다.
이나, 어쩌지? 가고 싶은데! 가도 되나?
이런 상황이 낯설어 뭐라고 대답할지 우물쭈물하는데

다해 (뒤에서) 이나야.
이나 (화들짝! 핸드폰 감추고)
다해 노크했는데 못 들었어? (폰 왜 감추지?)
이나 (핸드폰에서 띠링, 띠링, 메시지 알림 계속 올리고)
다해 누구야?
이나 (무슨 상관이냐는 표정)
다해 혹시 학교에서 무슨 일 있었어?

단톡방에 이나의 대답을 재촉하는 메시지 줄줄 올라오고,
"복씨 머하나?", "읽씹?", "개답답해!"

이나	(다해가 빨리 나가줬으면 좋겠다. 조바심에 앞머리 헝클며 넘기는데)
다해	(이나 이마의 흉터 언뜻 보이고) ! 다쳤어? (얼굴 가까이 들여다 보고)
이나	(손으로 가리는) 오래된 거예요.
다해E	(속마음) 왕따 당하는 거지?
이나	(코 밑으로 흘러내린 안경, 다해 속마음 읽은) 친구 있어요… 나도.
다해	어?
이나	친구랑 얘기 좀. (나가달라는 표정)
다해	어… 그래… (돌아서려다 멈칫)

Flashback Insert〉 3부 55씬

다해E	(이나 눈을 보고) 역시 니가 열쇠야…!
이나	(다해 눈을 보고) 500억짜리 건물을 여는 열쇠요?

현재〉

다해 등줄기에 한기가 돈다. 설마 마음을 읽나…?

다해E	(테스트 해보자! 속으로) 거미다! 엄청 큰 거미!
이나	(무반응)
다해E	(이래도? 속으로) 복이나 니 머리에 거미!!!
이나	? (이상한 눈으로 흘끗) 뭐해요?
다해	(독심술은 무슨, 아니구나 싶어서 피식…) 아냐, 아무것도. (나가고)

안경 고쳐 쓰는 이나, 단톡방에 OK 이모티콘 올린다.

이나	(거미…? 혹시나 싶어 머리 툭툭 털어보는 데서)

S#39—복스짐 N

그레이스에게 PT를 받는 남회원,
가슴운동 중 한쪽 어깨에 통증이 와서 멈추고

남회원1　자꾸 한쪽 어깨가 아픈데, 어떻게 바로잡죠?

그레이스　(대단한 비결이라도 가르쳐 주는 것처럼 새끼손가락 하나를 펼
　　　　　쳐 보이고) 아프지 않겠다고 약속해요.

남회원1　(어이없지만 그래도 그레이스가 귀여워서 픔 웃고, 새끼손가락
　　　　　건다) 어깨가 벌써 안 아프네! 하하하!

그레이스, 남회원1과 화기애애 웃다가 거울로 복동희와 눈이 마주친다.
복동희, 뭐 저따위 엉터리 트레이너가 다 있어? 하는 눈빛이다.
그러거나 말거나 어쩌라고? 하는 눈빛으로 되받는 그레이스.

S#40—복스짐 밖 N

그레이스 퇴근하고 나오는데

남회원1　(따라 나와서) 선생님, 술 한잔할래요?

그레이스　(돈 안 되는 남자랑 시간 낭비하기 싫은) 관리 중이라.

남회원1　운동했으니까 단백질 보충. 고기 먹어요.

그레이스　(내 타입도 아닌데 귀찮게)

남회원1　피티하는 셈 치고 회차 까든지. 3시간 놀고 3회 까지 뭐.
　　　　　(그레이스 허리에 슬쩍 팔 감는) 남은 회차가 12회 정도 되니
　　　　　까 내일 아침까지 다 까도 되고…

그레이스　(픽) 그렇게 오래 버티기나 하겠나? (허리에 감긴 팔 떼어내고 가려는데)

남회원1　뭐? (손목 붙잡고) 야! 솔직히 지가 무슨 트레이너라고! 운동하다 다치면 병원비가 더 들겠는데! 물어낼 거야?

그레이스　잡으면 어쩔 건데! 핑크 덤벨도 못 드는 게! (손목 확 뿌리치고)

남회원1　이게!!! (그레이스 뺨을 후려치려고 손이 확! 올라가는데)

그 손을 턱! 붙잡는 손… 복동희다.

남회원1　뭐야?

복동희　환불해 드릴게요.

그레이스　(보면)

복동희　운동에 집중 못하고 노골적으로 가슴 엉덩이만 쳐다보시던데, 그러다 진짜 다칠까 봐 걱정돼서.

남회원1　(손목 뿌리치며) 아 보라고 들이대니까…

복동희　시설물의 하자나 노후가 아니라 회원님의 부주의로 일어난 안전사고는 회원님에게 책임이 있어요. PT 회원권은 양도 시 양도수료 20만 원, 해지 시 10% 중도해지 수수료 발생합니다. 참, 부가세는 별도.

남회원1　허… 참나… (분하고 쪽팔려 도망치듯 가버리고)

그레이스　(고맙다고 고개 인사…)

복동희　(무심하게 돌아서는데)

그레이스　언니야! 고기 먹을래요?

복동희　안 먹어. (단호하게 돌아서는데)

S#41—고깃집 N

지글지글 고기가 익는 불판 앞에 복동희 앉았다.
푸짐하게 쌈 싸서, 보는 사람도 식욕이 돌 만큼 맛있게 먹는다.

그레이스　(이렇게 잘 먹을 거면서… 피식, 술 따라주고)

복동희　(술로 입가심하고) 그레이스도 공부 좀 해. 자기 일에 책임감
　　　　　없어?

그레이스　본업은 따로 있어요. 연기 쪽.

복동희　배우?

그레이스　근데 자꾸 몸 쓰는 일만 하게 되네요. 이렇게 생기면 주연
　　　　　은 못한대요. 몸뚱이에 진정성이 없다나? 나도 사랑할 줄
　　　　　아는데.

복동희　(너도 사는 게 쉽지만은 않구나) 사람들이 껍데기밖에 못 본
　　　　　다. 내 동생놈도 그래. 착한 척하는 말간 얼굴에 속아서 결
　　　　　혼까지 해버릴 건가 봐.

그레이스　(모르는 척) 사장님 결혼해요?

복동희　돈 보고 달려든 거야. 벌써 쥐새끼처럼 살금살금 갉아먹기
　　　　　시작했다니까!

그레이스　(도다해가 혼자 몰래 뭘 꿀꺽했나?) 뭘… 살금살금 먹었는데?

복동희　우리 엄마 시계. 가족들이 날 의심하잖아 어이없게!

그레이스　(도다해가 그랬을 것 같진 않은데?) 에이 설마, 뭐 급하다고 짜
　　　　　치게 시계에 손을 댔겠어요? 결혼만 하면 500억 건물을
　　　　　통째로 먹는데.

복동희　…? 500억… 어떻게 알아…?

그레이스　! (순간 당황했다가 얼른) 센터 건물 시세가 그 정도 하잖아
　　　　　요, 사장님 어머니가 건물주시고. 센터 사람들 다 아는데?

복동희   (그런가…?)

그레이스   (술 따라주며 말 돌리는) 나랑 PT 할래요? 마침 PT 자리 하
         나 비었는데.

복동희   (미심쩍은) 근데… 나한테 너무 다가온다?

그레이스   먹고 사느라. (짠! 건배하고 술 마신다)

복동희   (뭔가 찜찜하지만, 술 마시며 일단 넘어가는)

S#42—복씨 저택 다이닝룸 안/밖 N

복만흠, 수심이 짙은 얼굴로 수저를 내려놓으면,
엄순구, 손도 대지 않은 음식 그릇들을 치운다.

다해   (차를 내오는) 차라도 좀 드세요.

복만흠   (무심코 찻잔에 손 뻗었다가, 멈칫) 이런 것도 내성이 생기나?
         어째 도다해씨가 끓여준 차도 더 이상 효과가 없더라고.
         (찻잔 밀어내는)

다해   (식어버린 복만흠의 태도를 느끼고)

엄순구   (그릇 치우며 눈치)

집에 돌아온 복동희

복동희   나 왔어요. (대충 얼굴만 비추고 자기 방으로 가려는데)

복만흠   좀 앉아라. (다해에게는) 올라가서 좀 쉬어요.

복동희   ? (들어오고)

다해   (나가면)

복만흠   문 닫아.

263

복동희   (분위기가 쎄하네…? 다해 힐끗, 문 닫는다)

다해 태연한 척 돌아섰지만 무슨 대화가 오갈지 신경이 쏠린다.
문에 바짝 귀를 대는데, 그런 다해를 저만치서 싸늘하게 쳐다보는 귀주.

다해   (귀주의 따가운 시선을 알아채고 움찔)
귀주   (눈짓으로 '얘기 좀')

S#43—복씨 저택 다이닝룸 N

복동희   전과자???
엄순구   (쉿!) 개과천선 했다잖아.
복동희   우리 가족 다 죽어 나가는 꼴을 보시려고? 어떻게 범죄자
를 집에 끌어들였어??
엄순구   명확하게 하자. 도다해가 범죄자는 아니지.
복동희   어쨌든! 만만한 천애 고아 줄 알았는데 무서운 사람이 뒤
를 봐주고 있었던 거잖아. 당장 내보내자!
복만흠   (머리가 지끈거리는) 그치만, 꿈에 분명히 봤단 말이야…
복동희   도다해가 우리 집안 반지 낀 거? (반짝!) 시계처럼 반지도
훔친 거면?
만흠/순구 (훔쳐? 보면)
복동희   엄마가 꾼 예지몽은, 도다해가 우리 집안 사람이 되는 미래
를 보여준 게 아니라! 도다해가 도둑이다! 경고를 해준 거지!
엄순구   (그럴 사람은 아닌데… 그래도 여전히 다해를 믿어주고 싶은 마
음이고)
복만흠   (가슴 덜컥! 말이 안 되는 건 아니다…!)

S#44—복씨 저택 2층 테라스 N

귀주 나 아니죠?

다해 네?

귀주 13년 전 화재에서 도다해를 구한 사람.

다해 왜 아니라고 생각해요?

귀주 그날은, 이나가 태어난 날이었어요.

다해 …! (보면)

귀주 내가 도다해를 구하려면 이나가 태어난 시간으로 가야 하
는데, 아무리 눈을 감고 떠올려도 안 돌아가져요.
내가 도다해를 구했다는 게, 사실이에요?

다해 (대답 회피하는) 구할 거니까 구한다, 사랑할 거니까 사랑한
다, 그거 아니라면서요. 중요한 건 지금이잖아요.
지금, 복귀주는 나를 어떻게 생각하는데요?

귀주 또 대답을 피하네? 그날 그 시간이 나한테 어떤 시간이었
는지 모르죠? 그 시간이 나한테서 뭘 뺏어 갔는지, 그 시
간에서 내가 누군가를 구하는 게 어떤 의민지.

다해 (그날 동료 소방관이 순직한 건 알지만… 내가 모르는 뭔가가 더
있나?)

귀주 얼마나 구하고 싶었는데, 얼마나 오래 그 시간에 붙잡혀
있었는데! 결국 아무도 못 구했어요. 간절히 구하고 싶었던
사람은 단 한 사람도…! 그런데 딱 한 사람, 내가 구할 수
있는데… (보며) 그게 왜 도다해일까…?

다해 그건… 사랑…이니까…?

귀주 (냉정히 자르는) 거짓말이면 거짓말이라고 차라리 솔직히
말해줘요!

다해 의심스럽긴 하겠네. 복귀주가 구할 수 있는 유일한 사람이

왜 하필 겨우, 나 같은 사람인지…?

귀주　…

다해　구해줄 가치가 없는 것 같아요? 엄마가 전과자라?
그럼 구하지 마요. (돌아서서 가려는데)

귀주　(붙잡아 세우고) 자꾸 피하지 마요! 공원에서도 일부러 피했지?
당신 도대체 뭐냐고! 어째서 하필 도다해냐고…!!!

다해　(버럭) 나도 몰라요! 나라고 어떻게 알아요! 나도 안 믿기는
데!! 귀주씨가 과거로 돌아간다는 게, 돌아가서 날 구할 거라
는 게! 나는 뭐 믿어지는 줄 알아요? 나도 못 믿겠…!!!

눈 감는 귀주. 순식간에 사라져버린다!

다해　(눈앞에서 귀주가 사라지다니!) 못 믿… 겠…

S#45—공원 (타임슬립/21씬 연결) D

귀주 눈을 뜨면, 흑백의 공원.

귀주E　이때도 대답을 회피했지. 분명히 뭔가 감추고 있는 거야.

나뭇가지 너머로 과거의 귀주와 다해가 보인다.
그런데 제삼자의 시점에서 보니, 기억하고 있던 과거와는 조금 다르다.
"같이 걸으니까 좋다. 그죠?" 다해가 살갑게 말을 붙이는데도
대꾸도 없이 성큼성큼 앞질러 걸어가 버리는 과거의 귀주.
귀주의 보폭을 맞추느라 종종거리며 따라가는 다해가 안쓰러워 보인다.
"그럼 지금 이건 데이트네요? 순서대로?"

다해가 살며시 팔짱을 끼는데, 팔을 빼버리며 무안까지 준다.

돌이켜 보니 참 매정하고 배려심 없는 나였다.

나무를 사이에 두고, 더 가까이 다가가 본다.

귀주 뺨 찰싹! 때리는 다해.

반대 방향으로 서로 등 돌린 채 성큼성큼 가버리는 두 사람.

귀주는 뒤도 돌아보지 않고 쌀쌀맞게 가버리는데,

다해 슬쩍 멈춰서 귀주 뒷모습을 바라본다.

혼자 남겨진 다해의 어두운 얼굴을 뒤늦게 보게 된다.

무언가 숨긴다기보다는 슬픔과 두려움에 짓눌린 것 같은 얼굴이다.

귀주E　　그때 일을 떠올리는 것만으로도 고통스러웠던 건가…?

다해, 풀린 운동화 끈 너풀거리는 걸 보고 한숨…

잠시 걸터앉을 곳을 찾아 운동화 끈 묶으려고 허리를 숙이는데,

가까이 다가오는 누군가, 타임슬립한 귀주다.

다해　　　간 줄 알았는데…

귀주　　　(조금은 미안한 마음으로 말없이 바라보고)

다해　　　(미묘하게 달라진 분위기를 느끼고, 의아하게 갸웃…)

다해E　　지금, 복귀주는 나를 어떻게 생각하는데요?

귀주　　　(다해 앞에 무릎 꿇더니, 풀린 운동화 끈을 묶어준다.)

다해　　　…!

S#46—복씨 저택 2층 테라스 (현재) N

귀주 눈을 뜨고 현재로 돌아오면,

그 자리에서 그대로 기다리고 있었던 다해

다해	(믿기지 않는, 혼란스러워 횡설수설) 어디 갔다 온 거예요? 또 나한테…? 뭐 봤어요? 나… 내가… 뭐 하고 있었는데요? 언제로…?
귀주	(조금 누그러든 눈빛으로 가만히 보기만 하면)
다해	알았어요 그런데… 13년 전 그날… 그 시간은… 나한테도 쉽지 않았어요…
귀주	알아요… 나도 이제 안다고…
다해	…?
귀주	(이 여자가 좋아져 버렸다…! 괴롭고 혼란스러운 얼굴에서)

S#47—복씨 저택 손님방 N

다해, 가방 깊숙이 넣어둔 작은 주머니를 꺼낸다.
뜻 모를 눈빛으로 비밀스럽게 내려다보는 데서.

S#48—복씨 저택 현관 D

다음날, 집을 나서려고 운동화 신는 다해.
귀주가 끈을 묶어줬던 운동화에 잠시 시선을 두는데

복동희	신발 끈 단단히 묶어야 할 텐데.
다해	(돌아보면)
복동희	도망치려는 거면.

다해	(도망?) 제가 왜요?
복동희	(다해 손에 든 쇼핑백 흘끗, 이번에야말로 덜미를 잡겠다는 듯 쇼핑백 낚아채듯 안을 들여다보는데, 실내화가 들었고)
다해	이나가 실내화를 두고 가서 가져다주려고요.
복동희	(흥)
다해	(실내화 들고 돌아서고)

S#49—복씨 저택 귀주 방 D

엄순구	(똑똑, 들여다보는) 도다해씨가 안 보인다? 어디 갔니?
귀주	(내심 신경이 쓰이면서도, 그러거나 말거나 관심 없는 척)
엄순구	(낮은 한숨…) 나도 그 엄마라는 여자 정체 알고 첨엔 많이 놀랐는데, 곰곰이 생각하니까 그래도 착하게 살려고 노력하는 사람이잖아. 과거를 바꿀 순 없지만, 현재에서 새롭게 뭐라도 시도하는 거. (힐끗) 누구보다 낫지 않니?
귀주	(나 들으라는 소리라는 걸 안다.)
엄순구	솔직히 너도 도다해 믿고 싶지?
귀주	…
엄순구	도다해, 구하고 싶지?
귀주	…
엄순구	뭐가 두려워서 망설이는 거야?
귀주	이번에도 내가 다 망쳐버리면…?
엄순구	내가 장담하는데 넌 틀림없이! 또 망쳐버릴 거야.
귀주	(응?) 예?
엄순구	하지만! 도다해와의 과거는 돌이키는 게 가능하잖니.

귀주	…! (보면)
엄순구	돌아가서 되돌리면 돼. 뒤늦게라도 사과하고. 잘못을 바로잡고.

Flashback Insert⟩ 45씬
타임슬립한 귀주, 다해 운동화 끈을 묶어주던

엄순구	그러니까 도다해랑은 마음껏 망치고 바보짓 해도 돼 얼마든지. 돌이키고, 고치고, 그렇게 사랑하면 돼…!
귀주	…! 그치만… 이나와의 시간도 되찾지 못했는데… 어떻게 도다해를…
엄순구	도다해가 너를 이나한테로 데려가 줄 수도 있지.

엄순구, 방구석 어딘가에 처박혀 있던 귀주 핸드폰을 찾아내고

엄순구	(핸드폰 귀주에게 건네며) 도다해한테 가봐. (하는데, 귀주가 없다.) 응…?? (고개 확확, 금방 어디로 사라졌지?)

S#50—복씨 저택 귀주 방 밖 (타임슬립) N

과거로 타임슬립해 있는 귀주,
다해와 입 맞추던 과거의 자신을 바라본다. (1씬)
다시 사랑할 수 있을까…? 사랑해도 될까…?
아니, 역시 안 되겠어…! 떨쳐내듯 확! 돌아서고,
과거의 키스를 뒤로한 채 복도를 따라 성큼성큼 걷는다.
그러다, 뭘 봤는지 갑자기 걸음을 멈춘 귀주.

아래층에서 흑백의 이나가 금고방으로 살금살금 들어가는 게 보인다.

귀주   …?!

S#51—복씨 저택 금고방 (타임슬립) N

귀주 금고방으로 들어와서 보면,
이나가 복만흠의 손목시계를 얼른 주머니에 쑤셔 넣고 있다.
시계를 훔친 진범은 이나였다…!

귀주   복이나…! 너였어…?
이나   (누가 봤을까 초조하게 두리번)
귀주   이런 짓을 왜 해? 갖고 싶은 게 있으면 말을 하지! 아니, 너
            이런 거 관심도 없으면서 왜…
이나   (혼잣말 중얼) 맘에 들어야 할 텐데…
귀주   ! 너 혹시 나쁜 애들한테…? 그런 일 당하면서 아무 말도
            안 한 거야? 왜 아빠한테 말을 안 해 왜…!!! (이나를 붙잡지만
            잡을 수 없고)
이나   (귀주를 보지도, 듣지도 못한 채, 가버린다)
귀주   …

S#52—중학교 현관 D

실내화를 들고 서 있는 다해.
내가 왜 여기서 이러고 있는지 모르겠네… 하는 얼굴로 핸드폰 본다.

271

"실내화 가져왔어. 잠깐 내려올 수 있어?" 메시지에 이나는 대답이 없다.

다해	몇 반인지도 모르는데… (지나가는 학생 붙잡고) 저기, 혹시 복이나라는 친구 알아?
학생2	아니요. (지나가고)
다해	(다른 학생에게) 1학년 복이나 아는 사람?
학생3	복이나? 모르겠는데요. (저만치 친구들에게) 니네 복이나 알아?

학생들 다 그런 애는 모른다고 고개를 젓는데

학생1	복이나? 혜림이 시녀?
다해	(시녀…??)
학생1	(다해 눈치 힐끔 보고, 휙 가버리고)

그때 마침, 운동장 쪽에서 걸어오는 이나와 혜림

| 이나 | (실내화 들고 서 있는 다해 보고) 어? |
| 다해 | 이나야! |

이나, 실내화를 가져와 준 다해가 고마우면서도
누가 이렇게 챙겨준 적이 없어 낯설고 어색하다.

| 이나 | 안 갖다 줘도 되는데… |

다해 눈에 혜림의 명찰이 들어온다. '고혜림'

학생1E   복이나? 혜림이 시녀?

다해, 혜림을 유심히 보면, 이나 운동화를 신고 있다!
게다가 손목에 찬 명품시계까지…!

혜림   (싹싹하게 인사) 안녕하세요! 니네 엄마야? 되게 예쁘시다!
이나   엄마 아냐.
혜림   그럼?
이나   …
혜림   (누구지? 왜 소개를 안 해줘?)
다해   이나야, 잠깐 애기 좀 할래?

S#53—중학교 교정 일각 D

다해   방금 그 친구 때문이지? 고혜림.
이나   ?
다해   할머니 시계 훔친 거.
이나   ! 아니에요.
다해   운동화도 뺏겼잖아. 너 도와주려는 거야.
이나   뭘 안다고.
다해   그럼 아빠랑 얘기할래?
이나   (다급히) 말하지 마요!
다해   니가 어떤 상황인지 아빠가 알아야…
이나   (낮게) 말하면 아줌마 사기꾼인 것도 다 말할 거야!
다해   ! 뭐…?
이나   결혼하면, 아줌마가 법정 대리인이 되려는 거잖아요.

273

다해   !!! (당황한 표정 감춰지지 않고) 누가 그래? 누가 그런!

이나   나만 알아요… 아직까지는.

다해   (이 꼬맹이가 어떻게 알았지?? 언제부터 알았지??)

이나   그동안은 재밌을 것 같아서 입 다물고 있었어요.
초능력에 목매는 할머니 골탕도 좀 먹었으면 좋겠고,
사기꾼 구경할 기회도 흔치 않고, 구경하다 보니 좀 안됐기
도 했고.

다해   뭐…?

이나   (안경을 벗고) 두 번 결혼했다 그랬죠? 그것도 사기였어요?

다해   (당황해 흔들리는 눈동자)

이나   (다해 눈을 똑바로 보고 속마음을 읽어내는)
첫 번째 결혼은 남자랑 눈이 맞아서 딸까지 버린 엄마에
대한 복수였고, 두 번째 결혼은 술에 절어서 딸을 방치한 아
빠에 대한 복수?

다해   (온몸에 소름이 촥!) 너… 뭐야…?

이나   그런데 세 번째 결혼은 쉽지가 않나 봐요? 자꾸 진심이 돼
버려서.

다해   ……!!!

그 누구에게도, 심지어 사기패밀리 멤버들에게조차 털어놓은 적 없
었던 깊은 속마음까지 꿰뚫어 보는 이나 눈동자!

다해   너… 어떻게 한 거야… 이나 너… 너…!!!

이나   아줌마가 입 다물면, 나도 계속 입 다물게요.

다해   그동안… 능력을… 숨겼던 거야……???

이나   (코에 검지 대고 쉿…! 안경 쓰고 돌아서면)

다해   (그 자리에 돌처럼 굳어버린)

S#54—중학교 교문 D

경비실에서 방문자 기록을 작성하는 귀주. '용무' 란에 '담임선생님 상담' 쓰는데 바로 윗칸에 '도다해' 이름과 '실내화 가져다주러' 보인다.

귀주   …!

S#55—중학교 교정 일각 D

겁에 질려 떨리는 목소리로 통화 중인 다해

다해   엄마는 내 말 안 믿어도 삼촌은 믿어줘야 돼…!
복씨 집안 사람들… 함부로 건드리면 안 되는 사람들을 건드린 거야…!! 다 들켰어… 다 보고 있어… 언제 어디서 무슨 짓을 하든… 과거, 미래… 심지어 아무도 모르는 속마음까지… 훤히 다 들여다본다고…!!!

교무실로 가던 귀주, 멀리서 다해를 발견한다.

귀주   도다해씨?
다해   (또 어떻게 알고 날 찾았지?! 겁에 질려 달아나버리고)
귀주   도다해씨! (쫓아가는) 잠깐만! 어디 가요! 도다해! 도다해!!

S#56—중학교 교정, 창고 안/밖 D

다해, 귀주를 피해 문이 열려 있던 창고에 몸을 숨긴다.

(축구공, 농구공, 매트, 뜀틀 등이 보관된 창고, 안쪽에 체육교사 보이고)

귀주, 다해가 창고로 들어가는 걸 보지 못하고 지나쳐 버리고

S#57—중학교 교정 D

엉뚱한 곳에서 두리번거리며 다해를 찾는 귀주

S#58—중학교 창고 D

다해, 귀주가 완전히 가버리길 숨죽이고 기다리는데,

창고 안쪽에서 축구공 등 물품을 챙겨서 나가는 체육교사, 핸드폰 귀에 대고 "저녁 같이 먹을 거지? 어어 그래, 나도 거기 좋아하지." 통화에 정신 팔려 다해를 보지 못한 채 창고 문에 빗장을 건다.

철컹…! 소리에 가슴이 철렁하는 다해.

밖에 아직 귀주가 있을까 봐 큰 소리도 못 내고 조심스럽게 문을 열어보려 하지만 열리지 않는 문…!

다해   (핸드폰 귀에 대고) 삼촌, 나 좀 데리러 와줄 수 있어? 여기 복이나 다니는 학교… 삼촌? 여보세요? (아무 반응 없는 핸드폰 보면, 배터리 아웃)

S#59—찜질방 일각 D

노형태   (끊어진 핸드폰, 다해한테 무슨 일이 생겼나 싶어 벌떡! 일어나는데)

백일홍   (옆에서 조용히 듣고 있었던, 가만히 노형태를 저지하는) 가만.

노형태   ? (보면)

백일홍   (서늘하게) 놔둬 봐.

S#60—중학교 창고 D

다해   (문 두드리며) 여기요!! 사람 있어요!! 문 좀 열어주세요!!!

아무리 외쳐도, 근처를 지나가는 사람 하나 없다.
두드리고 흔들어도 꼼짝도 않는 문. 주저앉는 다해. 시야 흐릿해지고…

S#61—선재여고 5층 복도 (13년 전) D

고등학생 다해, 복도를 걷는다.

여학생1   (맞은편에서 무리 서넛을 거느리고 걸어오는) 아 심심해!

다해   (여학생1과 어깨 툭 부딪히고)

여학생1   (오버해서) 아!!!

다해   미안. (가려는데)

여학생1   (척 어깨동무) 심심한데 재밌는 놀이 하자.

다해   (위험을 직감하고 벗어나려 하지만)

여학생1   (어깨동무하고 다해 끌고 가는) 이리 와봐.

무리　　　(뭔지 몰라도 재밌겠다! 우르르 다해를 몰고 가는)

S#62—선재여고 5층 창고 (13년 전) D

여학생1, 창문 없는 비좁은 창고에 다해를 밀어 넣는다.

다해　　　뭐하는 거야?

여학생1　일종의 숨바꼭질? 선생이든 애들이든 누군가 니가 없어진
　　　　　　걸 알아채고 "도다해 어디 있어?" 하고 찾으면, 게임오버.
　　　　　　그럼 니가 이기는 거고, 풀어줄게.

여학생2　아무도 안 찾으면?

여학생1　게임은 끝나지 않는 거지… 영원히!

무리　　　(키득키득)

다해　　　(도망치려는데)

무리　　　(창고 안으로 밀치고)

여학생1　이 세상 사람 전부다 슬랜데, 그래도 한 사람쯤은 널 찾지
　　　　　　않겠어?

문 쿵! 다해를 가두고 밖에서 빗장을 걸어버린다.

다해　　　(어둑한 창고에 갇혀버린, 잠긴 문 두드리며) 열어! 열어!!!

S#63—선재여고 교실 (13년 전) D

수업종이 울리고, 선생이 권태로운 얼굴로 교실로 들어온다.

다해 책상이 비어있는데, 신경도 안 쓰고 수업을 시작한다.

여학생1, 무리와 눈을 마주치며 키득…

S#64—선재여고 5층 창고 (13년 전) D

다해, 체념한 듯 웅크리고 앉아 있는데

밖에서 따르르르르르르르릉!!!! 요란하게 울리는 화재경보!

다해   ……?! (겁에 질려 문 두드리며) 밖에 누구 없어요??

            여기요!! 문 좀 열어주세요!! 여기 사람 있어요!!

Insert〉 검은 연기를 내뿜는 학교

학생들 코와 입을 가리고 정신없이 대피하는 아비규환,

다해가 갇힌 창고 문이 덜컹덜컹 흔들리지만, 아무도 알아채지 못한다.

창고 안〉

다해 문을 두드리고 몸을 부딪치며

문 좀 열어달라고, 살려달라고, 여기 사람이 있다고 부르짖는다.

서서히 문틈으로 스며들어오는 검은 연기!

쿨럭쿨럭, 문에 매달리다 힘없이 주저앉는 다해

연기 들이마셔 의식이 흐려지는데…

다해Na   아무도 나를 찾지 않았다. 마지막까지 나는 혼자였다.

            어쩌면 나한테 가장 어울리는 마지막이라고 생각했는데…

철컹! 빗장이 풀린다.

굳게 닫혔던 창고 문이 천천히 열리고,
다해에게 다가오는 한 남자의 실루엣……!

S#65—중학교 창고 (현재) D

(앞씬 연결) 서서히 드러나는 남자의 얼굴은, 귀주다.

다해   ……!
귀주   (다해 상태를 알아채고) 도다해!
다해   (가쁜 호흡) 날… 어떻게 찾았어요…?
귀주   (부축해 안고) 숨 쉬어요!
다해   아무도 날 안 찾았는데… 아무도 안 오는 줄 알았는데…
         그때도 이렇게 갇혀있었어요… 불이 났는데… 이렇게 창
         고에…
귀주   …!

Flashback Insert〉 3부 9씬, 13년 전 선재여고

여학생1   (정반장에게 울먹이며 매달리던) 아저씨! 5층 창고에도 사람
           있어요! 아저씨! 제발요!
정반장   (불길에 휩싸인 건물로 뛰어 들어갔던)

현재〉

귀주   (떨리는) 5층 창고…?
다해   (끄덕) 어떻게 알아요…?

귀주 왈칵 뜨거운 것이 목구멍으로 솟구친다.
정반장이 목숨을 걸고 구하려 했던 사람이 도다해였다…!

귀주 아무래도 그게 나여야 할 것 같은데… 도다해를 구한 사람.
다해 (보면)
귀주 (힘주어 똑바로 바라보는) 내가 구할게요…!
다해 (너무도 진심인 귀주 눈빛에 덜컹) …!
다해Na 그 순간 말도 안 되는 욕심이 슬그머니 고개를 들었다.

Insert〉
짧게 지나가는 기억의 조각.
13년 전, 의식이 흐린 다해를 등에 업는 남자,
그 남자의 목 뒷덜미에는 붉은 반점이 있었는데…

다해Na 나를 구해준 사람이…

현재〉
하지만, 귀주의 뒷덜미에는 붉은 반점이 없다…!

다해Na 정말로 이 남자라면 좋겠다고…

서로를 바라보는 두 사람 모습에서.

— 5부 끝 —

6부

히어로는
아닙니다만

S#1—선재여고 화재 현장 (13년 전) D

헉… 헉… 숨 가쁘게 달리는 누군가의 그림자.
불길에 휩싸인 학교를 향해 뛰는 모습이 파편처럼 잠시 보였다 사라
지고

귀주E   얼마나 닿고 싶었는지 모릅니다.

연기 자욱한 계단을 두세 개씩 뛰어 올라가고

귀주E   셀 수 없이 빌고 또 빌었어요.

5층 창고 문에 걸려있던 걸쇠를 풀고

귀주E   그 시간 어딘가에 닿게 해달라고

창고 문이 열리면 바닥에 웅크린 다해가 보인다.

귀주E   그 시간 누군가에게

의식이 흐린 다해에게 뻗는 누군가의 손

귀주E   제발 내가 닿게 해달라고

다해를 부축해 들쳐업는

귀주E   구하게 해달라고…!

S#2—중학교 창고 (5부 65씬 연결) D

귀주   (힘주어 똑바로 바라보는) 내가 구할게요…!

다해   (너무도 진심인 귀주 눈빛에 덜컹)

귀주   그게 정말 내가 맞는지 의심하고 확인하려고 했던 건, 실
은 그만큼 나한테도 절실해서였어요, 죽도록 구하고 싶었
으니까!

다해   (귀주의 간절함이 느껴지고)

귀주   어떻게든 그 시간에서 도다해 찾을게요. 찾아서 구할게요…!

귀주가 마침내 운명을 받아들이고 각성하는 순간인데,
그런 귀주를 바라보는 다해는 마음이 복잡해진다.
나한테 속아서 나를 구하겠다는 이 남자를 어쩌면 좋지…?

S#3—중학교 창고 밖 D

다해를 부축해 밖으로 나오는 귀주

다해   (부축하는 귀주에게서 벗어나며) 이제 괜찮아요.

귀주 핸드폰 진동 울려서 보면 '담임선생님' 전화다.

귀주   (한쪽에 다해 앉히며) 잠깐 앉아있어요.
(외투를 벗어 다해 어깨에 걸쳐주는)

다해   (귀주의 온기가 밴 외투가 무겁게만 느껴지고)

몇 걸음 떨어져 전화 받는 귀주

귀주   예 선생님… 기다리시게 해서 죄송합니다. 갑자기 사정이
        좀… 아 예, 학교에 와 있습니다. 지금 가겠습니다. 예. (전
        화 끊고) 여기서 좀 기다릴래요? 이나 담임선생님을 만나기
        로… (돌아보는데)

다해가 없다. 귀주가 벗어준 외투만 덩그러니.

귀주   …?!

S#4—찜질방 불가마 D

심각한 얼굴로 골똘히 생각에 잠긴 노형태, 말없이 땀만 뚝뚝 흘린다.

다해   듣고 있어?
노형태 (끄덕)
다해   내 말 믿어?
노형태 (끄덕)
다해   못 믿는 거지?
노형태 (끄…덕)
다해   (미쳐!) 내가 없는 말 지어내?
노형태 (응 너 사기꾼이야) 그것도 아주 잘.
다해   (아…) 이번엔 달라. 상대는 초능력가족이야.
노형태 (심각하게 보더니) 진심인가?
다해   그렇다니까! '진짜' 초능력가족!

노형태	(고개 젓는다. 아니, 그거 말고) 그놈한테 진짜냐고.
다해	?! (갑자기 허를 찔린) 무슨…?
노형태	초능력 그런 건 난 모르겠고. 어쨌든 그놈이 속았는데, 속 아서 구해준다는데, 뭐가 문제지?
다해	들키는 건 시간문제니까! 초능력으로 다 꿰뚫어 보는데!
노형태	들키기 싫은가? 그래서 멈추려는 건가?
	(다해 눈 빤히 보며) 그놈한테 진심이라서… 아닌가?
다해	(말문이 막히는데)

불가마로 들어오는 백일홍

다해	(낮은 목소리로 노형태 입 막는) 쓸데없는 소리 하지 마!
백일홍	(다 들었으면서) 무슨 일 있었니?
다해	다 틀렸어. 엄마가 들쑤신 다음부터 복여사님이 태도를 싹 바꿨거든.
백일홍	(내 탓이다?) 그래서?
다해	그 집엔 더 있어봤자 길이 안 보여. 내가 알아서 할 테니까 엄만 나서지 말고 가만있어.
백일홍	(꿰뚫듯 빤히 보고만 있고)
다해	(눈을 피하지 않고 맞서면)
노형태	(심상치 않은 분위기에) 아 그러니까 작전상 후퇴라는 거지?
다해	(본심을 감춘 채, 끄덕…)
백일홍	그렇구나. (일단 물러나는 데서)

S#5—귀주 차 D

생각에 잠겨 운전하는 귀주.
이나를 태우고 집으로 돌아가는 길이다. 숨 막히는 정적이 흐르는
차 안.

귀주   이나야.

이나   (뒷좌석에서 아무런 대꾸도 없는) …

귀주, 운전하며 룸미러에 비친 이나와 눈을 맞추려고 하면,
이나, 눈을 피해 룸미러 밖으로 획 빠져나가 버린다.

귀주   (낮게 한숨)

김선생E   오해가 있었던 것 같습니다.

S#6—중학교 상담실 (Flashback) D

귀주와 마주 앉은 김선생

김선생   생일선물이었대요.

귀주   (생일선물?)

김선생   혜림이라는 친군데 걱정하시는 그런 친구는 아니고, 오히
려 이나를 많이 챙겨준다고 하네요. 같이 동아리 하자고
손도 내밀어주고요.

귀주   무슨 동아리를…?

김선생   댄스 동아리요.

귀주	(이나가???) 댄…스…?
김선생	모르셨어요? 평소 댁에서 대화가 좀 없는 편인가요?
귀주	(딸을 너무 몰랐다는 죄책감, 정곡을 찔려 당황) 아… 뭐…

S#7—귀주 차 (다시 현재) D

귀주	얘기 좀 해야 될 것 같은데…
이나	…
귀주	선생님한테 한 말 말고… 더 할 얘기 없어?
이나	…

이나 고집스럽게 핸드폰만 들여다보는데,
핸드폰에 혜림이 보낸 sns 메시지.
"쌤이 나더러 너 삥뜯냐 그러더라?ㅠㅠ", "우리 우정 학폭임?ㅠㅠ"
이나 답장 보낸다. "미안해", "아빠 때문에"
대화를 거부한 채 핸드폰만 톡톡 두드리는 손가락.
귀주 안 되겠다 싶어 비상등 켜고 길옆에 차를 세운다.

귀주	(이번 일은 그냥 넘어갈 수 없다! 진지하게 대화를 시도하는) 복이나. 이번만큼은 얘기 좀 하자. 그래도 아빤데…
이나	(눈 핸드폰에 둔 채 겨우 입 떼는) 이제 와서 무슨 얘기요? 무작정 학교까지 찾아와서 다 질러놓고.
귀주	아니, 나는… 그래도… 니가… (걱정돼서)
이나	하긴 뭐, 처음부터 나는 무작정 생겨버린 애였으니까.
귀주	…!
이나	아줌마는요? 아까 학교 왔던데.

귀주	(보면)
이나	아줌마랑 얘기할래요. (다시 폰에 얼굴 파묻으면)
귀주	(처음 해보는 아빠 노릇이 쉽지 않다)

S#8—복씨 저택 2층 복도/손님방 N

2층 복도를 서성거리며 다해를 기다리는 귀주.
다해에게 전화를 걸지만 받지 않는다.
"어디에요?", "무슨 일 있어요?", "도다해씨?"
메시지 확인도 안 한 상태.
손님방 문을 열고 들여다보면 주인 없는 빈 방.
단출하게 정돈된 다해 물건들 보인다.

귀주	(뭐지? 왜 갑자기?)

S#9—찜질방 D

여자탈의실에서 백일홍이 커다란 자루를 끌고 나온다.
사용한 젖은 수건들이 산더미처럼 들어 묵직한 자루.

백일홍	(자루를 끌다가 시큰한 손목) 아이고 손목이야…

자루를 붙잡는 손. 귀주다.

귀주	어디로 옮기면 됩니까?

백일홍	… (냉랭) 용건.
귀주	도다해씨 여기 있나 해서요…
백일홍	내 과거 때문에 다해까지 상처받는 일은 없었음 했는데…
	도둑으로 몰아?
귀주	그게…
백일홍	(자루 뺏는) 놔. 다해도 놔두고.
귀주	주세요, 제가… (마음이 앞서 번쩍 드는데)

그런데 생각보다 무겁다! 어어! 하다가 자루 놓쳐버리고
젖은 수건들 우르르 쏟아지고 만다.

귀주	(쩔쩔매며 쏟아진 수건 주워 담는) 죄송합니다.
백일홍	형태야 여기 치워라! (여자탈의실로 휑하니 들어가 버리고)

성큼성큼 다가오는 커다란 그림자.
한 손으로 가볍게 자루 들어 올리는 노형태.
남자탈의실에서 꺼내온 수건 자루까지 양손에 든다.

귀주	…
노형태	나가.
귀주	(욱!) 뭔데 매번 나가라 마라! (슬쩍) …찜질복 입으면 됩니까?

S#10—찜질방 밖 D

결국 쫓겨난 귀주. 핸드폰 붙잡고 찜질방 근처를 서성인다.
다해 여전히 전화도 받지 않고 메시지에도 답이 없다.

노형태   (낮게) 거기.

귀주   (보면)

노형태   (까딱 고갯짓으로 부르고는 뒷골목으로 사라진다)

귀주   (뭐지?)

S#11—찜질방 밖 뒷골목 D

으슥한 뒷골목. 귀주 약간 주저하며 발을 들인다.
골목 안쪽에서 꾸물거리지 말라는 듯 또 까딱 고갯짓하는 노형태.

귀주   (경계하며 천천히 다가가는) 뭡니까?

노형태   (손을 들면)

귀주   (때리려고?? 본능적으로 가드 올리는데)

노형태   (손을 들어 어딘가를 가리킨다)

귀주   ? (가드 든 채, 가리킨 곳 보면)

찜질방 주방으로 통하는 뒷문이다.
주방에서 음식물쓰레기를 들고 나오는 다해.

다해   귀주씨?

귀주   …! (가드 내리고, 헛기침 흠)

S#12—공원 D

이번엔 다해가 빠른 걸음으로 성큼성큼 앞서 걷고,

귀주가 다해의 안색을 살피며 뒤따른다.

귀주   (벤치 가리키며) 좀 앉을래요? (벤치로 가는데)

다해   (무시하고 지나쳐 걸어가고)

귀주   …? (달라진 다해의 온도를 느끼고) 아직 마음이 안 풀린 거예요?
(다해를 따라잡고) 의심했던 거 사과할게요. 내가 미안해요.

다해   (귀주를 지나쳐서 계속 걷고)

귀주   (등에 대고) 시계 도둑, 이나였어요.

다해   (알았구나…! 걸음 멈추면)

귀주   친구 문제 같아요. 생일선물이었다는데, 강요한 게 아니라
면 왜 그런 짓까지 했는지 좀 걸려요.

다해   (역시 걸리는 게 있는데)

귀주   이나랑 얘기 좀 해줄래요?

다해   … (돌아보더니) 귀주씨가 해요. 귀주씨 딸이잖아요.

귀주   갑자기 왜…?

다해   여기까지만 하죠.

귀주   …! (보면)

다해   나도 모르는 내 미래를 다른 사람이 먼저 본다는 것도 불
쾌하고, 지금 내 앞에 있는 복귀주 말고 또 다른 복귀주가
어디서 불쑥 나타날지, 잊고 싶은 내 과거까지 들여다보는
건 아닌지 불안하고.

귀주   …

다해   솔직히 좀 버거워요. 그 집에서 일어나는 일들.
사람이 공중에 뜨고, 눈앞에서 갑자기 나타났다 사라졌다,
게다가 이나까지…! (순간 입 다물고)

귀주   이나요…?

다해   (암튼) 나는 평범한 사람이에요, 아니 평범에도 못 미치는

귀주	사람. 초능력가족이 될 자신이 없어요.
귀주	혼란스럽다는 거 이해해요. 근데, 초능력 돌아오게 한 거 본인인데. 그 초능력으로 내가 도다해씨 구할 거고.
다해	날 구한다고요? 좀 이상하지 않아요?
	나는 여기 이렇게 멀쩡하게 살아있는데? 뭘 구한다는 거 예요?
귀주	그건… 그러네요… 그치만… (난 이제 막 진심이 됐는데)
다해	내가 잘못 생각한 것 같아요. 나 구해준 사람, 복귀주 아니 에요. 이나가 태어난 시간으로 돌아가지도 못한다면서요. 그게 증거죠.
귀주	(말문이 막히고)
다해	내 짐 좀 보내줄래요? 가족분들께는 대신 인사 좀 부탁드 려요. 예의는 아니지만 이렇게밖에 안 되겠네요. (단호히 돌 아서서 가버린다)
귀주	(정말 끝낼 생각인가…?!)

S#13—복씨 저택 거실 N

수면 부족으로 퀭한 복만흠,
유령처럼 거실을 서성이는데 울리는 핸드폰.

복만흠	(소스라쳐) 여보세요?
복동희E	(큰일이라도 난 듯) 엄마엄마! 귀주가 이상해!
복만흠	(심장이 철렁!) 무슨 일인데! 귀주가 왜!

S#14—복스짐 N

복동희   (복만흠과 통화) 아니, 귀주가 글쎄…

이른 새벽 아무도 없는 어둑한 헬스장,
안쪽 구석 러닝머신 위에서 달리는 귀주 보인다.
우울하게 늘어져 있던 지난날과는 달라진 모습.

복동희   운동을 해!

S#15—복씨 저택 거실 N

복만흠   (폰 귀에 대고, 응…?)

S#16—복스짐 N

복동희   (전화 끊고, 귀주에게 다가가서) 몸 관리해서 둘째라도 가려
          고? 기어코 이 건물을 먹겠다는 거지?

동희에게 들킨 게 머쓱한지 귀주 러닝머신 멈추고 가버리고,
동희 러닝머신에 올라가 뛰기 시작한다.
질 수 없다! 삑삑삑 속도 올려 달리는.

S#17—복씨 저택 귀주 방 D

무거운 암막 커튼을 확 걷어내면 밝은 빛이 쏟아져 들어온다.
커튼 걷어낸 귀주, 팔 걷어붙이고 구석구석 청소하기 시작한다.

엄순구 (문 열고 들여다보는) 이 방이 이렇게 채광이 좋았나? (햇살
        에 눈이 부신)
귀주   (침대 밑에 굴러다니던 술병들까지 싹 끄집어내는)
엄순구 (달라진 모습에 휘둥그레)

S#18—복씨 저택 주방 D

교복 입고 주방으로 들어오는 이나, 귀신이라도 마주친 듯 흠칫!
귀주가 앞치마 두르고 요리를 하고 있다!

귀주   (겸연쩍어서 괜히) 도다해씨가 집을 비우는 바람에 어쩔 수
        없이 대충… 좀 먹든지…

이나 앞으로 슥 접시 내놓으면,
계란후라이, 우유, 사과 정도 간단한 음식들이지만 정성껏 차렸다.

이나   (무섭게 왜 저래?) 늦었어요. (가버리고)
귀주   … (주방 한쪽에 다해가 불을 다룰 때 쓰던 집게 놓였다. 보는 데서)

S#19—찜질방 주방 D

불 꺼진 가스레인지에 찬물 담긴 냄비가 덩그러니 놓였고,
그 옆에서 생라면 오독오독 맛없게 씹는 다해.

S#20—찜질방 뒷골목 D

뒷문을 기웃거리는 귀주.
문에 얼굴을 가까이 대고 안쪽 기색 살피는데,
안에서 누군가 문을 확 밀고 나온다. 그 바람에 문에 얼굴 부딪치고

다해   (커다란 쓰레기봉투 들고 나오는) ! 여기서 뭐 해요?

귀주   (얼얼한 얼굴, 아무렇지도 않은 척) 이리 줘요! (쓰레기봉투 받
으려는데)

다해   (그대로 지나쳐 쓰레기 모아둔 곳에 쓰레기봉투 버리고)

귀주   (주변을 어색하게 맴돌며, 쓰레기봉투 쌓인 틈에 버려진 테니스
연습용 리턴볼 줍고) 누가 이런 걸 버렸나? (괜히 공 팅팅 튕기
며) 멀쩡한데?

다해   (차갑게) 내 물건은요?

귀주   (집게 내미는)

다해   …! (내심 고마운 마음을 감추고) 이게 다예요?

귀주   저기, 도다해씨… 잠깐 시간 있… (어요? 하려는데)

다해   (집게만 받고 문 쿵 닫고 들어가 버리는)

귀주   (닫힌 문에 대고) …없구나.

S#21—찜질방 주방 D

안으로 들어오는 다해,
귀주가 가져다준 집게를 내려다보며 낮은 한숨.

S#22—찜질방 D

세탁한 수건을 개는 다해와 백일홍.
백일홍 시큰한 손목을 쥐고 아이고… 하는데,
쓰윽 파스를 내미는 귀주. 찜질복까지 입었다.

다해　　…?!
백일홍　　나한테 잘해봤자 소용 있나. (시큰둥 파스 들고 슬쩍 일어나고)

슥 자리를 비켜주는 백일홍, 속으로 계산이 서 있는 얼굴이다.
다해가 진심이 됐다면 그 진심조차 이용하겠다는 속셈.

다해　　(백일홍에게 본심을 들킬까 초조한, 낮은 목소리로) 가요. 허락
　　　　도 없이 들락거리지 말고.
귀주　　(옆에 앉아서 수건을 개면서 혼잣말인 것처럼) 자기는 뭐 나한
　　　　테 허락받았나? 갑자기 나타나서 멋대로 내 미래에 숟가락
　　　　얹었으면서?
다해　　(허! 수건 뺏고) 가요, 가요 쫌!
귀주　　아 알았어요, 알았어… (가는 것 같더니)

귀주 구석에 놓여있던 대걸레를 집더니, 찜질방 바닥을 닦기 시작한다.

귀주　누가 이렇게 땀을 흘렸나? 이거 위험하게.

다해　(이 남자가 왜 이러나??)

바닥을 열심히 문질러 닦는 귀주.

지나가는 아줌마 손님들에게 땀 닦을 수건도 나눠준다.

"바닥이 미끄럽거든요. 조심하세요."

다해　(낮게) 어떻게 해야 여기서 나갈 거예요?

귀주　(걸레질 계속하면서) 같이 나가든가.

다해　(미치겠네!)

귀주　나 말고도 기다리는 사람 있는데.

다해　(보면)

S#23—학원 밖 N

학원에서 쏟아져 나오는 아이들, 핸드폰 보면서 나오는 이나.

다해　복이나.

이나　(보면)

S#24—카페 N

학원 근처 카페에 마주 앉은 다해와 이나.

이나　아줌마죠?

다해	(찻잔 들고) …
이나	아빠한테 쓸데없는 소리했죠?
다해	(말없이 차만 마시는) …
이나	아줌마 사기꾼인 것도 다 까야겠네?
다해	(태연히 찻잔 내려놓는) …
이나	(계속 아무런 대꾸도 없자) 아줌마?
다해	말 안 해도 다 들리는 거 아니었어?
이나	(누가 들었을까 괜히 두리번)
다해	아, 알았어. 비밀이랬지? 너만 들리게. (말없이 쳐다보다가) 들었지?
이나	아니요.
다해	못 들었어? (양쪽 관자놀이에 검지 찌르고 텔레파시 보내는) 됐지?
이나	(끙) 안경 쓰면 안 들려요.
다해	(안경? 미심쩍은)
이나	안경 벗고 가까이 눈 맞춰야 들려요. 고도근시라.
다해	(한계가 꽤 있네? 그렇다면 조금 안심) 그게 정말이야…?
이나	아빠한테 뭐라고 말했어요?
다해	난 아무 말도 안 했어.
이나	(상체를 앞으로 기울이며 슥 안경 벗으면)
다해	(흠칫!) 야 너 무슨! 허, 그래, 읽어보든가, 못 믿겠으면!
이나	(도로 안경 쓰고) 그럼 왜 학교까지 찾아와서 그 난리를 친 건데요?
다해	초능력 없어도 알겠는데. 너 잘못될까 봐 걱정하는 거잖아.
이나	…
다해	고혜림이라는 친구 말이야…
이나	혜림인 잘못 없어요. 나 혼자 그런 거예요.

다해	맞춰주려고 너무 무리하고 있는 건 아니고?
이나	… (잠시) 그런 거 아니에요.
다해	(그럼 다행이고… 차 마시고) 다른 사람 마음을 읽은 건 언제 부터였어?
이나	좀 됐어요.
다해	왜 숨겼어?
이나	(얼굴 굳는) …
다해	(상처라도 있었던 건가?)
이나	(더 묻지 말라는 듯 말 돌리는) 집에는 언제 올 거예요?
다해	무슨 수로 사기를 치라고. 다 읽히는데.
이나	계획은 좀 수정해요. 법정대리인 그런 건 실현 가능성이 떨어지고 차라리 초능력을 잘 굴려보는 게 어때요? 서커스단 만들면 대박이겠는데.
다해	(어이없는) 고맙네. 니네 가족 등쳐먹을 조언도 해주고.
이나	대신 비밀 지켜요.
다해	언제까지 숨기려고? 마음을 읽는다는 게 무서웠겠지. 듣고 싶지 않은 것까지 들렸을 테니까. 근데 그렇게 혼자 억누르면 니가 더 힘들 텐데…
이나	(자르고) 내 마음을 되게 잘 아나 봐요. (상체를 앞으로 기울이며 슥 안경 벗) 나도 좀 알고 싶네?
다해	(흠칫! 눈 가리고) 아니, 야… 알았어, 미안, 아는 척해서 미안하다고!
이나	(도로 안경 쓰고) 그럼 집에서 봐요, 사기꾼 아줌마. (간다)
다해	(허… 저 꼬맹이를 어쩌면 좋나…)

S#25—카페 근처 길가/귀주 차 안 N

카페 근처에 차를 세워두고 기다리고 있었던 귀주.
다해와 차 안에서 이야기 나누는 중이다.

다해   학폭은 아닌 것 같아요. 좀 지켜봐요.

귀주   아무래도 이나답지가 않아서… 댄스 동아리도 그렇고…
           시계도…

다해   처음으로 친구가 생겨서 잘해주고 싶었나 봐요. 자기 생일
           엔 마음껏 축하받아 보지도 못했을 테니까. 마음이 앞서서
           실수할 수도 있죠. 이제 겨우 중학교 1학년 어린앤데.

귀주   …! (그 생각까지는 못했다)

다해   이제 됐죠? 그럼 가볼게요. (차에서 내리려는)

귀주   (붙잡고) 같이 집에 가요.

다해   딱 한 번만 도와주기로 한 거잖아요.

귀주   이나가 시계 훔친 것도 실은 덕분에 알았어요.
           우리가 같이 있었던 시간에서… 거기서 이나를 봤어요.

다해   언제요?

귀주   (쑥스러운 헛기침) 그것까진 알 필요 없고.

다해   ??

귀주   내 말은, 도다해가 날 이나한테로 데려가 준 거라고.
           이나가 태어난 시간으로도 갈 수 있을 거예요. 도다해씨가
           도와주면.

다해   … (보다가) 이나 좀 잘 봐요.
           시계를 훔친 건 눈에 보이는 작은 문제일 뿐인지도 몰라요.

귀주   (눈에 보이지 않는 더 큰 문제가 있다는 건가…?)

다해   옆에서 봐줄 사람은 내가 아니라 아빠고.

귀주	아빠는… 어떻게 하는 건지…
다해	나도 모르죠. 아빠다운 아빠를 가져본 적 없어서. (차에서 내리고)
귀주	(얼른 따라 내리는) 도다해씨!
다해	난 그냥, 우리 아빠가 좀 행복했으면 했어요.
귀주	(행복?)
다해	(돌아서서 간다)
귀주	(다해 뒷모습에 대고) 해볼게요! …행복.
다해	(등 보인 채 걷고)
귀주	이나가 태어난 시간 되찾을 거예요! 찾아서 도다해 구할 겁니다!
다해	(돌아보지 않고 걸으며, 낮은 한숨…)

S#26—복씨 저택 거실 N

이른 새벽, 귀주 운동복 차림으로 집을 나선다.
우울증을 극복하고 능력을 되찾아야 할 분명한 동기가 생겼다.
주방에서 우유를 가지고 나오던 엄순구가 그 모습을 본다.
'저 녀석…!'

S#27—복씨 저택 안방 N

밤새 한숨도 못 잔 복만흠, 핏발 선 눈으로 침대에 앉았고

| 엄순구 | (우유 가지고 들어오며) 귀주 녀석 오늘도 새벽부터 운동을 |

가네요. 우울증이 낫고 있어요. 도다해씨 덕분에.

(우유 건네며) 당신도 마음 푹 놓고 잠을 좀 청해 봐요.

복만흠　(귀주의 변화가 반가운 한편 복잡한 머릿속, 우유를 입에 대는데)

엄순구　도다해씨는 찜질방 일을 돕느라 바쁜가 봐요.

복만흠　('찜질방' 듣기만 해도 속이 울렁거리는) 속셈이 탄로 난 것 같
　　　　으니 내뺀 거겠죠. (우유 내려놓는) 냄새가 역하네.

엄순구　이럴 때 도다해씨가 만든 차를 마셔야 하는데… 도다해씨
　　　　가 안 들어온 뒤로 쭉 못 잤죠?

복만흠　못 잔 건 그 찜질방 전과자 양반이 다녀간 뒤로예요!

엄순구　나라도 가서 슬쩍 한번 들여다보고 올까요?

복만흠　그냥 둬요. 어떻게 내보내나 골치 아팠는데 잘됐지 뭐.
　　　　(침대에 눕고, 지나가는 말처럼 툭) 동희한테 한번 들여다보라
　　　　고 하든가.

엄순구　(조용히 피식, 그래도 다해한테 마음이 쓰이나 보지?)

S#28—찜질방 여탕 D

때를 밀려는 여자들의 사물함 열쇠 줄줄이 줄섰고

백일홍　(맨 앞에 놓인 열쇠 집고, 다음 차례 부르는) 팔십팔 번!

줄이 줄어들 틈도 없이 연달아 사물함 열쇠 가져다 놓는 여자들.
백일홍의 베드에 누웠다 일어나는 여자 만족스러운 얼굴이다.
돈통에 끊임없이 쌓이는 현금.
수건을 뒤집어쓰고 안경으로 얼굴을 가린 복동희, 안경에 서린 김을
손가락으로 쓱 닦아내며, 현찰을 긁어모으는 백일홍을 몰래 염탐하고

복동희E　꽤 번다는 게 거짓말은 아니었네?

백일홍, 실은 동희가 염탐 온 걸 진작 인지하고 있다.
흘끗 시선 줬다가 모르는 척 태연하게 베드에 물을 촥촥 끼얹는다.

그레이스　(옷 입고 들어온, 쭉 줄 선 열쇠들 보고) 뭔데? 오늘따라 손님
　　　　　　복 터졌네?
복동희　?! (익숙한 목소리톤에 보는데, 안경에 서린 김 때문에 흐릿하게
　　　　　　보이는 그레이스 뒷모습)
백일홍　(동희를 눈으로 가리키며, 입 다물라고 눈치 주는데)
그레이스　(못 알아먹고) 안 그래도 손목도 시원찮은데, 도다리는 뭐
　　　　　　한다고 죽치고 시간만 끌고, 이래 가지고 호강은커녕 땟국
　　　　　　물에 팅팅 불어 돌아가시겠다!
복동희　(안경에 서린 김을 쓱 닦아내며) 그레이스…???
그레이스　(등 뒤에서 들리는 동희 목소리에 흠칫!)
복동희　그레이스!! 너 맞지??
그레이스　(달아나고)
복동희　(뒤쫓는데)
백일홍　(동희 앞을 슥 가로막는) 팔십팔 번 손님?
복동희　?! 아니… 방금 아는 사람을 본 것 같은데… 그레이스… 맞
　　　　　　죠…?

대답 없이 빤히 동희를 응시하는 백일홍.
동희를 세워놓고 주위를 천천히 한 바퀴 돌기 시작한다.

복동희　(겁에 질려 흠칫 얼어붙고) 무, 무슨…?
백일홍　(동희 몸을 매섭게 아래위로 훑으며 한 바퀴 쓱 돌더니) 원래

왼손잡인데 연습해서 오른손으로 바꿨지?

복동희   네? 네…

백일홍   종아리에 쥐 자주 날 거야. 특히 왼쪽.

복동희   아… 네에…

백일홍   어깨 불균형, 골반도 틀어졌고, 이러니 림프가 꽉 막히지.

복동희   그걸… 다… 어떻게…?

백일홍   누워봐. 딱 3킬로 빼드릴게.

거부할 수 없이 베드로 이끌려 눕혀지는 동희.
무방비 상태로 백일홍에게 몸을 맡긴 채 눈 질끈! 발가락에 힘 꽉!
그런데…
꽉 오므렸던 발가락이 스르르 펴진다.
꽉 쥔 주먹도 스르르, 깊게 패였던 미간 주름도 스르르…
두려움에 질끈 감았던 눈을 조심스레 떠본다.
뭐지…? 하늘을 나는 이 느낌은………???

S#29—찜질방 밖 D

노형태가 여자들에게 돈봉투를 나눠주고 있다.
백일홍에게 때 밀고 마사지 받았던 여자들 신나서 돈봉투 받아 가면서
"공짜로 때도 밀고 용돈도 벌고!", "꿀알바네!", "다음에 또 불러줘요."

S#30—찜질방 여자탈의실 D

마사지 마친 후, 옷을 입고 거울 앞에 선 동희.

복동희   (헐렁헐렁해진 바지, 턱선이 살아난 거울 속 자신을 보며)
날아갈 것 같아…!

백일홍   (거울 한쪽에 슥 나타나며) 좀 시원하셨을라나?

복동희   (적진에서 너무 방심했다!) 아, 네… 카드로 해도 될까요? (신
용카드 주고)

백일홍   이런 덴 현금이 기본인데. (신용카드 도로 내밀며) 그냥 가세
요. 가서… 어머니께 전해요. 정식 절차 없인 우리 다해 다
신 그 집에 안 보낸다고.

복동희   !! (내가 누군지 알고 있었어??)

백일홍   (신용카드 돌려주며 톡톡 두드리면 떡하니 영문 이름 "Bok
Dong hee")

복동희   (아…!)

S#31—복씨 저택 거실 D

복만흠, 엄순구, 귀주 소파에 앉았고

복동희   (서서 열변 토하는) 거기서 내가 누굴 봤는지 알아?? 그레
이스!!

만흠/순구   (그게 누군데?)

복동희   최근에 뽑은 복스짐 트레이너! 도다해가 나타난 시기랑 딱
겹쳐!

귀주   찜질방에 찜질하러 갔겠지. 그게 뭐.

복동희   도다리가 어쩌고 떠들어댔거든! 도다리가 누구겠어? 그것
들 죄다 한 패였다고! 지한씨 병원에 나타난 것도 우연이
아니었던 거지! 퍼즐이 딱딱 맞아떨어져! 나한테 건물 뺏

308

길까 봐 지한씨 꼬셔서 호텔에 간 거야!

엄순구   ?! 조원장 바람났냐??

복만흠   그놈 주머니에 들어간 돈이 얼만데!

복동희   아니, 지한씨도 당한 거라니까! 그레이스 그게 작정하고 덤 빈 거라고, 내 결혼을 막으려고!

귀주   그렇게 믿고 싶은 거 아니고? 찜질방에서 본 게 그레이스 가 확실해?

복동희   확실해! (조금 찔리는) 목소리는…

복만흠   (부쩍 더 퀭해진 얼굴로) 너무 섣불리 도다해를 믿어버렸 나…?

귀주   꿈에서 봤다면서요. 우리 가족이 잃어버린 걸 되찾아줄 구 원자. 웬만해선 꿈에서 본 걸 뒤집는 분이 아닌데.

복만흠   (틀린 걸 인정하기 괴롭지만) 꿈이 너무 흐릿해서… 이번엔 내가 틀렸어.

귀주   안 틀렸어요. 어머니가 맞았다는 걸 인정하는 게 나도 썩 유쾌하지는 않지만.

동희/만흠   (뭔 소리야? 보면)

귀주 눈을 감고 순식간에 사라져버린다.

복만흠   !!!!!!

복동희   능력이…?!

엄순구   (흐뭇)

잠시 후 다시 돌아오는 귀주. 조용히 눈을 뜬다.

복만흠   귀주야…!!!

복동희	야, 너, 어떻게 된 거야? 언제부터야?
엄순구	도다해를 만나고부터.
복만흠	당신은 알고 있었어요??
복동희	방금 어디 갔다 온 건데?? 언제로??
귀주	도다해.
만흠/동희	(보면)
귀주	도다해와 함께였던 시간으로만 돌아갈 수 있어요.
	어머니가 도다해 꿈만 꾸는 것처럼.
복만흠	……!!!
복동희	그걸 왜 이제 말하는데? (엄순구에게) 아빠 왜 알면서 숨겼
	는데?
엄순구	그건… 귀주가 과거로 돌아가는 게 다가 아니라… (귀주 보면)
귀주	(거기까진 말하지 말라는 눈짓)
복만흠	? 말해봐. 뭔데.
엄순구	우리 가족 모두에게 변화가 일어나길 기다리고 있었던 거죠.
	그러고 보니 동희 너도 좀 핼쑥해졌다?
복동희	이건 내가 쏟은 피땀의 결과물이고! 도다해는 닭가슴살
	1그램도 보태준 거 없거든요?
엄순구	(복만흠에게) 이나한테도 뭔가 변화가 시작됐는지도 몰라요.
복만흠	(이나한테도…?!)

S#32—놀이공원 일각 D

귀여운 캐릭터 머리띠 하나씩 쓰고 사진 찍는 댄스부 아이들.
그런 게 쑥스러운 이나 조금 떨어져서 보고만 있다.
혜림이 준우와 얼굴 가까이 대고 셀카 찍으려는데

준우   (혜림에게서 떨어지며) 복이나 뭐해? 같이 찍자.

혜림   (둘이 찍고 싶었지만…) 그래! 이나야, 같이 찍자!

이나를 가운데 두고 셀카 찍는 세 사람.
이나 쑥스럽지만 기쁘다.

S#33—놀이공원 매점 D

댄스부 아이들 매점에서 솜사탕, 츄러스 등을 사먹는 중.
이나 혼자 멍하게 어딘가를 보고 있다.
엄마 아빠 손 붙잡고 솜사탕 먹으며 행복하게 웃는 어린아이.
여섯 살 생일에 끝내 가지 못한 동물원이 떠오르고…
부럽기도 하고 슬프기도 한 멍한 이나 눈앞에 솜사탕 내밀어지는.

이나   ? (보면)

준우   (불쑥 솜사탕 건네고 간다)

이나   아… 왜… (조그맣게) 고마… 워… (준우는 벌써 저만치 가버
           렸고)

혜림   (다가와서 이나한테만 살짝) 이나야, 애들 모르게 준우만 회
           전목마로 데리고 와줄래? (속닥) 나 준우한테 고백할 거야!

이나   아… 응…

S#34—놀이공원 회전목마 D

혜림이 오기를 기다리는 이나, 준우

준우	회전목마 타자며? 누구 기다려?
이나	혜림이가 너한테 할 말 있대.
준우	너는? 넌 나한테 뭐 할 말 없어?
이나	어…? (눈 피하며) 왜… 나한테… 친절해…?
준우	몰라서 물어?
이나	난… 너한테… 편의점에서…
준우	재수 없다 그런 거? (웃어주는) 진심 아닌 거 알아. 눈 보면 알지.
이나	?! (너도?) 혹시… 조상님 중에 복씨 성을 가진 분이 계셔?
준우	(갸웃) 뭔 소리야?
이나	너도 눈 보면 마음이 들려?
준우	너도 내 눈 보면 알잖아.
이나	어…?
준우	너 좋아하는 거.
이나	어……???

이나 안경에 초롱초롱 반사되는 회전목마 조명.
알록달록 반짝이며 빙글빙글…
그리고…
조금 떨어진 곳에서 이나와 준우를 보는 혜림…!
배신감에 하얗게 굳어버린 모습에서

S#35—찜질방 뒷골목 D

탕! 탕! 라켓에 맞아 날아갔다가 돌아오는 리턴볼.
귀주 혼자 테니스 연습을 하고 있다.

다해	(장을 봐서 돌아오는 길에 귀주를 발견하고 멈칫!) 귀주씨?
귀주	(힐끗, 태연하게 라켓 휘두르며) 왔어요?
다해	(이 남자 테니스 라켓까지 챙겨 왔다!) 운동… 해요?
귀주	(라켓 멈추지 않고) 이 정도는 운동도 아니고, 그냥 몸이나 좀 푸는 거죠. 헬스장은 답답해서… (대수롭지 않게) 뭐 운동을 시작하긴 했어요, 요즘 내가… 예전의 몸을 되찾으려면 아직 멀었지만… (힐끗 돌아보는데, 다해 벌써 안으로 들어가 버렸고) …없네.

다해가 들어간 주방 뒷문 삐그덕…

S#36—찜질방 주방 D

장바구니에서 미역 꺼내는 다해

귀주	(뒷문으로 슬그머니 들어온) 미역국 끓이는 것 좀 가르쳐줄래요?
다해	(하… 이 남자 진짜 말 안 듣네!)
귀주	내년 이나 생일엔 내가 직접 미역국을 끓여줘 볼까 싶은데.
다해	(귀주를 억지로 밀어내며) 엄마 보기 전에 가요! (낮은 목소리로) 엄마, 귀주씨가 생각하는 것보다 무서운… (사람이에요!)
백일홍	(주방으로 들어오는) 나 말이니?
다해	(흠칫!)
백일홍	(작은 부엌칼 슥 집더니, 귀주를 향해 칼 훅!)
귀주/다해	…!

백일홍   (칼 휙 뒤집어 칼자루를 귀주 쪽으로)

귀주   …?

커다란 고무통에 산더미처럼 담긴 마늘.
귀주 그 앞에 쪼그리고 앉아 칼로 마늘 깐다.

백일홍   미역국을 끓이려면 기본부터 배우라고.

S#37—찜질방 밖 D

찜질방 문 앞에 서 있는 복만흠과 엄순구

복만흠   (불면증에 완전히 피폐해진 얼굴) 수렁에 스스로 발을 딛는
건 아닌지…

엄순구   도다해만 생각합시다. 복씨 집안을 일으켜줄 사람인 건 분
명하잖아요. 내가 앞장설게요. 당신은 아무 말 말고 내 뒤에
만 있어요. (양손에 묵직한 선물 꾸러미 들고 듬직하게 앞장서고)

복만흠   (내키지 않는 걸음을 겨우 옮기면)

S#38—찜질방 식당 D

식당으로 들어오는 복만흠, 엄순구.
백일홍이 식탁에 밥상을 차리는 중이다.

엄순구   안녕하십니까. 귀주 아비 되는 사람입니다. (복만흠 쿡 찌르면)

복만흠　(마지못해 자존심 꺾고 꾸벅)

백일홍　(도도, 뻣뻣하게 고개만 까딱)

엄순구　지난번엔 제가 집을 비웠을 때 오셨더라고요. 가장으로서, 정
　　　　　식으로 인사도 나누고 싶고 해서. (선물 꾸러미를 내려놓으면)

백일홍　(흥) 중요한 건 마음이죠. 마음에도 없는 걸음을 하셨나 여
　　　　　사님은 영 똥 씹은 얼굴이셔? (이죽거리면)

엄순구　오해 마세요. 이 사람이 잠을 통 못 자서…

복만흠　(억지미소 지으려고 안간힘)

엄순구　도다해씨는…?

백일홍　따님께 똑똑히 전하랬는데? 정식 절차 밟기 전엔 우리 다
　　　　　해 못 보신다고.

엄순구　(받은 대로 돌려주는) 중요한 건 마음이죠? 둘이서 마음이
　　　　　통한 걸 우리가 떼어놓을 수도 없는 노릇이고…

백일홍　그건 그래요. 떼어놓을래도 참 끈질기게 들러붙더라고, 댁
　　　　　의 아드님.

만흠/순구　…?

백일홍 주방으로 통하는 문을 열어젖히면,
귀주가 주방 바닥에 쪼그리고 마늘을 까고 있다!
산더미 같은 마늘에 눈이 매워 처량하게 훌쩍거리는데,
반면 멀쩡하게 내다보는 다해.

엄순구　?!

복만흠　귀주 너…?!

귀주/다해　!

복만흠　(가벼운 어지럼증을 느끼며 비틀)

엄순구　(붙잡고) 여보!

귀주/다해 (주방에서 뛰어나오고)

백일홍 안으로!

S#39—찜질방 수면실 D

어둑한 수면실로 복만흠을 부축해 데려오는 귀주와 엄순구.
백일홍, 귀주에게 나가 있으라고 눈짓하고 문을 닫는다.

엄순구 (음침한 방안을 돌아보며 겁에 질려) 이런 음습한 곳엘 왜…

백일홍 이런 데서라도 눈 좀 붙여야지 안 그럼 땅 파고 드러누우
시겠는데.

복만흠 (누가 썼을지 모를 체취가 뒤섞인 베개, 이불, 매트 등 불쾌하고)

엄순구 배려는 고맙지만 집사람이 잠자리를 가려서요. (복만흠 데
리고 가려는데)

백일홍 (난 아쉬울 것 없다) 가는 길에 아드님 꼭 챙겨가시고.

복만흠 (엄순구 손을 가만히 물리치더니) 혼인신고…

백일홍 (보면)

복만흠 하려구요.

백일홍 이제야 입을 여시네. 복씨 집안 가장께서.

엄순구 (긁적)

복만흠 벌써 도장도 다 찍어놨고요.

백일홍 (서늘한 포커페이스로 빤히 바라보고)

복만흠 (패색이 짙은 얼굴이지만 꼿꼿하게 마주 보면)

백일홍 (복만흠 세워놓고 아래위로 훑으며 천천히 한 바퀴 돌기 시작하
는 데서)

S#40—찜질방 D

수면실 밖에서 기다리는 다해, 귀주.
다해, 어째 일이 점점 더 꼬이는 것 같은데…

백일홍 (수면실에서 나오는) 좀 기다려야겠네.
귀주/다해 ?
백일홍 주무시네.
귀주 ? 어머니가…?

Insert〉

수면실, 매트에 누워 입 벌리고 잠든 복만흠.
엄순구가 조심스럽게 이불을 덮어준다. '신통하네…!'

귀주 (수면실 쪽으로 가보면)
다해 엄마가 재웠어?
백일홍 (최종보스를 꺾었다는 듯, 뭐 그 정도쯤이야?)
다해 안 되는데…! (복만흠이 꿈을 꿀지도 모른다!!)

S#41—찜질방 식당 N

김이 오르는 미역국.
둘러앉아 밥 먹는 다해, 귀주, 엄순구, 백일홍.
복만흠이 잠든 사이 어쩌다 함께 식사까지 하게 된 상황.

엄순구 결혼 얘기는 어른들끼리 다 마무리 지었으니까, 그렇게 알고…

다해   …!!! (귀주를 보면)

귀주   (별로 놀라지도 않는, 미역국 후후 불며 연신 맛있게 퍼먹는다)

백일홍   (엄순구 국그릇 빈 걸 보고 일어나는) 국 좀 더 드려야겠네.

다해   내가… (일어나는데)

귀주   (귀주가 빨랐다. 얼른 국그릇 들고 주방으로 간다.)

엄순구   고맙습니다. 집사람이 도다해씨 손만 닿으면 잤거든요.
              도다해씨 손맛이 어디서 왔나 했더니…

"김치가 입에 맞으시려나?", "시원하고 좋네요.", "가실 때 좀 싸드릴게."
정도의 얘기가 오가는, 평범한 가족 같은 모습.
미역국을 퍼와 자리에 앉는 귀주, 다해와 눈이 마주치자 빙긋 웃는다.
속도 없이 웃는 귀주를 바라보며 흔들리는 다해…

S#42—찜질방 수면실 안/밖 N

잠든 복만흠, 무슨 꿈을 꾸는지 가늘게 신음하며 눈꺼풀 파르르 떨린다.
허어어억!!!! 소스라쳐 잠에서 깨는 복만흠.

복만흠   (겁에 질려 외치는) 여보… 여보…!!!

엄순구   (소리를 듣고 달려 들어오는) 깼어요? 꿈꿨어요?

복만흠   (뭘 봤는지 눈만 희번득 충격에 말을 잇지 못하는)

엄순구   (심상치 않음을 느끼고) 당신 괜찮아요? 꿈에서 뭘 봤길래…?

수면실 문밖에서 들여다보는 다해, 귀주

복만흠   (문밖 다해를 똑바로 쳐다보며) 도다해를 봤어요.

다해   (가슴 철렁!!!)

복만흠, 형형한 눈빛으로 다해를 노려보다가 벌떡 자리를 박차고,
한시라도 빨리 벗어나고 싶다는 듯 서둘러 가버린다.

엄순구   (복만흠 외투 챙기고 뒤따르는) 여보?
귀주   (다해에게) 연락할게요. (가면)
다해   (결국 다 들켰구나…!)

S#43—복씨 저택 귀주 방 N

복만흠   (귀주를 방으로 끌고 들어와) 다시는 거기 발 들이지 마라, 다
              시는!
귀주   무슨 꿈을 꿨는데 그러세요?
복만흠   이번엔 틀림없이 봤어. 또렷하게 보였다고.
귀주   그러니까 뭘 봤냐구요.
복만흠   … (입을 뚝 다물어버리고)
귀주   꿈을 꾸긴 한 거예요?
복만흠   귀주 너도 석연치 않아 했잖아. 혼인신고를 망설인 것도 확
              신이 없었던 거잖아.
귀주   이제 생겼다면요? 확신.
복만흠   뭐…?
귀주   (깊어진 눈빛으로 보면)
복만흠   (진심이구나…!) 끝은 내가 이미 봤는데도? 그래도 가봐야
              겠어?
귀주   끝은 내 눈으로 봐야겠어요.

나도 꼭 보고 싶은 게 좀 있어서.

복만흠   (꿈에서 본 미래를 피할 수는 없는 건가…)

귀주   (심상치 않은 복만흠 기색에) 뭘… 본 건데요?

S#44—찜질방 뒷골목 D

한쪽에 버려져 있는 테니스 리턴볼.
다해, 멍한 얼굴로 팅… 팅… 공을 튕기다가 돌아서는데, 멈칫…!

귀주   (약간 상기된 굳은 얼굴로 저벅저벅 다가오는!)

다해   (나에 대해 다 알아버렸구나…!)

바닥에 데구루루 구르는 공.
다해, 체념하듯 눈을 감았다가 뜨는데,
눈앞에 불쑥 꽃다발이 내밀어진다.
(3부 분수대에서 미래의 귀주가 건네줬던 꽃)

귀주   좋아하는 꽃. 맞죠?

다해   ……?!

S#45—복씨 저택 거실 D

엄순구   (놀란) 뭘 봤다구요?

복동희   (경악) 정말로? 귀주랑 도다해가? 확실해?

복만흠   … (알쏭달쏭 뜻 모를 눈빛) 그래, 아주 근사한 결혼식이었어.

S#46—찜질방 뒷골목 D

꽃다발을 바라보며 어안이 벙벙한 다해.

다해   결혼…이요…???

귀주   뭘 그렇게 놀라나? 미래에서 내가 혼인신고서를 들고 왔을 때 이미 알았잖아요. 이렇게 될 거라는 거.

다해   (그건 내가 꾸며낸 거짓말이었는데) 여사님이 정말 결혼하는 꿈을 꿨대요? (말이 안 되는데)

귀주   미래는 정해졌어요. 나는 그 미래가 제법 기대가 되고. 받아들여요, 도다해씨. (재차 꽃다발을 내미는데)

다해   (뒤로 물러나는) 내가 안 하겠다면요? 말했잖아요. 구할 필요 없다고. 귀주씨가 구해주지 않아도 나는 이미 멀쩡하게 살아있어요!

귀주   그래요. 도다해는 살아있어요. 그게 나를 살게 해요.

다해   …?

귀주   도다해가 살아있다는 건 언젠가 내가 도다해를 구할 거라는 증거예요. 도다해가 내 옆에 살아있다. 이보다 더 확실한 희망이 있을까 싶은데.

다해   …!

귀주   그 희망을 붙잡고 한번 살아보게요. 미래가 정해졌다고 해도 손 놓고 마냥 기다리면 오는 건 아닐 테니까, 나는 지금 내가 할 일을 할 겁니다. (다해 손에 가만히 꽃다발을 안겨주는) 그게 결혼이든… 사랑이든.

다해   (귀주의 진심에 울컥 눈물이 차오르는)

S#47—찜질방 식당 N

성공을 자축하며 건배하는 사기 패밀리.
환호하며 원샷하는 패밀리들.
다해는 입에 대는 시늉만 하고 내려놓는다.

그레이스　도다리 이 요물, 벼랑 끝 밀당이 통했네?

노형태　진심이 통한 거지.

그레이스　사기결혼에 진심은 개뿔! (깔깔 웃더니) 신랑은 확실히 진심
　　　　　이더라. 생전 안 하던 운동도 하고 술 냄새도 전혀 안 나고
　　　　　완전 딴 사람 됐다.

다해　… (일어나는) 속이 좀. 먼저 들어갈게. (가면)

그레이스　(왜 저래?)

노형태　(혼자만 짐작하는 다해 마음)

백일홍　(다해 보는 시선에서)

S#48—찜질방 다해 방 N

비좁은 방에 누워 고민하는 다해.
이 결혼을 정말 할 수 있을까? 해도 될까? 괴롭게 뒤척이는데,
핸드폰에 이나가 보낸 메시지 도착한다.

이나E　결혼 축하해요, 사기꾼 아줌마.

백일홍　(방으로 들어오는) 그 집 사람들이랑 정이라도 든 거냐?

다해　(핸드폰 화면 얼른 꺼버리고) 정은… 무슨…

백일홍　혹시나 해서 말인데,

니가 정 내키지 않으면 안 해도 괜찮아, 이 결혼.

다해   (보면)

백일홍 우리가 헤어질 날은 좀 멀어지겠지만 실은 나도 이별이 무
척 서운하거든. 처음 만난 날부터 쌓아온 게 얼만데?
(서늘하게) 니 생명보험료도 다달이 꾸준히 쌓이고 있고.

다해   …!

S#49—복씨 저택 정원 D

정원에 세팅되는 스몰 웨딩 파티.
화려하진 않지만 우아하고 고급스러운.
엄순구의 지휘에 따라 분주히 움직이는 인부들.

S#50—복씨 저택 손님방 D

다해, 가방 깊숙이 넣어뒀던 작은 주머니를 만지작거린다.
똑똑똑 노크에 황급히 주머니 도로 집어넣으면,
엄순구, 행거를 밀고 들어온다.
이동식 행거에 쭉 걸려있는 웨딩드레스.

엄순구 골라봐요.

다해   (머뭇) 저한텐 어울리지 않는 옷 같아서…

엄순구 (다해의 망설임을 알아채고) 나도 그랬어요. 남의 옷을 얻어
입은 것 마냥 숨이 막혀 벗어던지고 싶은 적도 있었고. 그
런데 말이죠…

다해	(보면)
엄순구	나는 평생, 아내가 꿈꾸는 미래가 현실이 되는 걸 수도 없이 봐왔어요. 그런데 그게 저절로 그냥 된 건 아니었어요. 꿈을 실현시킬 사람이 필요하기도 했죠.
다해	그게… (엄순구? 새삼 엄순구를 다시 보면)
엄순구	아내에게 내가 있었다면, 귀주한텐 도다해씨가 그런 존재예요. 말해주고 싶어요. 복씨 집안과 연을 맺고 살아간다는 게 어떤 건지…

S#51—복씨 저택 귀주 방 D

귀주, 거울 앞에서 타이를 매는데 오랜만이라 잘 되지 않는다.

복만흠	이리 줘봐.
귀주	(보면)
복만흠	(타이 매주며, 알 수 없는 눈빛) 조금 따끔할 거야.
귀주	? 뭐가요?
복만흠	어딘가에 다다르려면 어쩔 수 없이 거쳐야 하는 일도 있는 거니까. 반창고 뗀다고 생각해. 금방 끝나.
귀주	(형식적인 절차가 거추장스러운 건 사실인데… 그 소린가?)

S#52—중학교 교정 일각 D

혜림, 이나에게 받았던 손목시계와 운동화를 내민다.

혜림	돌려줄게.
이나	왜…?
혜림	왤 거 같은데?
이나	어…? (안경을 슥 내리고 혜림과 눈을 맞추려는데)
혜림	(외면해 버리는) 나는 너 잘 모르겠어. 맨날 나만 다 들키는 것 같고.
이나	…!
혜림	너 좀 소름끼쳐. (바닥에 툭 떨어트리고 간다. 나뒹구는 운동화, 시계…)
이나	(당황)

S#53—복씨 저택 정원 D

싸구려 대여 한복을 차려입고 들어서는 백일홍.
웨딩 파티 세팅된 정원을 쓱 둘러본다.

백일홍	가족끼리 조촐하게 치른다더니 제법 신경을 쓰셨네.
복만흠	(왠지 여유로워진 태도로) 이제라도 제대로 된 절차를 밟으려고 합니다. 그토록 바라시던 대로요.
백일홍	(뭔가 달라진 복만흠 분위기를 느끼고) 어째 어젯밤엔 좀 주무셨나?
복만흠	오늘 있을 결혼식이 너무 기대가 돼서 좀 설쳤죠.
백일홍	(목덜미에 손을 뻗는) 한번 만져드려?
복만흠	(피하고) 그날 만져주셔서 머리가 아주 맑아졌어요. 덕분에 모든 것이 아주 명확하게 들여다보인답니다, 감사하게도.

(백일홍 속을 꿰뚫어 보듯 똑바로 보며) 투명할 정도로, 환히.

백일홍   (복만흠의 기운에 밀리는)

복만흠   매무새 좀 가다듬고 나오겠습니다.

(속을 알 수 없는 미소 지어 보이고 돌아선다)

백일홍   (왠지 모르게 촉이 더러운데…?)

S#54—복씨 저택 금고방 D

이나, 살그머니 시계를 제자리에 돌려다 놓는다.

복만흠   (들어오다가 그 모습을 본) 복이나! 너였니…?

이나   ! (고개 푹…)

복만흠   (당혹스러워서 보다가) 혹시 아빠가 결혼하는 것 때문에…?

이나   (고개 젓는) 그런 건 아니에요.

복만흠   아빠 뺏기는 기분이 들었던 거 아니고?

이나   가져본 적이 있어야 뺏기죠.

복만흠   (이 녀석… 한숨) 어쨌든 안심해라. 니 아빠 뺏기는 일은 없을 테니.

이나   ? (할머니 뭔가 눈치라도 챘나…?)

S#55—복스짐 D

원판 두 개 정도 꽂고 파워 레그프레스 하는 그레이스

복동희   (다가와서) 하자. PT.

그레이스   나 쫌 비싼데. (기구 고정시키고 일어나려는데)

복동희   앉아있어. 시범 좀 보여줘 봐. (원판 몇 개 더 꽂으며) 무게 좀 올린다?

그레이스   (한두 개 시범 보여주고) 됐죠?

복동희   오! 엉터린 줄 알았더니 꽤 하네? 가동 범위도 좋고?

그레이스   (칭찬에 금세 우쭐) 내가 하체는 쫌 해요.

복동희   (원판 턱턱 꽂고) 더 할 수 있겠는데?

그레이스   넘 무거운데…

복동희   보조해 줄게.

그레이스   (그래 뭐, 이 짓도 조만간 끝인데! 흑… 흑… 밀기 시작하면)

복동희   (기구 밀어 보조해 주면서) 참 그거 알아? 오늘 내 동생 결혼한다.

그레이스   (입가에 번지는 미소) 아… 언니는 안 가요?

복동희   가야지. 가서 뒤집어엎을 거야. 그 여자가 사기꾼이란 증거를 잡았거든.

그레이스   (기구 멈추고) 증거…?

복동희   계속해.

그레이스   (당황한 기색 애써 감추며 다시 기구 밀고)

복동희   그 여자 방에서 뭐가 나왔는지 알아? (귓가에 속닥) 마약. 우리 가족한테 약을 먹인 거야.

그레이스   (억울) 무슨! 말도 안 돼! 수면제라면 모를까…

복동희   (싸늘해지더니) 역시 수면제였구나? 엄마한테 먹인 거.

그레이스   …!!! 아… 아니…

복동희   (보조해 주던 손을 놓고 휙 가버린다)

그레이스   언니야! 잠깐만! 가지마! (무게에 깔려 못 일어나는) 악!!! 살려주세요!!! (주위에서 운동하던 사람들이 도와주러 오고)

S#56—복씨 저택 정원 D

가쁜 숨 몰아쉬며 뛰어 들어오는 동희.
목이 타는지 샴페인을 병째 들고 벌컥벌컥 마신다.

엄순구 (단상에 서서) 이제 예식을 시작해 볼까 합니다.
복동희 안 돼! (샴페인 병 움켜쥐고 집으로 뛰어 들어가고)

잠시 후, 한발 늦게 도착한 그레이스,
헐레벌떡 뛰어 들어와 두리번두리번 복동희를 찾는데,
다가와서 앞을 가로막는 복만흠.

복만흠 누구신지?
그레이스 안녕하세요, 복스짐 트레이너… 사장님 결혼 축하드리려고
왔어요.
복만흠 아아, 본 기억이 나네.
그레이스 기억력이 좋으시네요. 전에 센터에서 한번 스치듯 뵌 것 같
은데.
복만흠 아뇨. 나는 꿈에서.
그레이스 (꿈에서…?)
복만흠 그럼. (뜻 모를 미소를 지어 보이고 돌아서면)
백일홍 (예상치 못한 그레이스 등장에 '니가 왜 여기 있어?')
그레이스 (표정으로 '비상이야!')

S#57—복씨 저택 손님방 D

샴페인 벌컥벌컥 들이키고 턱 내려놓더니,
다해 물건을 마구 뒤집어엎고 뒤지는 복동희

복동희   아직 안 늦었어! 사기꾼이라는 증거, 꼭 잡아낸다!

S#58—복씨 저택 정원 D

복만흠, 엄순구, 이나, 백일홍,
제각각 각자의 생각과 계산과 감정들을 품은 채 모여 자리를 잡고,
수트를 입은 신랑 귀주가 하얀 꽃으로 만든 웨딩아치 아래 선다.
그리고, 사락사락… 드레스 자락 스치며 걸어오는 발걸음.
단아한 드레스를 입은 다해.

귀주   (눈을 못 떼고 보는) …!
복만흠   (다해 보며) 아름답네. 내가 꿈꿨던 그 모습 바로 그대로.

웨딩아치 아래 마주 선 귀주와 다해.

귀주   (운명에 진심이 된 결연한 눈빛, 다해에게 손을 내밀면)
다해   (귀주가 내민 손을 바라보며, 뒤엉킨 감정으로 복잡한 얼굴, 그
           위로)
엄순구E 말해주고 싶어요. 복씨 집안과 연을 맺고 살아간다는 게
           어떤 건지…

S#59—복씨 저택 손님방 (Flashback/50씬 연결) D

엄순구 복씨 집안에 흐르는 힘은 누구를 만나 어떤 인연을 맺느냐에 따라 그 빛깔과 향기가 달라지죠. 때로 더 단단해지기도 하고 물러지기도 하고, 심지어는 아예 잃어버리기도 하고.

다해 (듣고)

엄순구 귀주가 능력을 잃은 건 오래 전 어느 날의 시간 때문이었어요.

다해 (13년 전 그날?)

엄순구 귀주 생애 가장 행복한 시간이었어요.

다해 이나가 태어난 시간… 말인가요?

엄순구 (끄덕)

Flashback〉 흑백의 산부인과 병실.
유일하게 색을 가졌던 병실 문.
그 문을 열고 병실 밖으로 달려 나갔던 귀주.

엄순구E 그 시간은 귀주에게 희망을 줬어요.

Flashback〉 흑백의 선재여고 화재 현장.
달려가고 또 달려갔던, 누군가를 구하려고 치열하게 몸을 부딪쳤던,
그러나 어디에도 닿을 수 없어 절망에 빠졌던 귀주 모습들.

엄순구E 희망은 곧 절망으로 변했죠. 귀주 생애 가장 행복했던 시간은 괴물로 변해 귀주를 집어삼켰어요. 원치 않아도 그 시간으로 끌려갔어요. 시도 때도 없이 밤낮으로.

현재〉

엄순구	귀주는 어디에도 없는 사람이 됐어요. 현재의 모든 시간은 과거에만 사로잡혀 있었고, 과거에선 어디에도 닿지 않는 유령 같은 존재였으니까.
다해	(귀주가 했던 말이 무슨 의민지 알게 되는)
엄순구	그러다 결국…

Flashback〉 7년 전 교통사고 현장.

귀주가 과거에 끌려가 사라진 사이, 터널로 빨려 들어갔던 자동차.

컴컴한 터널 저편에서 소리만 끼이이이이이익---!!!

엄순구E 그 시간은 귀주에게서 모든 걸 빼앗아 갔어요.

현재〉

그랬구나…!

귀주의 상처를 알고 충격받는 다해.

엄순구	그 시간 속에 있던 그 문, 도다해씨를 닮았어요. 또렷한 색깔을 가진… 희망.
다해	…!
엄순구	또다시 그 희망이 꺾인다면… 다시 일어서기 힘들 겁니다.

S#60—복씨 저택 정원 (현재) D

귀주	(손을 내민 채) 다해씨?

다해	(엄순구의 말을 곱씹으며 괴롭게 생각에 잠긴)
귀주	도다해씨?
다해	(퍼뜩) 네…?
귀주	무슨 생각을 그렇게 해요?
복만흠	(때를 기다리듯 조용히 바라보고)
백일홍	(뭘 꾸물거려? 재촉하듯 노려보면)
다해	(이러지도 저러지도 못하다가… 귀주가 내민 손을 잡는데)

S#61—복씨 저택 손님방 D

다해 가방을 뒤집어 쏟는 동희.
잡다한 물건들과 섞여 작은 주머니가 툭 발치에 굴러떨어진다.

복동희	…? (주머니 열어보더니, 확 커다래지는 눈) !!!

S#62—복씨 저택 2층 복도, 계단 D

손님방 문을 박차고 뛰쳐나오는 복동희

그레이스	(2층 복도에서 동희를 찾고 있었던) 복덩어리!
복동희	(주머니를 손에 꽉 움켜쥐고) 드디어 찾았어! 도다해한테 감쪽같이 속았다는 증거!
그레이스	(수면제?! 주머니에 손을 뻗는데) 그게 뭔데?
복동희	(휙 피하고) 너도 끝났어, 그레이스!
	(다급히 계단을 향해 뛰며) 우선 결혼부터 막아야 돼!!!

332

그레이스　(뒤쫓으며) 잠깐잠깐! 언니야 진정하고! 지금 큰 실수하는
　　　　　거야!

복동희　(허둥지둥 위태롭게 계단을 뛰어 내려가는) 엄마! 이것 좀 봐
　　　　　요! 내가 도다해 가방에서 뭘 찾았는지 좀 보라고!!

그레이스　(다급한 마음에 주머니를 가로채려는데)

복동희　(못 뺏겨! 확! 뿌리치면서, 계단 난간 너머로 추락하는!)

그레이스　(꺅!!!) 안 돼!!!!!!! (두 손으로 얼굴을 감싸는)

그런데 이상하다.
쿵 소리가 나야 할 타이밍인데 아무 소리도 안 난다.
그레이스, 얼굴 감쌌던 두 손을 천천히 치우고 보면,
동희 몸이 공중에 둥실 떠 있다!!!

그레이스　!!!!!!!!!!!!!!!!!!!!!!!!!!!!!!!!!

S#63—복씨 저택 정원 D

엄순구　(집 쪽을 흘끗) 무슨 소리 안 났어요?

복만흠　가만히! 중요한 순간이에요.

엄순구　(낮게) 대체 당신은 꿈에서 뭘 본 거예요? 결혼식이 다가
　　　　　아니었던 거죠?

복만흠　지켜보면 알아요. (조용히 귀주와 다해 쪽을 바라보면)

신랑 귀주와 신부 다해, 나란히 버진로드를 걸어 들어오는

귀주　(다해만 들릴 정도로 작게) 한번 둘러볼래요?

다해	?
귀주	여기 어딘가에 내가 있을 것 같은데.
다해	그게 무슨…?
귀주	이 시간이 오래 기억될 것 같아서… 행복한 시간으로.
다해	(간신히 겨우 틀어막고 있던 마음속 둑이 와르르 무너지고) ……! (귀주만 들릴 정도로 작게) 아니요. 없어요.
귀주	네…?
다해	이 시간에 귀주씨는 없다구요. 안 올 거예요. 왜냐면…
귀주	(보면)
다해	(모두가 들릴 정도로 크게) 사실은 내가 사기꾼이거든요!

순식간에 싹 사라지는 소음. 아연실색한 얼굴들.

귀주	??? 뭐라구요…?
다해	귀주씬 엄마가 고른 세 번째 타겟이었어요!
백일홍	(싸늘하게 식는 얼굴)
다해	(다다다 쏟아내는 폭로) 귀주씨가 바다에 뛰어든 순간은 우리가 노리던 절호의 기회였을 뿐이고! 이나가 있던 화장실을 기웃거렸던 수상한 남자도 실은 우리랑 한패였고! 그레이스도 한패예요! 누님이 선수 쳐서 결혼하는 걸 막았어요! 누님 짐작대로 여사님 차에 탄 건 수면제가 맞구요!
이나	(갑작스러운 다해의 폭주에) 아줌마…?
귀주	(이게 다 무슨 소린가!)
엄순구	!!! (이런 미래를 봤던 거였어??? 복만흠을 보면)
복만흠	(크게 동요치 않는 얼굴. 꿈에서 이미 다 보았다.)
다해	(그런 복만흠 보고) 여사님은 이미 다 알고 계셨던 거죠? 미래를 보는 초능력자라.

백일홍   ???!!! (복만흠 보면)

복만흠   (조용히 눈을 감는다)

다해   (귀주에게만 들리게) 미안해요.

귀주   (보면)

다해   귀주씨는 나 못 구해요.

바닥에 툭 떨어지는 부케. 그대로 돌아서서 달아나 버리는 다해.

귀주   ……!!!

— 6부 끝 —

다음 권에 계속